Porte Bonheur

Les Éditions Porte-Bonheur se consacrent à l'édition de livres jeunesse de qualité. Soucieuse de servir un public de plus en plus exigeant et connaisseur, la maison privilégie des textes qui incitent à la découverte du plaisir de lire tout en nourrissant l'imaginaire.

Des auteurs et des illustrateurs de renom contribuent à l'épanouissement de cette nouvelle maison dans le paysage éditorial québécois.

Les Éditions Porte-Bonheur se développent autour de cinq collections :

ANTOINE
série d'albums illustrés

TRÈFLE À 4 FEUILLES
romans pour nouveaux lecteurs

PATTE DE LAPIN
romans pour lecteurs plus expérimentés

TALISMAN
romans réservés aux lecteurs aguerris

LA CLEF
romans destinés aux lecteurs adolescents

La maison publie aussi, occasionnellement, de beaux-livres hors-collection.

IRIS

TOME 2 LES ARTISANS DE VIE

Texte de
Michèle Gavazzi

Les Éditions Porte-Bonheur
une division des Éditions du Cram Inc.

1030, rue Cherrier, bureau 205
Montréal, Québec, Canada, H2L 1H9
Téléphone : 514 598-8547
Télécopie : 514 598-8788
www.porte-bonheur.ca

Illustration de la couverture
Olivier Héban

Conception graphique
Alain Cournoyer

Dépôt légal — 2e trimestre 2009

Bibliothèque nationale du Québec
Bibliothèque nationale du Canada

Gouvernement du Québec — Programme de crédit d'impôt pour l'édition de livres — Gestion SODEC. Les Éditions Porte-Bonheur sont inscrites au programme de subvention globale du Conseil des arts du Canada.

Les Éditions Porte-Bonheur bénéficient du soutien financier du gouvernement du Canada, par l'entremise du ministère du Patrimoine canadien, dans le cadre de son programme d'aide au développement de l'industrie de l'édition (PADIÉ).

*Société
de développement
des entreprises
culturelles*
Québec

 **Conseil des Arts
du Canada**   Canada Council
for the Arts

Patrimoine   Canadian
canadien   Heritage

Catalogage avant publication de Bibliothèque et Archives nationales du Québec et Bibliothèque et Archives Canada

Gavazzi, Michèle

    Iris

    (La clef)

    Sommaire: t. 1. La prophétie de la tisserande -- t. 2. Les artisans de vie -- t. 3. La prison du chaos.

    Pour les jeunes de 14 ans et plus.

    ISBN 978-2-922792-72-0 (v. 1)
    ISBN 978-2-922792-73-7 (v. 2)
    ISBN 978-2-922792-74-4 (v. 3)

    I. Titre. II. Titre: La prophétie de la tisserande. III. Titre: Les artisans de vie. IV. Titre: La prison du chaos. V. Collection: Clef (Éditions Porte-bonheur).

PS8613.A98I75 2009   jC843'.6   C2009-941187-3
PS9613.A98I75 2009

Imprimé au Canada

IRIS

TOME 2 · LES ARTISANS DE VIE

Ouvrages de Michèle Gavazzi aux Éditions Porte-Bonheur

Nessy Names TOME 1 : *La malédiction de Tiens* ·······························✳ **PRIX JEUNESSE DES**
Nessy Names TOME 2 : *La Terre sans mal*   **UNIVERS PARALLÈLES**
Nessy Names TOME 3 : *Le Pachakuti*   **2008**

Eva, elfe des eaux TOME 1 : *L'héritage d'Isabella*
Eva, elfe des eaux TOME 2 : *Le plan de Ka'al*
Eva, elfe des eaux TOME 3 : *Le fils de Gaëlle*

Visitez l'univers de Michèle Gavazzi sur **www.michelegavazzi.com**

À Philippe, *pour sa chandelle immuable…*

CHAPITRE I

YOANN jeta un dernier regard derrière lui, balayant des yeux la lugubre ruelle qu'il avait dû serpenter pour se rendre devant la porte métallique qu'il frappait maintenant de son poing, avec détermination. L'obscurité était définitivement tombée et, dans ces sombres parties de la ville, les bruits qui accompagnaient les ténèbres en amplifiaient la morosité. Sirènes de véhicules d'urgence, cris de pauvres victimes terrifiées, vacarme assourdissant qui s'échappait des boîtes de nuit, Yoann ne les entendait plus. Il avait grandi dans ce bruit toute sa vie. Toute sa courte vie, en fait, car il n'avait pas encore soufflé sa dix-huitième chandelle. D'ailleurs, il n'avait jamais eu à souffler quelque chandelle que ce soit, puisqu'il s'était retrouvé seul et abandonné à lui-même très jeune, à naviguer entre les surdoses de sa mère et une bonne dizaine de beaux-pères, tous aussi violents les uns que les autres.

La porte s'ouvrit et il fit face à un long couloir glauque, à la lumière tamisée. L'odeur de moisissure lui envahit les narines, mais à cela aussi il était indifférent. Ses sens s'étaient atrophiés au cours des années, triste conséquence de l'accumulation de douleurs et d'horreurs, accélérée par la prise de différentes drogues.

Mais même ces stimulants ne lui avaient pas redonné de souffle, et Yoann en était venu à souhaiter mourir. Il était, en dépit de son jeune âge, profondément désabusé, et il avait depuis longtemps perdu ses illusions sur tout ce qui l'entourait. Mais même la mort se jouait de lui, sourde à tous les appels qu'il lui avait lancés.

La mort. C'était justement ce qu'il était venu chercher, cette nuit, dans cet endroit répugnant, sous la forme d'une drogue mortelle dont on lui avait parlé. L'individu qui lui en avait vanté les mérites l'attendait, dans une salle se trouvant au bout du corridor qu'il parcourait.

La veille, dans un bar, l'homme lui avait lancé, la tête camouflée dans son capuchon :

— Tu cherches la mort ?

Yoann avait tressauté en entendant les propos du morose personnage, mais il avait choisi de l'ignorer ; il ne s'était pas rendu au bar pour fraterniser, mais bien pour se noyer dans l'alcool.

— C'est bien parce qu'on t'a caché le monde, sinon tu saurais que la mort, c'est cette vie, avait insisté l'homme assis à ses côtés.

— C'est bien ma veine, un *Jesus freak* ! avait laissé tomber l'adolescent avec cynisme.

— Oh ! Tu m'as mal compris, jeune homme. Je te parle de ce qui te manque pour voir clairement la mort… et l'atteindre, avait-il rectifié en posant sa main sur le poignet gauche de Yoann, sur lequel se dessinaient clairement des cicatrices encore récentes.

L'homme avait fait pivoter vers le haut le maigre membre du garçon, puis son regard morbide avait vrillé celui – éteint – de l'adolescent :

– Ne meurt pas qui veut, jeune homme. Mais si la mort est vraiment ce que tu veux voir en pleine face, j'ai ce qu'il te faut.

Yoann l'avait regardé, intrigué et l'homme lui avait donné le rendez-vous auquel l'adolescent se rendait maintenant, au bout du sinistre couloir.

Yoann entra dans la salle et s'assit sur la chaise qu'on lui désigna. L'homme de la veille, encore recouvert de son capuchon – et sa silhouette toujours aussi lugubre –, vint s'asseoir devant lui.

– Je vois que mon offre t'a intéressé.

– Bof ! Nous verrons bien si je ne perds pas encore mon temps.

– Ne t'en fais pas, je ne te retiendrai pas ici longtemps.

Il sortit de la poche de son vêtement un minuscule sac de plastique. Il contenait une seule petite capsule bleutée, translucide.

– Voilà, la pilule qu'il te faut.

– C'est quoi, ton truc ? Je ne suis pas intéressé aux drogues qui mènent au nirvana…

— Elle ne te mènera pas au nirvana.

— Alors quoi ?

— Elle te présentera la mort en personne.

— Et après ?

— La Grande Faucheuse te bercera dans ses bras.

— Vraiment ?

— Oui.

Yoann posa son regard blafard dans les yeux du funeste personnage.

— Je n'ai pas beaucoup d'argent et je n'offre mes faveurs à personne.

— Je n'en veux pas non plus. Cette pilule, je te l'offre, tu en feras ce qui te plaira.

— Et pourquoi ferais-tu cela ?

— Je trouve la mort bien trop capricieuse, commença-t-il avec un sourire tordu. Je vois mal pourquoi elle ne t'a pas encore libéré de cette misérable existence, que tu sembles porter comme la peste. Puisqu'il est clair que la vie t'a été donnée par erreur, la mort devrait t'être offerte en cadeau...

Yoann le regarda avec hargne. Peu de choses l'indisposaient vraiment, mais la vérité était l'une de celles-là. L'homme se leva. Lançant le comprimé sur les genoux de l'adolescent, il ajouta sèchement :

— Maintenant, déguerpis, vermisseau !

Yoann ne s'attarda pas. Il enfouit le sac dans la poche avant de son jean, sortit en trombe de la salle et se fondit dans la sombre ruelle. On referma rapidement la porte derrière lui. Il regagna son chez-lui, une infecte chambre dans un édifice désaffecté, qui aurait dû être démoli depuis belle lurette. Assis par terre, il considéra le cachet magique. « Personne n'offre quelque chose en cadeau, pas même la mort », se dit-il, incrédule, en contemplant la couleur apaisante de la gélule. Il la rangea à nouveau.

— Ça ne sera pas pour cette nuit, murmura-t-il, las.

虹

Yoann se réveilla avec l'amertume et le vide qui ne le quittaient jamais. Il se regarda dans l'éclat de miroir accroché au-dessus du lavabo, sur le mur troué de l'unique pièce qui constituait sa chambre. Ses cheveux aux mèches retombantes, qui lui couvraient une partie du visage, n'arrivaient pas à dissimuler ce mal de vivre omniprésent qui semblait sourdre de tout son corps. Il enfila un chandail gris, dissimulant ainsi un torse couvert de tatouages et de *piercings*, et un pantalon. Puis, il sortit de son appartement ; d'infectes odeurs de vomi et de pourriture régnaient dans l'escalier, au bout duquel il enjamba la carcasse d'un homme ivre mort. Sorti dans la lumière crue de cette journée automnale ensoleillée, Yoann dut se couvrir la tête de son capuchon pour se défendre de la caresse chaleureuse que le soleil lui prodiguait. En toute la hâte, il se dirigea vers l'entrée du métro le plus près, afin de s'y réfugier, telle une bête nocturne indisposée par les rayons du soleil.

虹

Le docteur Disel descendit d'un taxi dans une petite ruelle, au beau milieu du quartier asiatique. Il se présenta aux cuisines d'un petit restaurant, où un cuisinier lui fit signe de passer à l'arrière. Un Asiatique, vêtu de noir, lui ouvrit une porte, puis l'escorta jusqu'à l'extrémité d'un couloir, devant une autre porte, gardée cette fois par deux hommes. Escorté par eux, le docteur Disel entra dans un vaste cabinet, au fond duquel trônait un vieil homme robuste, derrière un imposant bureau de bois d'acajou.

— Bonjour docteur.

— Bonjour monsieur Duong.

— Alors ?

— C'est fait. J'ai trouvé le candidat parfait. Une loque humaine qui n'a que noirceur dans la tête.

— Il a pris la pilule ?

— Il ne tardera pas à la prendre, je vous le promets. La mort n'aura jamais trouvé plus sombre messager.

— J'espère qu'il fera l'affaire.

— Je n'en doute pas. Il n'y a rien qui le retienne à la vie. Je le soigne depuis longtemps ; il est entré à plusieurs reprises dans mon hôpital en piètre état. Croyez-moi, il ne résistera pas à la noirceur que la pilule lui offrira. Je vous tiens au courant.

— D'accord. Elle attendra là, répondit l'homme en pointant une mallette sur une table à côté de son bureau. Et moi, j'aurai ma vengeance ! ajouta le vieil homme d'un sourire hargneux.

虹

Yoann sortit du métro, monta les marches menant à l'extérieur, et se dirigea d'un pas décidé vers un imposant édifice gris, à quelques pâtés de maison de là. Il entra en trombe dans l'hôpital, la tête baissée et les mains dans les poches. Dans le hall d'entrée, il bouscula une jeune infirmière. Cette dernière s'excusa d'une voix douce, bien que le jeune homme fût seul responsable de cet accrochage. Il leva brièvement le regard sur elle ; l'infirmière était jolie, et elle lui souriait avec timidité et innocence. Il grommela un semblant de paroles et poursuivit son chemin.

— Bon, courage Mélissa, murmura pour elle-même la jeune infirmière en reprenant ses esprits.

Elle se rendait à son tout premier stage dans un grand hôpital.

Yoann était arrivé. Il regardait, de loin, une femme assise près de la fenêtre, dans la salle de séjour commune. Le regard vide, les mains tremblantes, elle se balançait compulsivement. Yoann la fixa avec dégoût.

— Encore en manque ! se murmura le jeune homme avec hargne.

— Peut-on vous aider, jeune homme ? lui demanda une infirmière.

Yoann la foudroya du regard et, sans répondre, se précipita vers la femme. L'infirmière le suivit du regard.

— Salut, cracha Yoann.

La femme tenta de le regarder, mais ses yeux partaient constamment dans le vide, incapables de se poser sur ceux de son interlocuteur.

— Ouais ! C'est bien ce que je pensais ! Ne t'en fais pas, maman, je suis seulement venu voir si ta misérable personne arriverait à répondre à une simple question.

Sa mère se balança avec plus de frénésie.

— Pourquoi ? C'est la seule question à laquelle j'aimerais avoir une réponse claire, lui lança-t-il en s'accroupissant devant elle. Pourquoi m'avoir mis au monde ?

Rien ! Pas de réponse, pas de regard, encore moins de tendresse, rien. Seul un éternel et agaçant va-et-vient, causé par la perte de milliards de neurones bousillés par l'abus répété de puissantes drogues.

Le mouvement finit par irriter le jeune homme. Il lui empoigna la tête de ses deux mains.

— Cesse de te balancer et réponds-moi, vieille folle !

L'infirmière accourut.

— Lâchez-la ! ordonna-t-elle.

Yoann ne se retourna même pas.

— C'est toi qui devrais être libérée de ta misérable existence, murmura-t-il à l'oreille de sa mère, puis il la relâcha, se releva et partit, sans jeter un regard derrière lui.

L'infirmière le suivit un moment, pour s'assurer qu'il quittait la section, puis elle avisa la sécurité de l'hôpital. Yoann pressa le pas et sortit dans la rue. Le soleil plombait toujours et le jeune homme s'éloigna. À l'intersection, en attendant le feu vert pour traverser la rue avec les autres piétons, il regarda sans émotion un homme qui placardait une annonce. Yoann la lut mécaniquement, sans trop y porter intérêt, mais le sujet l'intrigua quelque peu. Une association recherchait des gens ayant vécu une expérience de mort imminente. Le feu changea, laissant la curiosité du jeune homme inassouvie et, en traversant la rue, l'adolescent remarqua une voiture de police qui se mit à le suivre. Yoann ne pensait pas que c'était la sécurité du centre hospitalier qui les avait appelés, mais crut plutôt que ses « amis » des forces policières l'avaient aperçu dans les parages, et qu'ils avaient encore une fois l'intention de le persécuter. Il pressa le pas et emprunta une ruelle. Les policiers garèrent la voiture et reprirent la filature à pied. Yoann, en les voyant à ses trousses, partit à la course, imité aussitôt par les policiers. Le jeune homme sauta sur un bac de poubelle pour atteindre un escalier métallique menant aux toits des édifices de la ruelle. Il enjamba les marches deux par deux. Il gagnait de la distance, mais il savait qu'ils ne le laisseraient pas tranquille. Il poursuivit sa course à toute haleine, jusqu'à pouvoir se réfugier derrière le muret d'une imposante cheminée pour reprendre son souffle. Il se laissa tomber accroupi, en respirant avec difficulté. Il n'avait rien mangé depuis quelques jours, et ne possédait pas une résistance physique suffisante pour semer les gorilles à ses trousses. Il ferma les yeux. Il en avait assez. Il toucha la petite bosse que la gélule formait sur la poche avant de son pantalon et, sans hésiter, il la sortit, ouvrit le plastique qui la protégeait et l'avala en criant toute sa rage d'une existence de misère, d'injustice et de souffrance.

Les deux policiers arrivèrent près de lui aussitôt.

— Alors Yoann, tu ne veux pas nous voir ? lança cyniquement l'un d'eux mais, au même moment, l'adolescent fut pris d'une crise convulsive.

Les policiers se regardèrent, intrigués.

— Qu'est-ce qu'il a ?

Le corps de Yoann s'écroula par terre, et les tremblements redoublèrent ; ses yeux se révulsèrent, sa bouche fit mousser sa salive, qui lui dégoulina sur les joues. Toutes les apparences d'une crise d'épilepsie.

Un des policiers prit sa radio et demanda à la centrale d'envoyer rapidement une ambulance. Alors que l'homme terminait son appel, le corps de l'adolescent cessa subitement de bouger.

— Je ne trouve pas son pouls, lança son collègue qui s'était penché sur Yoann.

— Tu crois qu'il est mort ?

Le policier leva les yeux vers son coéquipier. La sirène de l'ambulance retentit dans la ruelle tout près. Quelques minutes plus tard, les deux ambulanciers prenaient les signes vitaux du jeune homme.

— Alors ? s'enquit un des policiers, impatient.

— Il n'est pas encore mort.

— Qu'est-ce qu'il a ?

— Nous l'ignorons, mais il n'est pas fort. Il faut le transporter à l'hôpital immédiatement.

Aux urgences de l'hôpital, on s'acharnait sur le corps du malheureux adolescent lorsque le son continu et la ligne droite sur le moniteur annoncèrent tragiquement la fin de l'activité cardiaque de son cœur torturé. Le médecin ordonna la réanimation. Les intervenants reculèrent : la machine prit sa charge et les deux électrodes furent posées sur la frêle poitrine de l'adolescent.

Le corps de Yoann se crispa quand la décharge électrique le traversa.

虹

Nox et Iris, assis l'un devant l'autre, de chaque côté d'une petite table bistro, au cœur du café-bar de la Gare centrale, les paumes dans les paumes et les yeux dans les yeux, faisaient tranquillement connaissance dans le monde réel. Le serveur vint leur porter chacun un café cappuccino et un croissant frais tout chaud. Iris ne pouvait toujours pas croire qu'ils étaient là, tous les deux, à 10 centimètres l'un de l'autre, lucides ou éveillés, peu importe. Nox observait son air songeur, et lui sourit. « Ce sourire, comment pourrait-il ne pas faire arrêter les cœurs ? » se dit-elle avec béatitude.

— Nox, dis-moi que tu vas pouvoir m'expliquer les choses que je n'ai pas pu comprendre là-bas.

— Oui, Iris. Après ton départ, tous les Diffuseurs et les Diffuseuses sont partis, soulagés par ton magnifique don. Moi, je suis resté, et le Grand Maître m'a expliqué pourquoi ce n'était pas fini, et que si nous le désirions, il nous restait beaucoup à faire ici.

— Quand es-tu revenu ?

— Au petit matin. Et comme j'ai passé quelques heures de plus au royaume chi, j'ai eu du temps pour en apprendre davantage, expliqua-t-il, son visage éclairé d'un beau petit sourire de plénitude.

— Alors, enseigne-moi.

— Iris, le royaume chi n'était que l'entraînement.

– Quoi ?

– La vraie mission est d'une ampleur et d'une portée inimaginables.

– Attends ! Avant, je veux comprendre ce que tu y faisais, au royaume chi.

– J'étais comme toi.

– Tu y as été amené pour aider ?

– Oui ! Il semblerait que tout comme toi, je possède un don.

– La dévotion !

Il lui sourit timidement.

– C'est un peu différent…

– Explique-moi.

– Je peux détecter l'étincelle causée par le « dernier désespoir ».

Iris fronça les sourcils, perplexe.

– Pourquoi ? Comment ?

– Avant de répondre, laisse-moi t'expliquer d'abord le royaume chi, puis ma vie ; tu comprendras peut-être mieux.

– Je n'en demande pas plus, répondit-elle en lui souriant.

– Le royaume chi, tel que nous l'avons vu avec les Diffuseurs et les Diffuseuses, est le fruit de l'imagination du Grand Maître.

— Mais comment se fait-il que nous voyions tous le même paysage, ou que nous fassions le même rêve, et que nous nous reconnaissions par la suite ?

— Le Grand Maître peint ce paysage dans sa méditation, et il peut y faire pénétrer tous ceux dans un état précis, soit en pleine méditation, ou bien, dans le cas des Diffuseurs et Diffuseuses, dans un état psychique désespéré. Au préalable, il doit cependant avoir rencontré ces gens. C'est pour cela qu'il offre ses services aux centres psychiatriques. Avec son chien.

— Nox !

Le jeune homme soupira et Iris eut un rire mélodieux.

— Le contact dont le Grand Maître a besoin pour pouvoir par la suite connecter avec ces gens peut être très subtil ; il paraît qu'il peut même passer par l'intermédiaire de son chien.

— Incroyable ! Et comment a-t-il fait pour moi ?

— Ta tante. Le Grand Maître s'est servi de la pince qu'elle t'a offerte en cadeau pour te faire sentir le trouble des couleurs, pour que l'intrigant phénomène te pousse à vouloir me suivre au royaume chi.

— Alors, la disparition de la famille de Mira, juste au moment où je voulais partir, n'était pas le fruit du hasard ?

— Non. Le Grand Maître ne pouvait pas te laisser partir, mais il n'avait pas l'autorité pour te garder non plus.

— Je m'en doutais. Mais je ne comprends pas pourquoi nous nous reconnaissons, une fois sortis du royaume.

— Imagine que ce que nous avons vécu au royaume chi est comme un jeu virtuel interactif – le Grand Maître est l'ordinateur qui le règle – et que les autres, nous tous, en sommes des joueurs connectés. C'est pour cela que tout était modélisé par les différents joueurs. Le manque de couleurs, par exemple, aurait été causé par ton imagination.

— Et l'indigo de tes yeux… par toi ?

Nox baissa les yeux, soupira et acquiesça.

— Toi, comment est-il allé te chercher, le Grand Maître ?

— Je le connais depuis quelques années. Je n'ai rien su de ses aptitudes particulières, car il attendait que j'aie la maturité et la force psychique nécessaires pour exiger mon aide… dans une situation qui serait pour moi épineuse.

— Que veux-tu dire ?

— Iris, ce que nous apportons dans un monde fictif comme le royaume chi est la déformation de la réalité transmise par notre inconscient.

— Je vois. Alors, que représentait la fin de ton monde ?

— Tout se résume à quelques évènements tragiques de ma vie. L'indigo, la mort de mon soleil, mon don…

– Si tu ne veux pas en parler, Nox, je com-
prendrai…

– Non, je le veux justement, répondit-il en lui
prenant tendrement la main. En effet, pour ma part, je
veux continuer ce que le Grand Maître nous a fait
entreprendre au royaume chi.

– D'accord.

– Quand j'étais au seuil de l'adolescence, une triste
nuit, je me suis réveillé en sueur, avec la conviction que
quelque chose n'allait pas. Un pressentiment étrange,
comme une étincelle illuminant la nuit. Je me suis levé,
et en me fiant à cette sensation, je me suis dirigé
directement au grenier de notre vieille maison, à mes
parents et à moi. Je suis arrivé à temps pour découvrir
mon père…

– Oh ! Nox, ne le dis pas, j'ai compris. C'est
affreux ! gémit Iris.

– J'avais 13 ans et je n'étais même pas assez fort
pour soulever son corps suspendu.

Iris ferma les yeux, attristée. Nox respira profondément et poursuivit :

– Une petite lucarne du grenier laissait pénétrer la
lueur du néon indigo d'un panneau publicitaire, juste
en face de notre maison. Il était vieux et endommagé ;
il avait tendance à trembler et à illuminer par intermittence. En pleurs et à bouts de force, accroché aux pieds
de mon père, je suis resté dans l'obscurité totale, jusqu'à

ce que le fameux néon décide de s'éteindre. Au même moment que mon père...

— Je suis désolée, Nox…

— La lueur indigo m'a hanté dans mes cauchemars depuis lors, et jusqu'à mon voyage au royaume chi.

Iris tenta d'essuyer ses larmes qui ne cessaient de se multiplier.

— Avoir eu la force physique, je l'aurais sauvé. Mon don ne m'a pas servi pour mon père. L'horreur de cette nuit m'a plongé dans une obscure adolescence qui a fermé mon cœur à tout sentiment – au grand désarroi de ma pauvre mère, désormais veuve, qui, elle, est tombée malade. La tristesse de la perte de son mari et mon absence émotive ont fini par lui gruger la volonté de combattre, et elle a succombé à sa maladie trois ans plus tard…

— Oh, Nox ! Je ne crois pas que tu y sois pour quelque chose, lança Iris, se rappelant que son ami avait laissé entendre, au royaume chi, qu'il avait manqué de courage en relâchant la main de sa mère, engloutie par l'ombre infâme.

— Sans mon aide, ma mère n'avait pas de raison suffisante de tenir à la vie.

— Mais tu souffrais, et certaines maladies ne pardonnent pas…

— J'ai été égoïste !

– Non, ta douleur était énorme et ne te permettait pas de t'occuper des autres. C'était naturel.

Des larmes coulaient sur les joues du jeune homme. Deux ans à peine s'étaient écoulés depuis cette tragédie qui l'avait rendu orphelin.

– À 16 ans, reprit-il, je me retrouvais seul au monde, sans but ni espoir. J'ignore si le suicide est héréditaire. Moi, il ne m'a qu'effleuré l'esprit : c'est plutôt la rage et la colère qui envahissaient mon cœur froid, et j'en étais rempli, au chevet même de ma mère inanimée. Par chance, un vieil homme, assez particulier, passait par là. Son regard serein a instantanément calmé ma crise et apaisé ma colère. Dès ce jour tragique, il m'a pris sous son aile et aidé à vivre ce terrible deuil avec sérénité. Malgré cela, je n'ai jamais réappris à vivre les émotions…

Iris, en larmes, regardait avec douleur les beaux yeux noirs du pauvre jeune homme qu'elle apprenait à peine à connaître. Leurs personnalités s'entre-choquaient moins que dans le royaume chi, où tout était abstrait. Elle réalisait que le Grand Maître n'avait cependant pas menti en lui déclarant que le vécu du jeune homme – à qui elle s'attachait de plus en plus – était bel et bien lourd. Mais aujourd'hui, il avait souri pour la première fois depuis toutes ces années, et c'était pour elle et grâce à elle qu'il le faisait.

– Iris ?

– Oui ?

– Es-tu prête à entendre le reste ?

— Oui.

Le serveur vint leur demander s'ils désiraient autre chose et ils répondirent par la négative.

— Nos deux dons réunis et les capacités du Grand Maître peuvent sauver des vies, Iris, reprit Nox.

— Alors, il faut les sauver !

— Ce n'est pas à prendre à la légère. Le royaume chi n'était que la cour d'école. Notre mission peut nous amener dans des royaumes bien plus obscurs que celui d'Umbra.

— Je suis prête !

— Le Grand Maître voulait que je m'assure que tu acceptes les risques avant de te proposer cette nouvelle quête.

Le serveur vint leur porter l'addition, que Nox régla sans laisser Iris s'y opposer. À nouveau seuls, elle déclara :

— J'accepte les risques, Nox. Quelle est la mission ?

— Le Grand Maître nous l'expliquera en personne, répondit-il en se penchant pour prendre son sac à dos posé à ses pieds.

Il en sortit deux étranges bracelets en cuivre.

— Qu'est-ce ? demanda la jeune fille intriguée.

— C'est une invention du Grand Maître. En attendant que nous possédions convenablement les règles de la méditation zen, ces bracelets d'acupression nous permettront d'entrer dans le monde de la méditation instantanément et profondément.

— Tu es sérieux ?

— Comment crois-tu que je me suis retrouvé au royaume chi ?

— Intéressant.

— Tiens, je vais t'insérer le tien et te montrer comment le placer aux bons endroits.

— Ici ?

— Nous serons partis quelques secondes.

— Tu es certain ?

— Fais-moi confiance, Iris, insista-t-il avec son splendide sourire.

— Nox, ton sourire est d'une beauté indescriptible...

— Ne recommence pas, Iris !

Elle éclata de son rire harmonieux, qui le fit sourire de plus belle. Quel bonheur elle lui faisait sentir dans son cœur, qui reprenait fébrilement vie après cinq ans de souffrance ! Malgré cela, il préférait faire confiance au vieux dicton « lentement mais sûrement ».

Le bracelet de cuivre, qu'il inséra délicatement dans la main droite de la tendre adolescente qui l'enivrait par sa seule présence, était muni d'un anneau qui s'insérait dans le majeur, puis de cet anneau partait une tige d'alliage de cuivre malléable qui continuait jusqu'à ce qu'elle se sépare en deux pour embrasser le poignet, juste au-dessus des os de la jointure de la main. Ce premier bracelet n'était pas fermé, mais se terminait de chaque côté par une boule de métal, laissant libre un centimètre du poignet. Depuis ce premier bracelet, une autre tige partait vers le milieu de l'avant-bras, où elle se terminait en un autre bracelet identique au premier.

Nox inséra le sien et expliqua la procédure à Iris :

— Tu vois les boules sur les côtés de chaque bracelet ?

— Oui ?

— Il faut les placer à des endroits précis pour que cela fonctionne. En les appuyant fermement sur des méridiens déterminants, par acupression et par la composition spéciale de leur alliage cuivré, les bracelets engendrent la transe méditative que le Grand Maître maîtrise après de nombreuses années de pratique.

— D'accord.

— Les deux premières boules doivent appuyer entre les deux tendons traversant le poignet, et juste sous les os du poignet, expliqua-t-il en pressant les boules de cuivre sur le délicat poignet d'Iris. Le deuxième endroit exact, poursuivit-il sous le regard concentré de la jeune fille, est plus subtil à localiser. C'est exactement là où il y a une jonction des deux veines parcourant l'avant-bras. Là, tu la vois ? demanda-t-il en pointant l'endroit.

— Oui, répondit Iris en scrutant son avant-bras du regard.

Nox pressa le bracelet à cet endroit.

— Voilà.

Iris releva les yeux vers lui. Il déposa sur la table sa main gauche, paume ouverte vers le haut. La jeune fille y déposa la sienne.

— Tu es prête ?

Iris sentit un frisson lui parcourir le dos.

— Je pourrai revenir quand je voudrai ?

— Bien sûr ! Et je serai là près de toi, en tout temps.

— Alors, oui, je suis prête.

— Tout ce qui reste à faire pour engendrer la transe, c'est de refermer tes doigts sur ta paume.

— Et personne ne remarquera quoi que ce soit ?

— Les gens penseront que nous sommes en train de nous contempler le fond des yeux, et ils ne viendront pas nous déranger pendant les quelques secondes que cela durera.

— Allons-y, alors !

Ils fermèrent leurs doigts simultanément et la pression des boules de cuivre augmenta. Iris sentit l'engourdissement gagner son avant-bras, puis sa vision se troubla. Le bruit de la gare s'estompa jusqu'à disparaître, et elle entendit Nox lui dire d'ouvrir les yeux.

— Oh ! s'exclama-t-elle.

Devant elle s'étalait un magnifique jardin asiatique. Nox et elle se tenaient sur un quai flottant sur pilotis. Iris regarda au loin : une magnifique montagne verdoyante surplombait l'horizon. Le vert semblait d'ailleurs seul à colorer ce jardin. Baissant les yeux, son regard longea le quai qui menait à une demeure dont les murs semblaient de papier. Hormis le vert, les teintes étaient les mêmes qu'au royaume chi.

— Viens, il nous attend, lança Nox.

Iris regarda leurs vêtements : ils étaient habillés d'uniformes noirs du royaume chi et portaient les mocassins en tissu. Sur leur poignet droit brillait, comme un feu ardent, le bracelet offert par le Grand Maître.

— C'est incroyable !

Nox essuya ses pieds sur un paillasson de paille dans l'entrée. Iris l'imita en regardant l'objet sur lequel étaient imprimés des mots, dans une langue asiatique, souhaitant la bienvenue. Le jeune homme fit glisser une porte au cadre de bambou, dont le centre était en papier. Le Grand Maître vint les recevoir. Iris lui sourit. Elle aurait voulu lui sauter au cou, mais se retint.

— Bonjour, jeunes gens, dit-il en exécutant son salut.

Il portait sa tunique et ses mocassins, qu'Iris reconnut pour les avoir vus au royaume chi.

— Grand Maître, dit solennellement Nox, en imitant la révérence.

— Bonjour Grand Maître ! s'exclama la jeune fille, radieuse.

— Vous êtes en pleine forme, mademoiselle, à ce que je vois.

— Bien sûr !

— Je ne vous garderai pas longtemps, car j'imagine que vous êtes encore à la gare.

— Oui, répondit Nox.

— Venez vous asseoir pour un thé.

Ils s'assirent sur de soyeux coussins, tout autour d'une table basse ; le serviteur du vieil homme vint leur porter du thé. Iris observa le domestique au teint grisâtre, qu'elle avait connu au royaume chi, puis elle demanda au Grand Maître s'ils se trouvaient dans sa maison.

— En quelque sorte. Ce jardin est celui que j'ai laissé à mon neveu lorsque j'ai quitté le Viêt-nam. Il se trouve dans un endroit reculé de la campagne, au sud du pays, pas loin de mon lieu de naissance.

— Et le château chi ?

— Il vous manque ? demanda le vieil homme avec un léger sourire.

Il ferma les yeux, inspira profondément, puis expira. Iris vit le décor changer. Du jardin asiatique, il passa aux murs de roche de la salle du Grand Maître dans le château chi.

— Oh ! s'exclama-t-elle, éblouie.

Puis, le décor redevint celui du jardin asiatique, et le Grand Maître prit une gorgée de son thé.

— Et Nox ? demanda Iris, curieuse.

— Quoi ? lui répondit le jeune homme.

— Pas toi, non, le husky. Il est avec vous ?

·Le Grand Maître fit apparaître le magnifique animal, et la jeune fille s'exclama de joie, faisant sursauter les deux hommes. Elle flatta le chien, qui ballottait sa queue de gauche à droite, et qui la regardait profondément de ses superbes yeux bleus.

— Oh, mon beau Nox !

Le jeune homme assis à côté d'elle soupira. Le Grand Maître rit, amusé.

— Aviez-vous vraiment besoin de le nommer ainsi ?

— Allons, Nox ! Tu n'as pas à être jaloux, lança Iris.

— Je ne suis pas jaloux ! rétorqua le jeune homme en lançant un regard dur au chien.

— Jeunes gens ! Nous n'allons pas recommencer. Je dois vous donner les consignes de votre nouvelle mission, et vous sortirez de votre transe par la suite.

— Oui, Grand Maître, répondirent simultanément Nox et Iris.

– Bien ! Donc, comme je l'ai expliqué à Nox plus tôt, le royaume chi et la menace d'Umbra n'étaient qu'un entraînement. Les Diffuseurs et Diffuseuses – ainsi les nommerons-nous –, que nous pouvons joindre dans les centres ne représentent qu'un minime pourcentage de ceux qui évoluent autour de nous, dans la société. Or, le don de Nox lui permet de pressentir à proximité la détresse de ces gens qui prévoient commettre un geste irrévocable. Et votre don, mademoiselle, permet de les éloigner de cette noirceur qui les incite à poser un tel geste. Mais le laps de temps entre l'étincelle que voit Nox et votre possibilité d'intervenir est extrêmement court. Aussi, je dois vous prévenir que les risques sont différents et plus élevés.

– Que voulez-vous dire, Grand Maître ?

– Eh bien, le royaume chi était mon invention et donc sous mon contrôle mais, pour réussir à aider les autres Diffuseurs, il vous faudra frôler leur royaume et être donc sujet à leurs lois. Aussi, vous devez savoir que je ne suis pas le seul à posséder cette aptitude d'entrer en contact avec ceux qui sont en transe méditative, et que même si ceux qui le peuvent sont peu nombreux, ils n'ont pas tous les mêmes valeurs que moi. Donc, avant de vous laisser initier quelque séance de sauvetage que ce soit, je tiens à vous enseigner de nouvelles aptitudes essentielles. Le tai-chi-chuan ne suffira pas à vous défendre d'éventuelles attaques car, sachez-le bien, vous pouvez subir et endurer énormément de blessures dans le monde fictif de la transe méditative, mais la mort peux parfois traverser les dimensions psychiques et physiques et se traduit, peu importe la forme qu'elle a prise dans la transe, par un arrêt cardiaque dans la réalité.

À ces mots, Nox et Iris se regardèrent inquiets.

— Rassurez-vous, je ne vous laisserai pas vous rendre à cette limite. C'est pourquoi il y a quelques règles très strictes que je m'attends à vous voir respecter. Et je suis plus que sérieux, cette fois-ci, mademoiselle Iris, ajouta-t-il en posant un regard autoritaire sur la jeune fille.

— Oui, Grand Maître, répondit Iris en baissant les yeux.

— Les bracelets que vous portez au bras vous facilitent la tâche d'entrer rapidement en satori. Tranquillement, vous apprendrez peut-être à le faire seuls, mais pour l'instant il vaut mieux pour vous que vous ne le sachiez pas, car la première règle que j'exige de vous est de ne jamais entrer en transe sans la présence de l'autre. Est-ce clair ?

— Oui, Grand Maître.

— Bien ! Vous devrez travailler en équipe en tout temps ; je crois que cela ne devrait plus être un problème, bien que votre attraction réciproque aussi puisse devenir un obstacle.

Iris et Nox rougirent tous les deux sans oser regarder le Grand Maître.

– N'en soyez pas gênés, jeunes gens ! Je ne le mentionne pas par indiscrétion, mais bien par précaution.

Ils terminèrent leur thé et le Grand Maître les invita à marcher dans le jardin avec lui. Il continua ses recommandations, les deux mains enfouies dans ses manches :

– Comme je vous disais plus tôt, il vous faudra savoir vous défendre, et à cette fin j'ai l'intention de vous familiariser avec le kung-fu. Quant à votre transe méditative, il vous faudra pouvoir en cas d'urgence en sortir subitement ; à ce sujet, je veux que vous appreniez à ne jamais oublier que si votre psychique est ici, votre corps, lui, est ailleurs en veille, et qu'il peut être vulnérable. Toutefois, il enverra discrètement des messages subtils que vous devrez définitivement apprendre à décoder pour assurer votre propre sécurité. Maintenant, jeunes gens, il est temps pour vous de retourner où vous étiez, car le public de la gare va commencer à vous trouver étranges, à vous regarder aussi longuement d'un air lunatique, ajouta-t-il en souriant. Il vous faudra seulement trouver une façon de coordonner vos horaires, pour avoir des séances de transe méditative de quelques heures. Moi, je vous attendrai ici. Ça vous va ?

– Oui, Grand Maître !

– Comment arriverons-nous à sauver les Diffuseurs ? demanda Iris curieuse.

– Nous n'y sommes pas encore, mademoiselle Iris !

– D'accord.

– Nox va vous montrer comment sortir de la transe, et je préfère qu'il garde les bracelets pour l'instant.

Iris fit une grimace, pour dissimuler le picotement au cœur que cette dernière consigne avait provoqué.

– À la prochaine fois, ajouta le Grand Maître, faisant son salut tout en feignant ne pas avoir vu le malaise de la jeune fille.

Il fit demi-tour et rentra dans sa demeure. Iris regarda Nox dans les yeux.

– Tu es prête ? s'empressa-t-il de lui demander.

– Oui.

– Alors, retournons !

Il la pria de retirer son bracelet, ce qu'ils firent simultanément.

Iris sentit sa vision redevenir normale, et entendit de nouveau le brouhaha de la gare. Devant elle, Nox souriait, sa main gauche toujours dans la sienne.

– Ça va ?

Iris soupira.

– Oui.

CHAPITRE II

'INFIRMIÈRE en chef interpella le docteur Disel. Il s'approcha et elle lui désigna la jeune infirmière stagiaire qu'il avait lui-même engagée, qui le salua timidement.

— Quel est votre prénom, encore ? demanda sèchement le docteur.

— Mélissa, docteur.

— Bien ! répondit-il et, au même instant, le téléavertisseur accroché à la ceinture de son pantalon retentit.

Il regarda le numéro et rappela immédiatement le médecin des soins intensifs qui tentait de le joindre.

— Docteur Disel, vous serait-il possible de venir aux soins intensifs ? J'ai un cas particulier qui m'inquiète, et j'ai bien peur d'avoir besoin de votre expertise.

— De quoi s'agit-il ?

— C'est un adolescent qui, selon les policiers, aurait pris une substance létale pour s'enlever la vie.

— Et alors ?

— Il a eu un arrêt cardiaque, ce matin…

— Alors, je ne peux rien y faire.

— Nous l'avons réanimé et il semble stable, mais depuis ce matin il a fait plusieurs arrêts cardiaques. Nous avons réussi à le réanimer à chaque fois, mais j'ai peur qu'il finisse par succomber si cela persiste…

— Je vois, j'arrive, répondit le docteur Disel. Il déposa le combiné. Mélissa, venez avec moi ! Nous allons aux soins intensifs. Nous verrons si vous êtes à la hauteur de la carrière à laquelle vous aspirez.

— Oui, docteur, répondit de sa douce voix la jeune infirmière.

Passant par son bureau, Disel prit sa petite trousse personnelle.

Aux soins intensifs, le médecin traitant présenta la fiche médicale de Yoann, présentement dans un coma instable.

— Quand a eu lieu sa dernière réanimation ?

— Il y a environ une heure.

— Avez-vous analysé la substance ingérée ?

— Oui ! Le laboratoire semble incertain des résultats…

— Allez me chercher le rapport, s'il vous plaît.

Le docteur Disel regarda sortir le médecin et demanda à l'infirmière de fermer la porte de la chambre. Il ouvrit sa trousse et en extirpa une seringue remplie d'un liquide bleuté. Mélissa se plaça aux côtés du patient. Elle le regardait tristement ; il semblait en bien piètre état. Elle ne devait être son aînée que de quelques mois. Elle paraissait paralysée en observant le visage triste de Yoann, qui semblait pourtant dormir en paix. Le docteur lui lança un regard dur.

— Ne vous attendrissez pas, jeune fille ! Nous sommes dans un hôpital, ici ! Il y a des malades, des blessés, des mourants ou bien des morts, rien d'autre !

— Oui, docteur ! C'est juste que je l'ai croisé sain et sauf ce matin à mon arrivée à l'hôpital.

— Ça ne le rend pas immortel !

— Non, monsieur…

Le moniteur cardiaque du patient se mit à s'affoler, puis une ligne plate s'afficha sur l'écran. Mélissa se recula par instinct, apeurée.

Yoann sentait un bien-être complet. Dans une obscurité totale, mais non angoissante, il sentait son corps flotter, en apesanteur. Une lumière claire et chaleureuse apparut au loin, comme s'il était dans un tunnel. C'était la troisième fois qu'il l'apercevait depuis que tout s'était embrouillé sur le toit d'un édifice au fond d'une ruelle où il s'était réfugié pour se cacher des policiers. Une douce mélodie parvenait de l'endroit d'où la lumière émanait. On aurait dit une voix qui l'interpellait.

— Suis-je mort ? demanda le jeune homme timidement.

On lui fit savoir que non ; son temps n'était pas venu.

— *Pourquoi ? s'offusqua-t-il.*

— *C'est ainsi, lui fit comprendre la voix diffuse.*

Le docteur Disel calcula la localisation du cœur du jeune homme sur sa poitrine, puis lui planta la seringue et poussa sur l'embout pour faire pénétrer le liquide. Le cœur de Yoann se remit à battre instantanément.

La lumière claire s'éteignit, et Yoann sentit la gravité reprendre possession de son corps. Une lumière bleutée envahit le tunnel, qui se transforma en une ample salle. Cette mystérieuse luminosité remplaçait chaque fois le départ de l'autre lumière, beaucoup plus apaisante. Avec la lumière bleue ne venait pas du tout l'état de bien-être. Au contraire, Yoann ressentait alors la douleur, le froid et une angoisse phobique d'être pris dans un endroit aussi désolant à ses yeux que sa propre vie, à laquelle il avait tenté de mettre un terme.

Le docteur Disel rangea la seringue vide dans sa trousse qu'il referma.

— Ce liquide, qu'est-ce que c'était ? demanda Mélissa, intriguée.

— Vous n'êtes pas à l'école ici, jeune fille. Ce que vous n'avez pas su apprendre en classe, je ne suis pas ici pour vous l'enseigner, répondit le docteur sèchement.

Mélissa le trouvait antipathique et méprisant. Le médecin traitant arriva au pas de course, rapport en main.

— Eh bien ! J'avais cru entendre son moniteur annoncer un autre arrêt...

— Tout est calme, docteur. Je lui ai administré ce qu'il fallait. Je vais m'occuper de ce cas particulier, si vous n'y voyez pas d'inconvénients, docteur.

— Non, j'ai déjà une charge de travail impossible. Et vous semblez familier avec sa condition.

— En effet, je connais ce jeune patient. Sa santé précaire, ajoutée à la mystérieuse intoxication, pourrait être la cause de son étrange comportement.

— Il ne possédait aucune identification sur lui, docteur Disel...

— Il se nomme Yoann. Une épave qui n'en est pas à sa première tentative, docteur.

— Oui, j'ai remarqué les cicatrices assez récentes. A-t-il des parents ?

— Pas vraiment. C'est un vagabond, sans but ni espoir.

Disel réfléchit quelques secondes puis annonça :

— Je prends en charge ses frais de séjour.

Mélissa leva les yeux vers lui ; cette proposition l'avait surprise.

– Oh ! Docteur Disel, comme c'est humain de votre part, osa-t-elle.

– Ne vous méprenez pas. Si son coma s'éternise, je pourrais reconsidérer mon offre. Mon geste est davantage motivé par une curiosité médicale qu'autre chose. Je vous l'ai dit, ne vous attendrissez pas sur le sort des patients. Néanmoins, vous serez son infirmière. Vous aurez le stage le plus complet de toute votre classe !

– Oui, docteur.

– Bon, alors je le laisse entre vos mains, docteur Disel, déclara le médecin en remettant le rapport du laboratoire à l'infirmière.

– Bien. Il n'est plus nécessaire qu'il reste ici. Je le fais transférer dans mon aile immédiatement, ajouta Disel en prenant brusquement le rapport des mains de Mélissa.

Décidément, elle trouvait déplaisante l'attitude de cet homme froid. Moins d'une heure plus tard, Yoann était transféré dans la section du docteur Disel, et Mélissa assignée à ses soins. L'infirmière en chef avait bien tenté de s'y opposer, mais le docteur l'avait remise à sa place avec une rudesse qui, à elle, n'était pas inconnue.

– Cette section de l'hôpital est sous mes ordres, madame ! Ne l'oubliez pas ! Et si cela ne fait pas votre bonheur, allez travailler au public, lui avait-il lancé. La jeune stagiaire travaillera sur ce cas, et autant d'heures que je jugerai nécessaire. S'il le faut, je paierai de ma poche le temps supplémentaire. Ne fourrez pas votre nez dans mes affaires, avait-il ajouté.

– C'est bien typique ! Il suffit qu'une jeune et jolie blonde apparaisse pour qu'ils envoient paître l'ancienneté ! avait maugréé la vieille infirmière, une fois que Disel fut assez loin pour ne pas l'entendre. Elle foudroya Mélissa du regard.

« C'est bien ta veine ! Dans le pétrin dès ton premier jour de stage », se dit la jeune stagiaire bouleversée.

虹

Disel lui donnait maintenant, dans la chambre privée qu'il avait retenue pour Yoann, ses directives. Une poche remplie du mystérieux liquide bleuté devait être ajoutée au soluté de Yoann, et Mélissa devait rester à son chevet, au cas où un autre arrêt cardiaque surviendrait, malgré l'administration constante du liquide par intraveineuse. Si un tel incident survenait, il lui faudrait elle-même administrer une dose par seringue, directement au cœur, et ne prévenir que lui.

– Je ne veux voir personne d'autre à roder autour de lui, ordonna-t-il. Ah oui, déshabillez-le et lavez-le-moi. Il pue, ce clochard ! ajouta-t-il avec dédain. Il fila vers son bureau.

虹

« C'est fait »

Ce furent les seuls mots qu'il prononça à l'intention de l'homme à l'autre bout du fil.

虹

Mélissa avait obéi aux ordres du médecin et elle avait préparé une bassine d'eau tiède savonneuse, avec une débarbouillette, pour procéder à la toilette du jeune homme. Elle s'assit à son chevet, déposa la bassine sur la table de nuit et regarda le corps inanimé devant elle.

« Il est dans le coma, Mélissa ! Il ne te voit pas et ne t'entend pas », se dit-elle pour se donner du courage.

Elle se risqua tout de même à lui parler.

— Yoann ? M'entends-tu ? Je m'appelle Mélissa. Je suis infirmière. Je vais te faire ta toilette.

L'odeur de sueur lui emplissait les narines, mais elle se retint de laisser paraître tout dédain. À l'urgence, on avait retiré rapidement les vêtements du haut du corps de Yoann, pour lui insérer une aiguille de soluté au bras, prendre ses signes vitaux, installer le moniteur cardiaque, puis procéder à la réanimation. Mélissa avait remarqué son torse noirci de tatouages et ses nombreux *piercings* lorsque le docteur l'avait dardé de sa seringue. Elle avait aussi remarqué sa maigreur inquiétante. Elle regarda son triste visage, éteint. Elle commença à retirer chaque bijou dans ses *piercings*. Les cheveux de Yoann, sales et entremêlés, puaient également.

— Je devrais les raser, Yoann ! lui dit-elle en commençant à lui débarbouiller le torse.

Le patient ne bougea pas. Mélissa sentit un frisson lui parcourir l'échine : *elle nettoyait un mort*, mais elle continua sa besogne, sensible à l'état grave du jeune homme qui l'avait accrochée dans le hall d'entrée, quelques minutes avant de poser son triste geste.

— Yoann, quel malheur portes-tu dans le cœur pour t'en vouloir autant ? murmura-t-elle peinée, en observant les cicatrices sur ses poignets.

Yoann grelotta. Subitement, un froid humide lui fit frissonner le torse. Il crut entendre une douce voix appeler son nom ; en sourdine et lointaine, elle paraissait plus humaine que celle qui accompagnait la lumière claire : celle-là semblait plutôt se transmettre par la pensée.

— Maman ?

La question avait surgi d'instinct.

Au lieu d'une réponse, un terrible tonnerre retentit et un vent violent se leva. Yoann sentit la peur lui parcourir les veines. Une voix d'homme, avec un fort accent asiatique s'adressa à lui :

— Alors, Yoann, tu désires mourir ?

La respiration de l'adolescent s'interrompit. Il chercha des yeux l'homme qui s'adressait à lui, mais la lumière bleutée nimbait tout dans la salle.

— La mort te sera accordée quand tu l'auras méritée. Et pour la mériter, il te faudra me servir fidèlement, car tu ne bougeras pas d'ici jusqu'à ce que tu aies purgé ta peine ! Me suis-je bien fait comprendre ?

— Euh...

— Tu seras le porteur de cette mort que tu loues tant, que ça te plaise ou non ! Mais avant, il te faudra suivre mon entraînement pour être prêt à semer cette douce délivrance qui te boude depuis trop longtemps.

La salle se transforma en jardin d'arbres dépouillés et se meubla d'étranges structures de bois. La sensation de froid que Yoann avait senti plus tôt se déplaçait dans les différentes parties de son corps.

— Tu apprendras l'art du combat, jusqu'à ce que tes jointures endolories saignent. Plus vite tu apprendras, plus vite tu seras soulagé de ta misérable existence. Et ne pense même pas à te laisser mourir, car ici la douleur peut être infinie, mais la mort ne vient que lorsque je l'ordonne. J'ai bien pris soin que quelqu'un veille à ce que tu restes en vie, coûte que coûte, de l'autre côté.

L'homme apparut enfin devant Yoann. Robuste et d'âge mûr, il était vêtu d'une tunique noire et muni d'un bâton. Il lâcha un cri terrifiant et frappa Yoann à la nuque, le forçant à se plier en deux devant lui.

– On salue son maître quand il se présente devant nous ! lança-t-il sèchement, avec un regard hargneux.

Yoann, terrorisé et endolori, lui obéit. En se relevant, le jeune homme sentit des mèches de cheveux tomber le long de son cou, comme si on lui rasait la tête. Un mesquin sourire aux lèvres, l'homme semblait s'amuser du phéno-mène. Il expliqua à Yoann les exercices d'entraînement qu'il devrait exécuter et ce qu'il attendait de lui, puis disparut de nouveau.

Yoann entama son programme d'exercices.

Mélissa termina la tonte des cheveux sales du patient et jeta les mèches. Elle lui lava délicatement la tête à la débarbouillette.

– Tu as meilleure allure ainsi, Yoann !

Elle sourit et lui caressa le front, puis elle se tourna vers le liquide bleu qui coulait goutte à goutte à travers le tube de soluté, intriguée par cette mystérieuse sub-stance.

L'attitude du docteur Disel, aussi, lui apparaissait pour le moins nébuleuse.

Nox et Iris s'étaient quittés promptement au café de la gare, car Nox devait se rendre au travail et Iris à ses cours de gymnastique et d'équitation. Ils s'étaient redonné rendez-vous en soirée pour entreprendre le nouvel entraînement avec le Grand Maître. Nox devant se rendre à la ville après son travail, ils avaient choisi de faire leur transe dans une salle de cinéma, là où personne ne risquait de remarquer leur étrange attitude.

Iris rentra chez elle juste à temps pour repartir à son premier cours. Elle trouva son père dans la cuisine.

— Ça va, papa ?

— Oui, et toi ?

— Ça va ! répondit-elle radieuse.

— Alors, ce rendez-vous, c'était quoi ?

Iris baissa timidement les yeux sans répondre.

— Oh ! J'ai bien cru voir une lueur dans tes iris…

— Papa !

— On pourra le rencontrer ? ajouta-t-il en riant sans malice.

— Peut-être ! Si vous faites bien cela, répondit Iris, sarcastique.

— Comment est-il ?

— Oh il est merveilleux, papa… !

— Tu es une grande fille, Iris. Tout ce que je te demande, c'est de ne pas perdre la tête. Mais tu as assez de sagesse pour savoir cela, n'est-ce pas ?

— Oui papa ! répondit-elle en l'embrassant.

Son père soupira. Une étape difficile pour un père et sa petite fille, songea-t-il, mélancolique.

— Où est maman ? demanda Iris, pour faire diversion.

— Elle est couchée. Tu sais, Iris, elle fait beaucoup de promesses, mais ce n'est pas facile pour elle…

— Je sais, papa.

— Elle est de terrible humeur ce matin et j'espère qu'elle tiendra le coup pendant que j'irai te conduire à ton cours. Ce soir, je lui ai promis de l'accompagner à une rencontre des AA.

— Bien. Moi, je vais au cinéma ce soir.

— Ah oui ? Et comment s'appelle le mystérieux jeune homme ?

— Nox !

— Nuit ?

— Eh oui…

— Hum ! Il va à l'école avec toi ?

— Non.

— Comment l'as-tu connu ?

– C'est l'ami d'un ami.

– Il est vraiment gentil ?

– Papa ! Fais-moi confiance !

– Bon, bon ! Je fais de mon mieux, mon arc-en-ciel.

– Je ne t'aimerai pas moins, papa chéri !

Son père soupira à nouveau. Iris lui sourit.

Elle alla prendre son sac d'entraînement et son équipement d'équitation, puis ils partirent pour le gymnase.

Dès qu'ils eurent passé la porte, la mère d'Iris se leva et se rendit directement au salon, dans la cachette qu'elle avait aménagée dans un petit meuble, pour se servir un verre. Ses mains tremblaient et elle était furieuse contre elle-même, contre son mari et contre sa fille. Elle hésita, pleura, puis se servit un verre de scotch. Elle le portait à ses lèvres lorsqu'elle vit son reflet dans le miroir. Elle ferma les yeux, honteuse, et lança le verre plein qui se fracassa et fit voler le miroir en éclats. Elle se laissa tomber par terre. Elle pleura encore un peu, puis elle se servit un autre verre de la substance maudite qui faisait son malheur. Cette fois-ci, elle le cala d'un coup.

Après le cours de gymnastique, Iris et son père mangèrent ensemble et se rendirent à la campagne, à une heure de route, pour le cours d'équitation. Pendant qu'Iris chevauchait, son père téléphona à plusieurs reprises à sa femme pour prendre de ses nouvelles ; voyant qu'elle ne répondait pas, il conclut, désappointé, qu'il serait peut-être mieux pour sa fille qu'elle ne retourne pas à la maison avant sa sortie au cinéma, pour éviter qu'elle voie que sa mère n'avait probablement pas, encore une fois, tenu sa promesse.

« Ce ne sont pas des problèmes que tu as besoin de vivre pour prendre ton envol », songea-t-il avec amertume en regardant sa fille évoluer sur la piste avec élégance. « La peur que j'ai eue hier me suffit ! » pensa-t-il encore, en plongeant le nez dans le livre qu'il avait apporté pour attendre sa fille, comme à tous les samedis.

Aussi, après qu'Iris eut pris sa douche et qu'elle se fut changée au centre équestre, lui proposa-t-il d'aller magasiner en attendant son rendez-vous avec son ami, sachant qu'une adolescente de 16 ans ne refuserait jamais une telle offre.

— Bien sûr !

— Où Nox doit-il te rencontrer ?

— Au cinéma.

— Parfait, tu pourras rester au centre commercial.

— Oui, je pourrai manger avec lui.

— Bien…

— Merci, papa !

— Je t'aime, Iris…

Iris le regarda tendrement. Elle voyait bien que quelque chose le tracassait, mais ne tenta pas d'en savoir plus. Ils arrivèrent en fin d'après-midi au centre commercial, près de chez eux, et Iris proposa à son père de la laisser seule faire ses courses, afin qu'il rejoigne sa femme.

— Il vaut mieux qu'elle ne se sente pas trop seule, si on veut qu'elle ait une chance, déclara sa fille.

M. Arco soupira malgré lui.

Iris descendit de la voiture et le salua une dernière fois de la main.

Arrivé chez lui, M. Arco chercha sa femme, qu'il trouva saoule, assise sur le sofa. Il ferma les yeux, découragé et peiné.

— Chéri ! Viens boire un verre avec moi, lança sa femme en riant hystériquement.

— Non, je ne crois pas, Lucie. Viens plutôt te préparer pour notre sortie…

— Je ne vais nulle part, ce soir !

— Oh ! Que si !

虹

Iris parcourait les boutiques sans trop d'intérêt, car elle avait vite compris l'astuce de son père. Le samedi, la situation était souvent la même : ils retrouvaient sa mère en piteux état, et les échanges entre ses deux parents dégénéraient, devenant presque violents. Elle se tapissait alors dans sa chambre, pour tenter de survivre à la vague dramatique. En cette journée spéciale, son père avait voulu lui épargner ce triste scénario.

« Oh papa ! tu es un amour », songea-t-elle tristement.

En effet, elle ne tenait pas à vivre ce stress précis avant sa rencontre avec Nox. Elle voulait seulement pouvoir profiter de la joie de le voir dans un monde réel. Il était déjà si difficile à apprivoiser qu'elle n'avait pas besoin de tracas supplémentaires.

« Maman, si tu ne fais pas l'effort, je ne m'accrocherai pas à ton malheur, car j'ai une vie dans laquelle m'épanouir », se jura-t-elle.

Elle se rendit au complexe de cinéma, à l'extrémité du centre commercial. Nox ne tarderait pas à arriver. Au bout de quelques minutes, elle le vit effectivement se diriger directement vers elle d'un pas décidé, faisant virevolter ses mèches rebelles. Elle soupira en souriant.

— Iris ! dit-il tout simplement comme salutation.

— Nox !

Indomptable : voilà le mot qui monta en elle en voyant l'attitude réservée du jeune homme.

« N'est-ce pas le genre de mot qui lance un défi ? » se dit-elle.

— Tes cours se sont bien passés ? demanda-t-il gentiment.

— Oui. Et toi, ta journée ?

— Bien. As-tu mangé ?

— Non.

— Alors, allons souper, et nous achèterons des billets pour le film le plus long.

— D'accord. Mais ça serait bien, un film pour vrai, un de ces jours…

Nox la regarda, intrigué. Puis comprenant l'allusion, il acquiesça de la tête et lui sourit.

« Ah, tout de même ! Je me contenterai bien de ton sourire pour l'instant », pensa-t-elle.

Étrangement, elle n'osait pas trop user d'ironie avec lui dans le monde réel. Elle réalisait que dans le monde fictif, les choses avaient suivi naturellement leur cours, mais que maintenant ils devaient refaire connaissance tranquillement, surtout en sachant que Nox avait un vécu émotif instable, et que le brusquer n'aiderait en rien. Il la surprit cependant, une fois assis au restaurant, en abordant lui-même le sujet.

— Tu sais, Iris, je trouve particulier de se rencontrer. Ce matin, quand on s'est vus à la gare, cela ne faisait que quelques heures que j'avais quitté le royaume chi, et j'étais soulagé de sentir entre mes bras que tu existais vraiment. Néanmoins, j'ai passé le reste de la journée à faire ma routine quotidienne et tout me semble…

Iris lui tendit sa main, qu'il prit tendrement dans la sienne.

— Je comprends très bien, Nox ! C'est en effet particulier que nous ayons passé presque un mois ensemble à nous connaître au royaume chi, alors qu'en fait à peine une journée s'est écoulée. Mais, je veux que tu saches que quand j'ai quitté le royaume, convaincue que tu n'existais pas, mon cœur battait à tout rompre, ajouta Iris avec assurance.

Nox baissa les yeux, cet aveu le rendait mal à l'aise.

— De plus, avec notre nouvelle mission, nous allons encore passer d'autres longs moments à apprendre à nous connaître. Alors, il faudra trouver une façon pour qu'à nos retours, l'écart ne soit pas insurmontable, continua-t-elle.

— Tu as raison, Iris. Je veux te connaître, ici. Mais je ne peux pas le faire instantanément ou rapidement, ça me prendra du temps, qu'il soit fictif ou pas…

— Je comprends. Je ne te brusquerai pas, Nox ! Vraiment, je suis juste soulagée que tu existes, lui dit-elle en lui souriant tendrement.

Ils mangèrent, puis allèrent choisir le film le plus long, pour disposer de plusieurs heures pour entrer en transe méditative. Ils s'assirent au fond de la salle de cinéma, à l'extrême droite, afin d'être le plus isolés possible, mais la salle était loin d'être comble. Le film qu'ils avaient choisi était déjà à l'affiche depuis déjà quelque temps, et il ne connaissait pas un succès monstre.

Ils enfilèrent leur bracelet, et entrèrent en transe dès que la salle s'assombrit.

Ils se retrouvèrent instantanément dans le jardin asiatique du Grand Maître. Ils s'essuyèrent à nouveau les pieds sur le paillasson, en signe de respect, et allèrent rejoindre le vieil homme qui les attendait, assis en tailleur sur son coussin, devant sa table basse.

— Bonjour jeunes gens ! Le film est bon ? demanda-t-il avec ironie.

— Le voyage au Viêt-nam est meilleur, répondit Iris en souriant.

— Bien ! C'est moi qui ai exigé de Nox qu'il choisisse un endroit public pour vos premières séances, car jusqu'à ce que vous appreniez à bien reconnaître les signes d'alertes que votre corps pourrait vous envoyer, il vaut mieux qu'il y ait des gens autour de vous. En cas d'urgence, ils pourraient vous sortir de votre transe sans le savoir.

— Que voulez-vous dire, Grand Maître ?

— Supposons que le feu prenne dans la salle de cinéma et que vous ne perceviez pas les signes de danger que votre corps vous envoie. Le mouvement, le bruit, ou même un contact physique, des gens autour de vos corps réussiraient à vous sortir d'ici sans délai.

— Je vois.

— Néanmoins, nous allons faire l'apprentissage de la reconnaissance des signes, ajouta le Grand Maître en se levant et incitant les deux jeunes gens à le suivre. Compte tenu de la longueur du film, nous devrons avoir environ deux semaines d'entraînement devant nous.

Ils firent le tour de la demeure et le vieil homme expliqua :

— Je veux que vous regardiez en détail le décor de mon jardin. Cette salle, le corridor, les murs, le plancher, l'extérieur, tout. Même s'il est à l'image de ma demeure au Viêt-nam, il est le fruit de mon imagination, et totalement soumis à mon contrôle mental.

Nox et Iris lui obéirent. Ils gravèrent dans leur mémoire chaque détail. Pour Iris, cela était un jeu d'enfant, car elle avait une mémoire visuelle hors pair. Nox était plutôt auditif, et son attention se porta davantage sur les bruits environnants, mais il avait appris avec l'aide du Grand Maître à stimuler son côté visuel.

— C'est fait ? leur demanda le vieil homme en se retournant vers eux.

— Oui !

— Alors, maintenant, je veux que vous sentiez les intrusions possibles – intentionnelles ou involontaires – de votre cerveau dans mon décor.

Iris ferma les yeux, se concentra, inspira profondément, puis expira en rouvrant les yeux. Tout était identique. Elle regarda Nox qui lui sourit.

— Tes cheveux, Iris.

Elle détacha sa chevelure et vit qu'elle l'avait teinte de sa couleur réelle. Nox ferma les yeux, puis les rouvrit et regarda Iris, amusé.

— Tes yeux… laissa-t-elle tomber.

Nox lui sourit et fit apparaître également ses vêtements, incluant la redingote noire qu'il portait toujours au royaume chi.

— Bien, jeunes gens. Va pour l'intentionnel, mais les intrusions clandestines, elles ?

Iris et Nox se concentrèrent. Soudainement, Iris pointa devant elle un des murs de papier de la demeure du Grand Maître. Une source lumineuse clignotait, faisant passer alternativement le mur de l'ombre à la lumière.

— Est-ce cela, Grand Maître ?

— Je ne sais pas, mademoiselle. Qu'est-ce ?

Iris observa le phénomène avec attention, puis réfléchit.

— La projection du film dans la salle de cinéma, je crois, répondit-elle finalement.

— Probablement ! Je vous avais dit que les signes pouvaient être subtils. Bien. Et vous, jeune homme ?

Nox scruta le décor des yeux, mais il ne remarqua rien. Il insista, mais en vain. Un peu frustré, il soupira.

– Tranquille, Nox ! Vos forces ne sont pas les mêmes. C'est pour cela que j'insiste sur votre travail d'équipe, expliqua le Grand Maître.

Nox maugréa, déçu.

– Venez, je suis certain que vous vous reprendrez dans un prochain exercice.

Ils sortirent et suivirent, en direction opposée de la demeure, le quai qui menait sur la terre ferme. Une fois passées les structures flottantes du jardin, ils se dirigèrent dans un autre jardin, où s'élevaient différentes constructions de bois. Nox et Iris échangèrent un court regard, et la jeune fille crut remarquer un léger sourire en coin sur le visage de son ami.

– Ici, vous exercerez vos aptitudes physiques : endurance, souplesse, force, équilibre, vitesse. C'est le jardin pour votre entraînement de kung-fu. Je vous ferai une démonstration de chaque exercice que vous répéterez jusqu'à maîtrise totale du mouvement. Il y en a quelques-uns que vous contrôlez déjà quelque peu, ajouta-t-il en pointant un rectangle d'eau où flottaient des billots de bois.

Iris grimaça. Nox sourit.

– Maintenant, nous allons retourner au salon pour manger et prendre le thé. Nous devons discuter du but de tout cela.

– Grand Maître ?

– Oui, mademoiselle ?

— Avons-nous vraiment besoin de nous nourrir, ici ?

— Bonne question ! Pas nécessairement ou pas énormément. Il s'agit seulement de convaincre le corps que le temps passe et qu'il est comblé comme dans le monde réel, ou physique si vous préférez. Mais ce n'est qu'une illusion, et tout dépend de notre capacité de berner notre cerveau. Nox semble avoir un léger avantage sur vous à ce sujet. Il semble oublier plus facilement son corps, ce qui lui permet de défier les lois physiques ici…

— C'est vrai, j'ai plus de difficulté que lui à oublier son corps, murmura Iris avec ironie.

Le Grand Maître ne put se retenir de s'esclaffer. Nox rougit jusqu'à la moelle. Iris lui fit un clin d'œil amical.

— En revanche, le prix à payer est qu'il a plus de difficulté à connecter avec son corps resté dans la salle de cinéma. C'est pour cela, jeune homme, que vous ne réussissiez pas à sentir ou voir un signe plus rapidement, ajouta-t-il en se tournant vers Nox et le regardant posément.

Nox hocha la tête, interprétant l'allusion comme une incitation à travailler cet aspect. Ils retournèrent autour de la table où ils s'assirent. Le serviteur vint leur porter leur bol de riz et leur service de thé. Ils entamèrent leur repas en silence et une fois qu'ils furent rendus au thé, le Grand Maître leur expliqua l'importance de leur mission et de s'y dévouer.

– Le taux de mal de vivre chez les jeunes est devenu alarmant, et même s'il ne nous est pas facile de régler le problème à la source – puisque c'est la société dans son ensemble qui est malade –, nous pouvons en minimiser l'impact en protégeant les gens que nous pourrons rejoindre et soulager. Mais pour cela, il vous faudra apprendre l'importance de l'altruisme, de la dévotion, du respect de la vie, car lorsque vous frôlerez tous ces sombres royaumes, la tentation de tout balancer au diable et de vous dire « À quoi bon ? » sera forte. « Pourquoi tant de souffrance ? » et « Pourquoi tant de haine ? » seront des questions qui vous hanteront probablement. C'est pour cela que je voudrais vous enseigner également quelques valeurs taoïstes, pour apprendre à apaiser les tourments de vos esprits. Des gens qui veulent mettre fin à leurs jours, il y en a toujours eu, et il y en aura probablement toujours, mais lorsque ça devient un fléau comme maintenant, on ne peut rester impassible. Il faut freiner cette affreuse prolifération. Tant et aussi longtemps que des jeunes verront qu'autour d'eux d'autres ont recours à cette invraisemblable solution, la tendance ne fera que croître. C'est pour cette raison que je fais appel à vous, malgré le péril d'une telle mission.

– Nous sommes prêts à l'assumer, Grand Maître, répondit Iris avec assurance.

– Je ne veux pas vous soumettre inutilement au danger, cependant. En effet, autant qu'il puisse y avoir des adeptes du Bien, il y en aura toujours du Mal aussi !

Mais lorsque vous serez aptes à pratiquer des séances de *sauvetage*, et lorsqu'elles se multiplieront, vous verrez l'effet domino de vos efforts ; cela constituera la médaille de votre dévotion. Nous avons tous une raison d'être. Je sais avoir trouvé la mienne et souhaite que vous ayez trouvé la vôtre…

Iris et Nox se regardèrent, silencieux, et répondirent chacun par l'affirmative au vœu de cette personne si spéciale, qu'ils vénéraient tous les deux.

— Bien ! Vous pouvez donc entamer votre entraînement de kung-fu. N'oubliez pas que le tai-chi-chuan demeure un apprentissage utile et nécessaire pour maintenir pour votre équilibre. Nox pourra vous enseigner, mademoiselle Iris, les premières notions du kung-fu, étant donné que j'avais déjà entrepris l'entraînement avec lui.

— J'ai bien cru le voir sourire avec mesquinerie tout à l'heure au jardin d'entraînement, déclara la jeune fille.

— Moi ? se défendit le jeune homme.

— Ça ne sera pour moi qu'un défi de plus ! Rattraper son niveau !

— Nous n'en doutions pas, dit le Grand Maître, amusé. Allez, jeunes gens ! Et bon entraînement, ajouta le vieil homme en se levant et en effectuant son salut à leur intention.

CHAPITRE III

OX et Iris s'étaient rendus au jardin de kung-fu. Iris regardait avec appréhension les différentes structures qui annonçaient d'intenses exercices physiques. Nox remarqua son air inquiet.

– Ça va ?

– Oui ! Ne t'en fais pas, j'adore t'avoir comme instructeur…

– Vraiment ?

– Je ne sais pas, tu es le seul que j'ai eu dans le royaume chi, nuança-t-elle.

– Ce n'est pas bien différent ! Il te faut juste te rappeler, comme je te l'ai dit là-bas, que tu n'es pas en compétition avec moi.

– Je suis née en compétition avec moi-même, alors je ne sais pas comment je réussirai à ne pas le sentir en présence de quelqu'un d'aussi habile que toi !

– Dis-toi que dans mon cas, que tu me surpasses est ce que je souhaite le plus dans mon cœur, car cela le soulagera de l'inquiétude que susciteront les dangers à venir.

Elle leva vers lui les yeux empreints de tendresse par cette humble déclaration.

— Merci, Nox ! soupira-t-elle d'une voix douce et mélodieuse.

Il passa nerveusement sa main dans ses cheveux. Elle pinça ses lèvres et se força à se rappeler leur discussion au restaurant du centre commercial.

— Je ne te brusquerai pas, Nox ! se réentendit-elle lui dire.

Elle secoua la tête et dévia :

— Comment fais-tu pour te détacher de ton corps et défier ainsi les lois de la physique ?

— Je ne crois pas que ça soit un énorme exploit de ma part !

— Que veux-tu dire ?

— Mes douloureuses dernières années d'existence m'ont entraîné malgré moi à surpasser ce que je ressens. Alors, cela ne fait que me faciliter la tâche ici.

— Je crois comprendre.

— C'est un peu comme si mon cerveau était de toute façon persuadé que la douleur n'existait pas.

— Ça doit être commode, n'est-ce pas ?

— Tu oublies le yin et le yang.

— Sans la sensation de la douleur, pas de sensation de bien-être ?

— Exactement. Veux-tu commencer ?

— Oui.

— Alors, à ton choix ! Force, souplesse, endurance, équilibre ou vitesse ?

— Équilibre.

— Bien.

Il lui pointa un long câble de fer à même le sol.

— Quoi ? Je dois marcher là-dessus ? Ce n'est pas bien ardu !

Nox soupira.

— On verra bien.

Ils se dirigèrent vers une des extrémités du câble, et Nox lui demanda de le parcourir jusqu'à l'autre bout.

— Si tu insistes !

Iris aborda le câble, un pied devant l'autre. Au même instant, le sol s'ouvrit en un interminable gouffre sous ses pieds. Par instinct, elle recula d'un pas pour regagner la terre ferme.

— Mais qu'est-ce que c'est que ces histoires ?

— Iris, oublie la logique et le monde réel. Ici, le Grand Maître dicte ses obstacles et exigences.

— Mais tu as vu la profondeur de cet abysse ? Je ne souffre pas de la peur des hauteurs, mais là…

— Est-ce que ça t'aide si je te dis que tu ne peux pas tomber ?

— Non !

– Pourquoi ?

– Parce que mon cerveau, lui, croit que je peux tomber !

– Veux-tu une démonstration ?

Orgueilleuse, Iris sentit monter en elle une petite frustration. Elle la maîtrisa et acquiesça à l'offre de son ami. Nox s'installa sur le câble, avança d'un pas et le gouffre s'ouvrit. Sa redingote virevolta au vent. Le jeune homme ouvrit les bras, fit quelques pas et manqua intentionnellement un pas. Iris vit le gouffre se refermer lorsque le pied de son ami dépassa la hauteur réelle du sol, à côté du câble.

– Rassurée ?

– Un peu.

Elle s'installa à son tour. Le doute la faisait trembler, et lorsqu'elle étendit les bras, le gouffre s'ouvrit, accompagné d'une réelle sensation de vide. Elle ferma les yeux, les rouvrit et respira nerveusement. Elle effectua un pas chancelant, qui lui fit perdre l'équilibre et fit se refermer le gouffre. Elle soupira, découragée.

– Nous avons tout notre temps, lui dit Nox pour l'encourager.

Elle le foudroya du regard. Il sentit presque le tranchant du couteau qu'elle semblait lui avoir lancé. Iris recommença à plusieurs reprises, toujours avec le même résultat et, lorsqu'elle réalisa qu'elle s'était bien rendue au bout du câble, mais sans parvenir à faire deux pas de suite sans que le gouffre ne se referme, elle cria de frustration. Nox, silencieux, réalisa pour sa part que le plus difficile de l'entraînement serait probablement lui faire surmonter son orgueil. Il lui proposa un autre exercice. Elle le regarda en silence et comprit qu'il redoutait sa réaction. Cela la fit se reprendre et accepter sa proposition.

— Que proposes-tu ?

— Hum ! Souplesse ?

— Y a-t-il un piège ?

— Toujours ! Nous sommes chez le Grand Maître après tout !

— Pourvu qu'il ne veuille pas que je me plie en huit pour entrer dans un cube de deux pieds !

— Qui sait ! Il innove toujours sans avertir !

Elle rit de son rire suave. Il soupira, soulagé qu'elle se détende à nouveau, assez pour retrouver l'envie de moduler ce rire cristallin qu'il aimait tant.

虹

Dans le monde terrifiant de son nouveau maître, Yoann n'avait pas droit au même sort. Il s'affairait présentement à endurcir les jointures de ses doigts, qu'il devait frapper vigoureusement sur un épais mur de glace qui lui tailladait la peau et engourdissait ses mains. Il criait à chaque coup qu'il donnait, mais il ne pourrait s'arrêter que lorsqu'il aurait fendu le mur. Il réussissait plus ou moins à faire abstraction de la douleur, comme il avait toujours appris à le faire, parce que l'intensité de sa souffrance était trop élevée pour qu'il y parvienne complètement. Il pleurait, ce qu'il n'avait pas fait depuis plusieurs années, regrettant avec amertume avoir ingéré la maudite capsule bleue. Il s'était pourtant méfié : personne n'offrait quelque chose en cadeau. Paradoxalement, sa rage contre lui-même réussit à lui insuffler force et endurance, si bien qu'il sentit la glace commencer à céder sous ses assauts répétés. Au moment même où il esquissait un sourire – ce qu'il avait aussi désappris depuis longtemps –, le mur, presque fendu, se transforma en mur de béton et le dernier coup qu'il porta lui broya la chair jusqu'aux os des jointures de la main. Il hurla de douleur..

– Décevant ! lança sèchement son maître, qui apparut à cet instant.

Yoann leva hargneusement son regard vers lui, mais un violent coup de bâton ne tarda pas à lui faire regretter cet affront.

– Comment voulez-vous que ma main survive au béton ? osa-t-il quand même demander, en se relevant péniblement.

– Quel béton ? Et puis quelle main ? lança l'homme en guise de réponse.

– Quoi ? demanda Yoann déboussolé par les questions du maître.

Le maître frappa le mur de béton de sa main qui s'écroula, en miettes.

— Où est ton corps en ce moment, Yoann ?

— Pardon ?

— Tu crois vraiment qu'il est ici ?

— Je ne comprends pas.

Le maître fit changer le décor autour d'eux, pour faire place à une chambre d'hôpital meublée d'un lit vide.

— Comment... ? laissa échapper le jeune homme.

— Tu es plutôt dans une salle comme celle-ci, couché dans un lit comme celui-là, et branché de tous bords et côtés. En piètre état, je dirais !

— Non !

— Si ! Alors, comment ta main pourrait-elle souffrir d'avoir frappé un mur de béton, si elle ne peut même pas bouger ? ajouta le maître en refaisant réapparaître le jardin d'entraînement de Yoann.

Le mur de béton se rematérialisa. Yoann le regarda avec un désespoir mêlé d'horreur.

— Mais alors, pourquoi suis-je ici ?

— Pour t'entraîner à la mission qui te sera confiée !

— Laquelle ?

— Tu le sauras quand tu auras fini de me décevoir, lança le maître en disparaissant.

Yoann soupira et reprit son exercice sur le nouveau mur, tellement plus résistant et douloureux que le premier.

« Il n'y pas de mur », se répétait-il à chaque douloureux coup.

Yoann avait la main recouverte de son sang, qui jaillissait à chaque assaut. Tranquillement, elle devint insensible ; il ne sentait même plus son contact contre la paroi. Finalement, le mur commença à céder, et un trou se creusa à l'endroit où il l'avait frappé. Le maître réapparut.

– Bien !

Il leva son bras muni du bâton pour porter un autre vilain coup sur le dos de son élève ; Yoann avait vu l'ombre du geste sur le mur de béton et para le coup en crispant ses muscles et expirant simultanément. Le bâton se rompit et éclata en miettes. Yoann se tourna vers le maître.

– Bien ! Vraiment bien ! lui dit ce dernier souriant avec malice.

Le voyant enfin désarmé, Yoann voulut lui sauter au cou pour se venger, mais il s'écroula lorsque le maître éleva la main devant lui. Il se sentit asphyxié de l'intérieur. Il demanda pardon en pensée, incapable d'émettre un son.

– Voyons donc, Yoann ! Tu n'as jusqu'à maintenant gravi qu'une seule petite marche de l'interminable escalier du haut duquel je te surplombe ! Tu ne recommenceras pas, n'est-ce pas ?

Yoann secoua péniblement la tête de gauche à droite. La pression sur ses poumons cessa ; il prit une longue inspiration, recroquevillé sur lui-même.

— Bien ! Nous pourrons continuer…

Iris s'exerçait avec Nox aux exercices de souplesse qu'ils avaient appris du Grand Maître. Les exercices intenses défiaient les capacités physiques du corps humain, et avaient pour but de les rendre capables d'éviter tout coup trop puissant qui pourrait leur être fatal. Iris avait été estomaquée en regardant la démonstration de Nox, réalisant d'un seul coup les inimaginables possibilités du monde fictif. C'étaient ces exercices de souplesse qui avaient procuré à Nox l'élégante prestance qu'elle avait remarquée lors de ses combats contre les chevaliers d'Umbra. Elle avait plus de facilité que dans l'exercice précédent, mais son cerveau n'arrivait pas à admettre que son corps soit capable de toutes les contorsions que Nox réussissait. Le jeune homme l'avait priée de ne pas se laisser arrêter par cet obstacle ; il allait de soi qu'elle ne pouvait pas, pour l'instant, rivaliser avec lui sur ce plan. Elle avait réussi cette fois-ci à mettre de côté son orgueil et son esprit compétitif qui, elle le réalisait, compliquaient son entraînement, tant pour elle que pour son entraîneur. Le Grand Maître vint leur rendre visite.

— Vous travaillez vraiment fort, jeunes gens.

— C'est vraiment plus difficile que je ne l'avais d'abord cru, avoua Iris.

— Bien sûr, mademoiselle ! Si l'accomplissement héroïque et l'atteinte de ses gratifiants aboutissements que sont l'épanouissement personnel et la libération existentielle étaient si simples à accomplir, il n'y aurait que des héros sur Terre !

— En effet, vous avez raison, Grand Maître !

— Quand la fatigue aura raison de votre capacité psychique à tromper votre cerveau, je vous verrai à mon salon pour vos notions intellectuelles, ajouta-t-il.

Il partit avec sa pose habituelle, ses mains dans les manches amples de sa tunique de moine.

— Que serions-nous sans lui ? demanda Iris.

— Je ne peux répondre pour toi. Mais moi, j'aurais probablement passé les deux dernières années à errer en ne m'attirant qu'ennui après ennui, prisonnier de la rage que mon existence n'aurait pas su évacuer saine-ment, répondit Nox, une teinte de reconnaissance profonde modulant sa voix.

Iris le regarda, puis songea au bouleversement intérieur que le problème gênant de sa mère causait en elle. Elle passait son temps à le refouler à l'intérieur d'elle, tentant de se convaincre que tout était beau, et que cela n'avait aucune incidence sur son épanouissement personnel. En réalité, il y avait des moments où elle avait juste le goût de balancer tous ses efforts dans un sombre gouffre.

— Je ne me dirigeais probablement pas dans une meilleure situation, murmura-t-elle.

— Que veux-tu dire ? laissa échapper Nox, pris au dépourvu.

— Rien, rien ! se reprit Iris ; elle n'était pas prête à discuter du sujet avec lui.

Il la regarda, perplexe.

— Je crois que la fatigue a déjà eu raison de moi et que je préfère aller retrouver le Grand Maître, lança-t-elle avec sa légendaire facilité à faire dévier le propos au bon moment.

— D'accord, répondit Nox, qui n'était pas dupe de son manège.

Ils marchèrent silencieusement côte à côte vers la demeure du Grand Maître. Ce dernier les reçut dans son salon, derrière sa table, un sourire aux lèvres.

— Bien, jeunes gens ! Nous allons donc tenter d'assimiler des notions qui vous permettront de toujours conserver à l'esprit ce qui vous fait *vous*, et ce qui vous fait vous retrouver dans cette situation particulière, qui vous amène ici.

Iris et Nox écarquillèrent les yeux ; ils n'étaient pas certains de comprendre.

– « Le tao produit les êtres, la vertu les nourrit. Ils leur donnent un corps et les perfectionnent par une secrète impulsion », cita le Grand Maître, se référant au *Livre du tao te king*.

Nox se passa la main dans les cheveux, sentant que la prochaine partie de leur entraînement n'allait pas lui plaire autant que le kung-fu. Iris remarqua son inconfort et lui sourit amicalement.

– Ça vous apeure, jeune homme ? demanda le Grand Maître, qui avait noté leur échange de regards.

– Ça embrouille plutôt mes idées…

– Et pourtant, ça ne devrait pas. Vous maîtrisez bien les notions du tao, mieux que nombre de prétendus sages que je connais !

– Pa… pardon ? bégaya Nox.

– Je suis en accord avec le Grand Maître, là-dessus, ajouta promptement Iris.

Surpris par ce brusque ralliement, le Grand Maître la toisa du regard. Il l'incita à s'expliquer.

– Eh bien, je ne connais que vaguement les notions taoïstes – j'ai fait un vague travail sur le sujet en classe l'année passée –, mais si je reprends votre citation du livre sacré, le tao qui produit les êtres est le *souffle*, la voie qui nous fait chacun de nous, et la vertu est la *manifestation* de ce souffle, nous donnant à chacun un but, une raison d'être. Il n'est pas difficile de savoir que Nox épouse librement cette vertu ; toutefois, ce qui caractérise encore mieux la facilité de Nox avec le tao, c'est qu'il *n'y songe pas*, ne le *cherche pas*. Il le laisse *être*, tout simplement, et parce qu'il ne *cherche* pas la raison ni le but, eh bien… il les trouve.

— Voilà ! Exactement ce que je vous disais, jeune homme !

Nox secoua vigoureusement la tête de gauche à droite, pour chasser le tourbillon de mots et d'idées engendré par ses deux compagnons.

— Vous vous amusez, j'espère, lança-t-il en les regardant sérieusement tous les deux.

Le Grand Maître et Iris échangèrent un regard complice et, en guise de réponse, sourirent au jeune homme.

— Ah, voilà ! Il me semblait aussi…, échappa Nox.

— Pas de souci, jeune homme ! Ici, nous ne ferons que discuter, et peu importe si vous ou même mademoiselle Iris avez quelque chose à commenter, les notions passeront quand même : de mon humble connaissance à la vôtre, et vice-versa, sans doute. Après tout, il va sans dire que le tao ne s'enseigne pas, ne s'explique pas et ne se définit pas !

Le serviteur vint leur porter du thé. Le Grand Maître continua à leur parler du tao, et les deux jeunes écoutèrent en silence.

Lorsqu'ils ressortirent du salon, le jour était tombé, et le Grand Maître leur désigna leur chambre respective, puis se retira lui-même dans la sienne, après leur avoir annoncé que leur prétendu corps exigeait un repos mérité. Restés seuls dans le corridor, Iris posa longuement son regard dans celui de Nox. Les yeux du jeune homme étaient redevenus indigo. L'air ambiant lui sembla tout à coup plus lourd; le regard chargé de tendresse et de sous-entendus d'Iris avait créé une soudaine intimité qui le rendait inconfortable. Ce qui rendait Iris inconfortable, en revanche, c'était sa peur de la solitude qu'elle ne maîtrisait toujours pas. Elle avait été habituée à ce que son père banalise sa crainte en la bordant pratiquement toutes les nuits, jusqu'à tout récemment. Elle oublia sa promesse.

— Nox ? Supposons… hypothétiquement…

— Non, Iris ! la coupa-t-il, pour s'assurer qu'elle ne prononce pas en mots le fond de sa pensée. Pas ici.

— Pourquoi ?

— Ne réalises-tu pas qu'ici, il est partout ? Il modèle le monde et voit et entend tout, où que nous soyons !

Iris avait, en effet, occulté ce détail. Elle rougit, profondément secouée par l'idée que le Grand Maître put être témoin de la croissance fulgurante de son sentiment envers Nox. « Qu'il le devine, passe encore, mais qu'il en devienne témoin, c'est autre chose », songea-t-elle bouleversée. Elle s'en voulut furieusement. Comment avait-elle pu ne pas y penser ?

— Pardonne-moi, je….

Nox lut dans les yeux de la jeune fille la honte et l'inconfort. Il tenta de la rassurer :

— Il ne lit pas les pensées, Iris. Alors, ne t'en fais pas ! Et ce n'est pas un voyeur non plus. Il m'a dit que nos corps ne faisant pas partie de son monde créé. Il ne peut, comment dire…

Il tentait désespérément de calmer l'inquiétude de son amie.

— Je veux dire que si tu te déshabilles, il ne voit pas ta nudité, car nos corps sont étrangers aux lois de son royaume, il ne peut dessiner que ce qu'il connaît, expliqua-t-il finalement.

— Ça va, je crois que je préfère ne pas trop extrapoler sur le sujet, d'accord ?

— D'accord.

Pour mettre fin au malaise, Nox conclut :

— Bon, eh bien… bonne nuit, Iris ! Je ne suis pas loin, si jamais tu as un problème…

— Merci ! Bonne nuit, Nox.

Elle pivota d'un quart de tour pour ouvrir la porte de sa chambre.

Nox la regarda coulisser la porte de papier et disparaître dans sa chambre. Il regrettait de l'avoir bouleversée, mais il avait cru que son amie avait déduit depuis bien longtemps l'omnipotence du Grand Maître.

De l'autre côté de la porte, Iris s'en voulait d'avoir négligé les dons du Maître. Elle sentait l'anxiété l'étourdir. Finalement, elle décida d'en avoir le cœur net, comme sa personnalité le commandait.

— Grand Maître, est-ce vrai ? prononça-t-elle.

— Oui, mademoiselle Iris, répondit instantanément la voix du vieil homme, qui semblait sortir de nulle part. Et c'est tout à fait vrai aussi que je ne puis, ni même ne voudrais, un jour envahir votre intimité. Vous en avez ma parole d'honneur !

— Oh ! Je…

— Écoutez, mademoiselle Iris ! Pensez en termes d'*énergie* et non en termes *matériel* ou *corporel*. C'est votre chi que je vois, et ce dernier est comme une lumière, un peu comme chez les Nours.

— Mais… vous saviez tout de même à quoi je ressemblais, pour me reconnaître au pavillon de l'hôpital psychiatrique, non ?

— Oui ! Votre tante m'avait montré une photo de vous, la plus récente qu'elle avait reçue, prise à votre seizième anniversaire, si je ne m'abuse…

— Et Nox, comment me voit-il ?

— Lui, il vous voit telle que vous vous présentez. Moi, je suis ici maître du royaume. Vous, vous êtes des visiteurs, et n'avez pas les pouvoirs puissants qui vous permettraient de modeler les choses, à part quelques détails, comme l'image corporelle que vous imposez un à l'autre.

— Quelles autres simples choses pouvons-nous changer ?

— Eh bien, par exemple, vous pouvez changer les couleurs, ou les lois de la physique, que Nox se plaît à défier à son avantage.

— Y a-t-il d'autres choses ?

— Tout dépend de votre capacité psychique.

— Que voulez-vous dire ?

— Je ne sais pas ! Tentez de modeler autre chose que les couleurs ou votre apparence personnelle, et vous pourrez me le dire.

Iris soupira et songea à ce qu'elle se plairait à changer. Puis, avec son opiniâtreté implacable, elle fixa sa pensée : elle fit léviter avec succès sa table de chevet. Le Grand Maître apparut aussitôt.

— Comme cela ? demanda-t-elle.

— Mademoiselle Iris, vous êtes remarquable ! Réalisez-vous que votre exploit révèle un don incroyable ?

— Vraiment ?

— Cela peut prendre des années à un moine pour réaliser un aussi enviable résultat dans un monde fictif qui ne lui appartient pas, lui répondit le Grand Maître, avec une fébrilité rare dans sa voix.

— C'est bien ou pas ?

— C'est puissant.

— Alors ?

— Puissant, et peut-être terrifiant !

— Même pour vous ?

— Surtout pour moi !

— Pourquoi ?

— Parce que c'est moi qui vous ai fait sentir le besoin de votre future mission, et que si votre don surpasse votre compréhension des dangers, je serai responsable des conséquences de ce déséquilibre.

— Je ne comprends pas.

— C'est un peu notre histoire de vigne et de clématite qui revient nous hanter.

— Oh ! Je ne vous désobéirai pas cette fois-ci, Grand Maître, lui jura Iris, comprenant l'inquiétude du vieil homme.

— Et vous allez vous transformer de vigne à clématite, tout simplement comme cela ?

— Euh…

— Non, je devrai plutôt vous enseigner bien plus que ce que j'aurais cru !

— Mais je ne comprends pas en quoi mon exploit diffère de la capacité de Nox à défier les lois de la physique.

— Nox manie habilement la projection de son corps dans ce monde que je modèle, mais cela ne reste qu'une manipulation de ce qui lui appartient, c'est-à-dire les délimitations de son corps que son chi transmute ici. Vous, vous venez d'attribuer le principe de gravité à un objet que je modèle par ma pensée, pour ensuite violer cette loi, et le faire léviter.

— Ce n'est pas clair…

— Votre chi a dû accaparer le mien pour faire léviter l'objet que je régis de mes lois.

— Oh !

— Je me doutais bien que vos pouvoirs seraient puissants, car pouvoir détourner l'esprit de ceux qui croupissent dans la noirceur afin qu'ils revoient les couleurs exige une maîtrise énergétique supérieure. J'espère seulement que mes connaissances guideront positivement votre force.

— Je suis certaine que oui.

— Espérons-le, mademoiselle ! Bon, ce sera suffisant pour aujourd'hui…

— Merci, Grand Maître.

— Bienvenue. Pour ce qui est de ce qui vous tracassait, sachez que même si je dois être témoin de votre rapprochement avec Nox, sous la forme lumineuse que je lui connais, ce sera la plus superbe lumière que mon chi ait connue.

– Vraiment ? demanda Iris, fébrile. Existe-t-elle dans le monde matériel ?

– Je ne sais pas ce que vous aurez à vivre dans le monde matériel, mais je sais que sous sa forme chi, elle est primordiale. Sachez toutefois qu'avec une telle puissance énergétique réunie, il vous sera peut-être difficile de réintégrer la contraignante forme matérielle, de l'autre côté ; ce sera à vous de le faire.

– Je crois comprendre, répondit-elle en bâillant.

– Allez, mademoiselle, bonne nuit.

– Bonne nuit, Grand Maître.

Le vieil homme disparut. Iris se faufila dans le lit, rassurée, mais la tête troublée par ce qu'elle venait d'apprendre sur son don et sur les infinies possibilités du monde psychique.

Dans la chambre à côté, Nox s'assoupissait à peine.

– Nox ?

L'apparition subite du Grand Maître dans sa chambre le fit sursauter.

– Grand Maître ?

– J'ai à vous parler, jeune homme !

– Que se passe-t-il ?

– La mission sera plus ardue que je ne l'avais imaginé.

— Pourquoi ?

— Parce que le chi de mademoiselle Iris est… très puissant.

— Ce n'est pas une bonne chose ?

— Oui, mais ses particularités acquises sous sa forme matérielle ne le sont pas autant.

— Que voulez-vous dire ?

— Il ne faut pas oublier qu'elle est une personne orgueilleuse, qui veut n'en faire qu'à sa tête…

— Alors ?

— Elle me respecte, et elle croit naïvement pouvoir m'obéir en toute situation.

— Vous ne la croyez pas ?

— Je crois en sa volonté de le faire, mais ce n'est pas si facile que cela et son opiniâtreté pourrait facilement avoir raison de son respect pour moi. Mais vous, elle vous aime.

— Qu'attendez-vous de moi ?

— Je ne veux pas qu'un certain niveau de danger soit dépassé, et je vous donne la responsabilité d'y voir. Même avec un chi supérieur, personne n'est matériellement immortel.

— Vous avez ma parole, Grand Maître.

— Bien ! Bonne nuit !

Le vieil homme disparut.

Nox se recoucha dans son lit et fixa le plafond. Il était perplexe. Il connaissait assez Iris pour douter pouvoir honorer sa promesse. Il se réentendit donner sa parole au Grand Maître, secoua négativement la tête et se dit à lui-même :

— Pourquoi pas la lune avec cela ?

CHAPITRE IV

L E lendemain matin, les deux amis pour-
suivirent leur entraînement physique
afin de pouvoir au plus vite se consa-
crer au kung-fu comme tel. Iris, un peu
remise de sa gêne et plus forte de la
nouvelle réalité de son don, mit tout
l'accent sur les apprentissages que Nox lui transmettait
avec patience et dévouement. Ils entreprirent avec
détermination les exercices de force et d'endurance.
Iris réussit tranquillement à défier la fatigue et à
endurer les défis extrêmes que constituaient la course,
le saut et l'escalade. Mais lorsque Nox lui démontra
l'exercice de force de frapper ses jointures sur une des
structures de bois, elle redevint sceptique.

— Tu verras, ce n'est pas douloureux, la rassura
Nox en frappant encore plus fort et fendant le bois en
miettes.

Une nouvelle structure intacte se matérialisa pour
remplacer la précédente.

— Faire abstraction de la fatigue, c'est une chose.
Mais de la douleur, je ne sais pas !

— Imagine que c'est un mur de papier ou quelque
chose de la sorte.

— Je veux bien.

Elle se concentra, frôla la structure de ses jointures, puis soudain frappa un solide coup.

– Aïe !

Nox ferma les yeux : l'idée que son amie ressente de la douleur lui déplaisait. Le Grand Maître, assis en tailleur dans son salon, ouvrit brusquement les yeux et soupira, inquiet. Iris recommença avec le même résultat, autant sur elle que sur son ami.

– J'ai toujours mal toléré la douleur, avoua-t-elle.

– Mais ici, elle n'existe pas, Iris ! insista Nox.

– Vraiment ? le défia-t-elle d'un regard provocateur.

Nox était perplexe, ce regard assuré le faisait douter de lui-même. Simultanément, sans qu'il ait pu le prévoir, Iris le gifla avec force. Sa joue rougit rapidement, et il y posa la paume de sa main afin de soulager la sensation de chaleur qui en irradiait. Sous le choc et la surprise, il était tétanisé. Iris, écarlate, se couvrit le visage de ses mains, honteuse.

– Excuse-moi, je pensais vraiment que tu ne sentirais pas la douleur…

– Non… Ce n'est rien, Iris. Tu m'as pris au dépourvu.

– Comme je suis bête, dit-elle. Ses yeux s'emplirent de larmes.

– Oh ! Je t'en prie. Ne pleure pas. Il est en effet plus facile de déjouer la douleur quand on s'y attend !

— Je suis vraiment une vilaine fille…

— Arrête, je t'en prie.

Il la prit dans ses bras.

Il ressentit une nouvelle fois l'effet enivrant de ce rapprochement, comme au royaume chi, et comme à la Gare centrale. Il réalisa que malgré son exceptionnelle capacité à se détacher complètement de son corps, cette jeune fille pouvait l'y ramener assez rapidement et facilement. Et ce n'était pas la gifle qui l'inquiétait, mais bien le frisson qui le traversait quand il enveloppait ainsi Iris, dans ses bras puissants. Même si la plupart du temps il s'obligeait à garder une distance avec elle, il n'y parvenait plus lorsqu'elle semblait en détresse ou fragile. Iris sentit au travers d'elle, le frisson qui parcourait son ami. Elle posa sa tête doucement sur son torse et murmura des excuses. Il lui souffla tendrement dans l'oreille son pardon. Iris songea au Grand Maître et se détacha de la chaleureuse accolade, en regardant tout autour, comme si ses yeux avaient besoin de le voir pour croire qu'il était effectivement partout.

— Bon ! Alors, il faut prévoir la douleur pour ne pas la sentir, conclut-elle, tentant de mettre un peu d'humour dans son geste maladroit.

Le Grand Maître arriva du quai de son jardin asiatique, marchant doucement vers eux.

— Ça va, jeunes gens ?

Leur silence était lourd.

– Vous apprendrez toujours quelque chose de plus. Et pour vous corriger, Nox, il est faux de dire qu'ici la douleur n'existe pas. On peut apprendre à la défier, mais il en restera toujours une étincelle quelque part, sous une forme non prévisible, pour qu'elle nous défie à son tour. En effet, après tout, notre chi et notre corps restent unis jusqu'à ce que la mort matérielle survienne, et la douleur reste pour notre chi un apprentissage hérité de la vie corporelle. Alors, que cet épisode particulier soit dans votre mémoire une sage leçon.

– Laquelle, Grand Maître ? demanda Iris.

– Que cette étincelle est un talon d'Achille, et que chacun en possède un. Autant vous que vos ennemis !

– Grand Maître ?

– Oui, mademoiselle ?

– Qui sont ces ennemis que vous voulez nous préparer à affronter ? Voyez-vous, je vois mal comment les gens que nous voudrons sauver soient ennemis…

– Des ennemis, il y en a toujours. Si nous considérons que nous sommes dans le camp du Bien, alors, ils sont dans celui du Mal…

– C'est vague, tout cela, lança Iris sous le regard de Nox.

– Les ennemis précis que vous devrez affronter dans la mission à venir sont tous ceux qui croient que la mort a besoin de serviteurs…

— Sont-ils les seuls ?

Le Grand Maître posa son regard sur l'horizon lointain.

— Oui.

Iris tenta de scruter ce regard évasif du vieil homme. Nox la regarda, intrigué.

— Grand Maître ? insista la jeune fille. Qui était le seigneur Umbra ?

— Que voulez-vous dire ?

— Eh bien, Nox m'a sagement fait comprendre à la gare que le royaume chi était teinté de la réalité de ceux qui s'y retrouvaient. Mes couleurs, l'indigo, les gants des Diffuseurs, etc. Alors, je me suis demandé qui peignait Umbra. Et depuis notre retour, ici, vous nous mettez en garde contre des ennemis, alors…

— Bien sûr que j'ai des ennemis, mademoiselle ! Est-ce cela, votre inquiétude ?

— Un peu. Sont-ils puissants ?

— Nos ennemis sont toujours à la hauteur de nos vertus, sinon ils n'oseraient pas être nos ennemis. Il serait donc bien peu humble de ma part de répondre par l'affirmative à votre question, répondit le vieil homme avec retenue.

Iris et Nox furent estomaqués.

— Peut-être que vous vous ne le pouvez pas, mais nous, oui, balbutia Nox, inquiet.

— Ne vous en faites pas, jeunes gens. Vous affronterez vos ennemis et je m'occuperai des miens ! Je vous laisse à votre entraînement, maintenant, ajouta-t-il en calant ses mains dans les amples manches de sa soutane. Iris et Nox se regardèrent silencieusement, puis l'observèrent partir.

— Voyons comment se porte ma tolérance à la douleur alors, déclara tout de go Iris, qui frappa du même coup ses jointures sur le mur de bois.

Elle grimaça. Nox retint sa respiration. Iris recommença mais, convaincue que son geste *était* douloureux, elle vit sa main saigner.

— Allez, Iris ! Fais abstraction de la douleur, se murmura-t-elle, découragée.

Nox frotta sa propre main. Il sentait la douleur que le sang sur la main de son amie instillait en lui. Il leva un regard désespéré vers le ciel, un long regard qui était en fait une question pour le Grand Maître : pourquoi ressentait-il la souffrance de son amie ? Puis, la douleur cessa. Nox rebaissa les yeux vers Iris et fut stupéfait de voir que le mur qu'elle frappait s'était transformé en oreiller, qui s'était fendu sous les assauts de la jeune fille, et qui faisait virevolter ses plumes dans les airs. Iris, elle, souriait. Nox secoua la tête, incrédule.

— Grand Maître ? formula-t-il clairement cette fois-ci.

— Il n'y est pour rien, répondit Iris.

— C'est toi qui fais cela ?

— Oui ! Étrangement, je ne peux pas convaincre mon cerveau qu'un mur de bois ne fait pas mal, mais je peux le convaincre de transformer ce dernier en oreiller !

— Incroyable, s'exclama le jeune homme en se passant la main dans les cheveux pour faire retomber les plumes s'y étant déposées.

— C'est mieux que rien ! Et ça te donne une drôle d'allure !

Il sourit et ajouta :

— Le but est de ne pas avoir mal…

— Peut-être, mais ça n'augmente pas ma force.

— La force physique n'est pas toujours la plus puissante, pourvu qu'en bout de ligne, l'ennemi soit déstabilisé !

Iris lui sourit à son tour.

虹

Yoann entreprenait, maintenant, les mouvements de kung-fu. Il travaillait avec acharnement, et depuis qu'il avait paré le coup de bâton de son maître et senti sa force puissante, il obéissait et épousait volontairement sa nouvelle réalité existentielle. Son nouveau maître n'était pas aussi vicieux que la plupart des beaux-pères qui avaient croisé son chemin. De plus, l'accomplissement de son entraînement lui donnait, pour la toute première fois de sa vie, le sentiment d'un but, aussi sombre fût-il, mais un but du moins, qui trahissait peut-être discrètement son envie d'épanouissement. Tranquillement, son maître commençait à sentir une fierté de ses progrès et lui vantait les prétendues vertus de la quête de pouvoir, au nom même de la mort ! Pour quelqu'un qui n'avait jamais rien obtenu de la vie, l'envoûtement n'était pas difficile à réaliser. Le maître lui expliqua comment sans la mort, le déséquilibre sur Terre serait total.

– Ainsi, le convainquit-il, elle se prémunit de fidèles serviteurs pour maintenir l'équilibre planétaire. Et avec le bon entraînement, tu en seras un des plus remarquables.

Yoann se sentit enorgueilli par cette déclaration positive, venant d'un homme aussi odieux que son nouveau maître, et poursuivit son entraînement avec toujours plus de détermination.

虹

Nox et Iris avaient procédé, après l'épisode du mur-oreiller, aux exercices de vitesse. Ils se tenaient debout devant les fameux billots de bois flottant sur l'eau. Iris soupira longuement, convaincue qu'elle ne tarderait pas à être détrempée.

– Vitesse, équilibre et souplesse s'unissent dans cet exercice, Iris, lui expliqua Nox. Néanmoins, la solution est dans la vitesse. En effet, peu importe le niveau d'équilibre et de souplesse que tu arrives à maîtriser, le plus vite tu enjambes les billots, le plus vite tu es au sec de l'autre côté !

– C'est simple, dit-elle avec ironie.

– Tu es prête ? lui demanda-t-il gentiment.

– Tu as bien hâte, n'est-ce pas ?

– Hâte de quoi ?

– Que je tombe.

– Pourquoi aurais-je hâte ?

– Par plaisir !

– Pardon ?

– Plaisir de me voir toute trempée…

– Iris ?

– Laisse tomber ! Toi, tu t'es mouillé souvent ?

– Ce n'est pas une compétition, Iris.

– Réponds à la question, s'il te plaît.

– Oui, à plusieurs reprises car, moi, personne ne m'avait dit que la solution était la vitesse d'exécution !

– Oh ! Merci, alors !

Elle regarda les billots devant elle et entama l'exercice. Dès qu'elle eut posé son pied sur le premier bout de bois mouillé, elle perdit l'équilibre et, tentant de le retrouver par des mouvements brusques, elle se retrouva dans l'eau, d'où elle ressortit rapidement. Nox sentit l'envie de rire s'emparer de lui et la combattit vigoureusement, mais sans succès. Iris, qui l'avait regardé faire, resta interloquée devant ce rire salutaire, et elle sentit des frissons lui parcourir le corps.

— Excuse-moi, se reprit-il promptement en baissant les yeux.

— Non ! C'est en effet très drôle mais, surtout, c'est la première fois que je t'entends rire. C'est comme un cadeau du ciel, ce rire. J'en ai des frissons !

Nox rougit, puis se demanda si ce n'était pas une façon cynique de son amie de le faire payer en le rendant mal à l'aise. Elle le regarda longuement, l'eau lui dégoulinant des cheveux vers le cou et le désarma complètement avec un de ses sourires foudroyants. Il se passa la main dans les cheveux et elle s'esclaffa à son tour.

— Je ne peux pas te faire de compliments sans que tu deviennes mal à l'aise.

— Tu veux réessayer ?

— Oui, je vais tenter de me concentrer plus cette fois-ci, lui répondit-elle, un sourire toujours rivé à ses lèvres.

Elle fixa longuement les billots, leva le menton droit devant, lança un sourire mesquin à son ami, qui se raidit aussitôt. Elle posa le pied doucement et gracieusement sur le premier billot qui cala sous son poids. À la surprise totale de Nox, le billot ne pivota pas, mais parut enseveli dans la boue, et l'eau repoussée par le billot aspergea le visage du jeune homme. Iris mit son second pied sur le deuxième billot et Nox, essuyant son visage, reçut encore une fois l'eau déplacée. Iris souriait avec malice. Nox soupira.

— Mademoiselle Iris, vous vous amusez ? dit la voix du Grand Maître et, au même instant, le billot se volatilisa avant que la jeune fille pût réagir, et elle se retrouva dans l'eau.

Iris en ressortit et le Grand Maître apparut devant eux. Il posa un long regard sérieux sur eux. La jeune fille le perçut comme un reproche.

— Pardonnez-moi, Grand Maître, avoua-t-elle avec sincérité.

— Ne le prenez pas mal, jeune fille ! Vos atouts psychiques sont remarquables et positifs, mais vous devez aussi entraîner vos capacités physiques. Si vous contournez sans cesse l'entraînement, j'ai bien peur que vous ne serez pas prête à tous les niveaux. Nous aurons, au courant des deux prochaines semaines, à faire ici des séances pour vos dons particuliers, mais je veux que vous stimuliez les capacités physiques recherchées dans ce jardin précis : vitesse, force, souplesse, endurance et équilibre ! Va ?

— Oui, Grand Maître.

— Je m'attends à ce que votre oui soit synonyme d'obéissance, ajouta le Grand Maître, tout en jetant un regard plein de sens à Nox.

Iris regarda son ami, intriguée par ce regard particulier, et acquiesça à nouveau à la précision du vieil homme.

— Bien ! Maintenant, prenez un peu de repos et je vous attendrai pour le repas dans mon salon.

Il salua. Nox et Iris restèrent silencieux.

— Pardonne-moi, toi aussi, Nox, laissa finalement échapper Iris.

— Tu as le droit de t'amuser, Iris.

— Et toi ?

— Et moi quoi ?

— As-tu le droit de t'amuser ?

— Oui, mais je ne sais pas comment.

— Aimerais-tu apprendre ?

Il la regarda, hésitant.

— Je ne sais pas…

— As-tu peur que ton cœur se fende à l'essayer ?

— Je crois que j'ai plutôt peur de ne pas y arriver. Ma vie ne m'a pas permis d'être léger…

— Mais avant 13 ans, comment étais-tu ?

— Hum ! J'aimais beaucoup courir, rire et écouter de la musique également, avoua-t-il avec gêne.

Iris le regarda avec tendresse. Tout en souriant, elle s'adressa au ciel :

— Grand Maître, pourrions-nous avoir de l'ambiance, s'il vous plaît ? Quelque chose comme le salon du château chi, avec des gens et de la musique ?

— Bien sûr, mademoiselle Iris ! C'est d'ailleurs une excellente idée, un peu de compagnie vous fera du bien pour ces deux semaines !

Un décor magnifique entoura le jeune homme et la jeune fille. Des serviteurs et des habitants apparurent dans l'enceinte et les corridors de l'opulent château chi où ils s'étaient connus. Ils étaient à l'entrée du salon des Diffuseurs, une douce mélodie baignait la pièce et les gens présents discutaient gaiement.

— Merci, Grand Maître, dit Iris satisfaite.

Nox, lui, soupira, inconfortable.

— Tu n'as pas à avoir peur de la foule, Nox. Elle n'existe pas ! lui lança amicalement Iris.

— Hum !

Elle se tourna vers lui et avec son assurance implacable, elle le darda de son regard et lui lança :

— Me diras-tu non, cette fois-ci, Nox ?

Il écarquilla les yeux, incertain.

— Pardon ?

— Veux-tu danser ? expliqua Iris.

— Oh ! Iris…

Elle lui tendit tendrement la main.

— Iris, je ne sais pas comment…

— Je t'enseignerai ! Tu n'as qu'à te laisser entraîner, dit-elle en lui prenant malgré lui la main qu'il ne lui offrait toujours pas.

Elle tira sur lui et il la suivit dans le salon. Au centre du plancher de danse, elle s'arrêta et se tourna vers lui. Il était paralysé.

— Détends-toi, Nox ! Ce ne sera pas douloureux, dit-elle dans un rire mélodieux.

Elle lui fit passer ses bras autour de sa délicate taille et posa les siens dans son cou avec douceur, rapprochant ainsi considérablement leur visage l'un de l'autre. Nox sentit le courant enivrant qui les unissait.

— Écoute la mélodie, dit-elle, et elle l'entraîna doucement.

Nox regarda les pieds d'Iris et tenta de suivre ses mouvements. Il songea à leurs entraînements à deux au tai-chi-chuan et se laissa envahir par la fluidité élégante qui ensorcelait la jeune fille ; elle en fut ravie. Elle posa sa tête amoureusement sur son torse et le laissa tranquillement prendre la conduite de la danse, abandonnant son corps à son emprise. L'étourdissement de Nox était à son comble. Son corps s'éveillait aux sensations refoulées pendant tant d'années, mais l'intensité de l'émotion que lui faisait vivre le fait de tenir entre ses bras la fille qu'il aimait le fit suffoquer ; il s'arrêta brusquement et se défit de leur intime étreinte. Le souffle court, il bégaya des excuses et partit en trombe. Iris le regarda, ne sachant comment réagir. Le Grand Maître entra dans le salon et s'arrêta devant elle.

— Je voulais juste danser…

— Vous savez, la maturité émotive de Nox s'est arrêtée à 13 ans.

Iris le regarda longuement.

— Je sais et je ne veux pas le brusquer. Je ne pensais pas que danser l'indisposerait.

— Son corps, lui, ne s'est pas arrêté à cet âge-là. Or, à 18 ans, après des années de négation et de privations, danser avec la jeune fille qu'on aime peut facilement provoquer une émotion intense…

Iris rougit, mal à l'aise que le vieil homme aborde cette question avec elle, mais avec qui d'autre aurait-elle pu en parler ? Elle pensa, pour son plus grand bonheur, qu'il avait quand même dit *avec la jeune fille qu'on aime…*

— Mais Grand Maître, ça ne me dérange pas qu'il sente… Je veux dire qu'il soit…

Le terme ne sortait tout simplement pas. Ses joues rouges lui chauffaient la peau du visage.

— À notre âge, c'est quand même naturel et acceptable, non ? lança-t-elle finalement.

— Peut-être, mais lui n'est pas prêt, mademoiselle Iris !

Subitement, le maître s'immobilisa.

— Que se passe-t-il, Grand Maître ?

— Il est parti !

虹

Nox ouvrit les yeux et les laissa s'acclimater à la semi-obscurité de la salle de cinéma. Il regarda Iris en transe à ses côtés. Son corps était en feu, et il avait fui le jardin du Grand Maître fortement indisposé que ce dernier ait été témoin de son tiraillement. Depuis la mort de sa mère, il avait refoulé toute sensation, se bornant à nourrir son corps de nourriture et d'intense entraînement d'art martial. Il observa Iris longuement. Comme elle était belle ! Comme son corps féminin et délicat lui donnait envie de la caresser !

虹

Iris picossait de ses baguettes dans un bol les grains de riz que le serviteur du Grand Maître lui avait servis. Ce dernier l'avait implorée, plus tôt, de ne pas retirer son bracelet, comme elle avait été tentée de le faire en comprenant que son ami était sorti de la transe.

— Si vous le faites, vous vous retrouverez à ses côtés et le forcerez à vous affronter immédiatement, alors qu'il ne veut ni ne peut le faire ! lui avait-il lancé en guise d'explication. De cette façon, vous le brusqueriez et il quitterait la salle de cinéma probablement offusqué. Tandis que si vous restez ici, il se calmera. Il n'oserait jamais vous abandonner en transe dans la salle. Aussi, une fois calmé, soit il vous sortira intentionnellement de votre transe, soit il reviendra ici.

« Patience ! » était le dernier mot qu'il lui avait dit.

Iris ne pouvait manger et les minutes s'éternisaient. L'attente pouvait être longue, le temps n'ayant pas la même valeur dans les deux dimensions. Quelques minutes dans le monde réel signifiaient des jours dans le monde virtuel où elle se trouvait. Le Grand Maître remarqua l'air désolant qui lui ternissait le visage.

— Mademoiselle Iris, vous n'êtes pas obligée d'entreprendre la mission que je vous ai proposée…

— Vous savez très bien que je ne penserais même pas à la refuser…

— Alors, pourquoi ne pouvez-vous pas mettre l'accent sur les efforts nécessaires ?

— Grand Maître, vous avez vous-même dit que mon chi était supérieur, non ?

— Oui !

— Si mon corps était doté de cette même force, ne serait-ce pas un signe de déséquilibre ? Un yin et un yang instable, en d'autres mots ?

Le Grand Maître sourit, enorgueilli par cette élève remarquable :

— Certes ! Ainsi, lorsque vous serez de retour dans le monde réel Nox et vous, vous devrez – avant votre retour ici pour poursuivre l'entraînement – régler cette étape délicate !

虹

Nox respirait profondément, tentant de se raisonner et de se calmer. Il ne savait pas quoi faire : retourner là-bas ou sortir Iris de sa transe ici. Il ne lui en voulait pas, mais ne savait comment composer avec ces sentiments tout à fait nouveaux pour lui. Il leva sa main droite vers elle et lui caressa tendrement le visage en longeant les mèches des cheveux d'Iris, du front jusqu'au cou.

虹

Iris leva le regard vers le Grand Maître qui avait terminé son riz et buvait maintenant son thé. Elle se passa la main dans les cheveux jusqu'au cou fébrilement.

— Ça va ? lui demanda le vieil homme.

— Il s'est calmé, affirma-t-elle avec aplomb.

Le Grand Maître esquissa un sourire.

— Allez-y, alors. Vous reviendrez quand vous serez prêts.

— Merci, Grand Maître, répondit Iris sereine.

Elle soupira, ferma les yeux et retira son bracelet.

Quand elle les rouvrit, ses yeux se perdirent dans le regard que posait Nox sur elle.

— Pardonne-moi, Nox ! dit-elle doucement.

Le film tournait encore et les lumières étaient éteintes. Autour d'eux les sièges étaient vides. Nox chuchota à son oreille qu'elle n'avait pas à demander pardon. Elle lui chuchota à son tour qu'elle le devait, car elle avait promis de ne pas le brusquer. Il plongea longuement dans ses yeux verts et susurra, ses lèvres frôlant la peau du délicat lobe de l'oreille de la jeune fille :

— Je t'aime, Iris...

Iris sentit la salle complète tourner autour d'elle, soupira fébrilement et répondit :

— Je t'aime aussi, Nox !

Il sourit et lui demanda subitement de l'attendre. Il se leva et sortit de la salle pour revenir avec un sac de maïs soufflé. Iris éclata de son doux rire et s'attira le regard insatisfait des quelques spectateurs épars autour. Nox s'assit, lui offrit du maïs soufflé et passa son bras autour des épaules de la jeune fille. Cette dernière mangea quelques grains, puis déposa amoureusement sa tête sur la confortable épaule de son ami. Ils regardèrent le reste du film silencieux et sans bouger.

Nox alla reconduire Iris chez elle, tout de suite après le film, car il y avait plus d'une heure de route après, pour se rendre chez lui. Lors de son anniversaire marquant son passage à l'âge adulte, il avait hérité de ses parents ; la maison et la voiture étaient maintenant à lui.

En fait, au décès de sa mère, orphelin sans famille proche, il n'avait pas tardé à demander au Grand Maître, qu'il avait connu à l'hôpital même où sa mère avait expiré son dernier souffle, de devenir son tuteur jusqu'à ses 18 ans, qu'il avait maintenant depuis à peine deux mois. Une offre que Liu Ping n'avait pas refusée et que la Cour avait acceptée d'emblée, car le vieil homme possédait une enviable réputation. L'influence remarquable – même au plan vestimentaire –, qu'il avait eue les quelques mois précédents sur le jeune adolescent, qui avait passé d'une attitude frôlant la délinquance aux accents gothiques à une démonstration d'extrême respect, avait suffi au juge. Nox avait donc vécu avec le Grand Maître, et même s'il possédait sa propre maison depuis son anniversaire, il n'y habitait pas encore, préférant rester chez le vieil homme jusqu'à son retour du royaume chi, ce matin même. Et ce soir, le vieil homme était loin au Viêt-nam, pour la première fois depuis qu'il avait pris Nox sous son aile. Ce dernier devait, à la demande du

Grand Maître, faire face à ses peurs et retourner chez lui. Iris ignorait tout de cet aspect qui le tracassait sur le chemin de retour chez elle.

— Travailles-tu, demain ?

— Non ! Je travaille tous les jours sauf les dimanches.

— Veux-tu continuer l'entraînement demain ?

— Si tu veux et si tu peux !

— Nox ?

— Quoi ?

— Le Grand Maître m'a fait une demande, avant que je parte.

Nox détourna le regard de la route un instant pour regarder Iris dans les yeux.

— Laquelle ?

— Il veut que nous réglions le malaise que notre attirance réciproque provoque à l'entraînement...

Nox soupira.

— Que proposes-tu ?

— Je ne veux pas que tu sois mal à l'aise de sentir une attraction physique envers moi, car moi, je ne le suis pas du tout de me sentir enflammée à proximité de tes bras...

— Iris, je ne suis pas mal à l'aise. Je suis enivré ! Le bonheur ne m'est pas si commun que cela !

Iris lui sourit.

— Mais nous y avons droit, autant que n'importe qui !

— Peut-être bien !

— Comment cela, « peut-être bien » ?

— Iris, ce que nous allons accomplir avec le Grand Maître est lourd de responsabilités.

— D'accord, mais moi je suis bien dans tes bras.

— Je ne te refuse pas mes bras, mais je crois que nous aurons le temps de tranquillement nous connaître ici, à petites doses.

Iris lui indiqua le chemin à prendre pour se rendre à sa maison.

— Alors, comment allons-nous nous y prendre ? demanda-t-elle.

— Si tu veux, demain, nous pourrions faire une sortie en matinée et retourner voir le Grand Maître en après-midi. Ainsi, on passe du temps ensemble ici, avant de recommencer l'entraînement là-bas.

— D'accord ! C'est la maison juste là, indiqua-t-elle.

Nox gara la voiture et descendit avec elle pour la raccompagner jusqu'à la porte.

— À quelle heure veux-tu que je vienne te chercher, demain ?

— Vers 9 h, si tu veux…

— D'accord !

Ils étaient rendus sur le perron d'entrée. Ils se regardèrent dans les yeux. Iris eut un petit sourire timide. Nox espérait. Iris put lire une demande de baiser dans ses yeux noirs, et les siens acquiescèrent subtilement d'un clignement de cils, mais alors que leurs lèvres se touchaient presque, un éclat de voix vola de la maison :

— Non Lucie ! J'ai dit que cela suffisait !

— Pourquoi es-tu si méchant ?

— Je ne suis pas méchant ! J'en ai assez ! Même si je t'aime, je ne suis pas obligé d'aimer ton problème ! Pense à notre fille, elle a besoin de toi et tu n'es pas là ! Ma décision est prise. J'ai fait les arrangements. Tu entres en désintoxication, demain matin ou tu pars !

— Non ! pleura amèrement la mère d'Iris.

Iris s'immobilisa. Nox sentit la peine de son amie lui traverser le cœur, comme une flèche. Il aurait voulu exprimer son désarroi pour ce qui se passait, mais il n'avait pas la force de sortir un mot. Il vit les larmes sillonner les joues d'Iris, laquelle se détournait de son regard.

— À demain, Nox, bégaya-t-elle.

— Iris…

— À 9 h, insista-t-elle, puis elle ouvrit la porte et la referma aussitôt le porche franchi.

— D'accord, répondit le jeune homme peiné.

En voyant Iris les regarder les larmes aux yeux, ses parents cessèrent immédiatement leur dispute.

— Iris ? balbutia son père en foudroyant du même coup sa femme.

— Je vais dormir…

Elle partit et enjamba les marches de l'escalier deux par deux, son cœur voulant sortir de sa poitrine et se fendre sur les murs de la cage d'escalier qui semblait sans fin.

— Tu ne me détruiras pas ma fille, cracha M. Arco. Je t'emmène demain matin à 8 h, termina-t-il en allant retrouver Iris.

Il entendit les horribles pleurs de sa fille retentir dans le corridor donnant sur sa chambre. Il contint sa rage contre sa femme, puis cogna doucement à la porte d'Iris.

— Iris, puis-je entrer ?

— Oui, murmura la jeune fille en essuyant ses larmes.

Son père entra et referma la porte derrière lui.

— Je suis désolé, Iris. Tu as tout entendu ?

— Oui.

— Et ton ami ?

— Aussi.

— Oh ! Je suis vraiment désolé.

— Elle part demain ?

— C'est le seul moyen pour qu'elle s'en sorte…

— Je sais.

— Je serais là pour toi, mon arc-en-ciel.

— Papa, je frôle l'âge adulte et je pourrai m'en sortir dans la vie. Je veux que tu t'occupes de maman et de votre couple, car je sais que tu l'aimes ; c'est surtout pour vous que cette épreuve est terrible.

— Tu es un ange, Iris, dit-il les larmes aux yeux et s'assoyant sur le bord de son lit.

Elle l'embrassa sur la joue et lui déclara que tout allait aller pour le mieux.

— Merci. Comment était ta sortie ?

— Bien. Mais, je suis fatiguée de ma journée.

— D'accord, je te laisse dormir.

— Vous partez à quelle heure, demain ?

— À 8 h.

— Réveillez-moi, avant de partir.

— Bien sûr !

Il l'embrassa et sortit.

Iris enfila son pyjama, se laissa tomber sur son lit et fixa le plafond.

— Grand Maître, vous ne pouvez pas nous garder dans votre monde ? soupira-t-elle mélancoliquement.

Elle ferma les yeux pour laisser son esprit divaguer, tentant de faire le vide, mais succomba rapidement au sommeil.

CHAPITRE V

E Grand Maître ouvrit doucement les yeux dans le salon du jardin asiatique. Son chien Nox à ses côtés agita la queue, sentant le retour de son maître.

— Nous avons de la visite, Nox ! Tu ne seras jamais un chien de garde, toi !

Ils se levèrent tous les deux et se dirigèrent à l'extérieur de la demeure.

— Bon début d'après-midi, oncle ! lança le jeune fils du neveu de Liu Ping.

Il était mince et portait un costume d'entraînement blanc. En fait, il avait la physionomie exacte du serviteur du Grand Maître, ce dernier l'ayant copiée pour dessiner le jeune homme qui lui servait du thé et ses repas dans ses longues méditations.

— Bonjour Xu ! Vous venez me montrer vos progrès que votre père m'a vantés ?

— Oui, oncle ! J'aimerais grandement devenir votre élève, répondit Xu en faisant un salut.

— Nous verrons bien ! Avant, il vous faudra savoir accepter les humbles étapes.

— Je suis prêt à tout faire pour vous.

— Tiens donc ? Alors, venez me servir mon thé !

— Mais, je ne vous n'ai pas montré mes capacités martiales ! s'offusqua l'adolescent.

— Vous venez de le faire.

— Pardon ?

— Première leçon : obéir en silence avec respect, humilité et sans prétention.

— Oui, oncle.

— Appelez-moi Grand Maître, jeune homme.

Xu sourit. Il savait ce que cela signifiait. Il venait d'obtenir un consentement à son vœu.

— Merci, Grand Maître.

— Je ne promets rien, jeune homme. Je ne sais pas combien de temps je passerai ici.

— Même une seule leçon de vous me comblerait d'honneur…

— Pourvu que vous vous en serviez au moment opportun.

Ils entrèrent dans le salon, suivis du husky qui s'installa aux côtés du Grand Maître, derrière la table basse. Xu s'affaira à la préparation du thé de son grand-oncle et le servit avec minutie et patience, gonflé de fierté par son nouveau statut d'élève du vénérable Grand Maître Liu Ping. Ce dernier but silencieusement son thé, la tête accaparée par d'innombrables pensées.

虹

Douze heures de décalage séparaient Nox de son vénéré Grand Maître, qui le soumettait, cette nuit, à sa plus grande épreuve. Il garait la voiture dans le stationnement de la maison de ses parents lorsque les 12 coups de minuit retentirent. Son premier regard fut pour le panneau publicitaire en face de la vieille maison. Son propriétaire l'avait réparé et remis en usage et il projetait maintenant une vive lumière indigo. Nox se rendit sur le perron de la maison. Il considéra sa clé quelques secondes, puis l'inséra dans la serrure. Une odeur de renfermé lui envahit les narines. Il regarda autour : tout était intact et recouvert d'une couche de vieux draps et d'une autre de poussière. La demande du Grand Maître était claire et précise : il devait se rendre au grenier et y méditer quelques minutes, pour être à tout jamais guéri de son traumatisme. Mais Nox ne raffolait pas de cette méthode radicale. Toutefois, il ne saurait désobéir à son maître, encore moins faire semblant d'avoir accompli sa demande. Il s'y rendit donc avec amertume. Il resta un moment paralysé devant la porte. Sa mère l'avait fait clouer par un ami peu de temps après la tragédie, et Nox réentendit le son du marteau qui avait retenti jusqu'à sa chambre cet après-midi-là. Il ferma les yeux et retint ses larmes. Dans un élégant mouvement de kung-fu, il fit éclater la porte d'un coup de pied puissant. Il prit une longue respiration et lança :

– J'y suis, Grand Maître !

Il entra dans le grenier, où la pénombre était trouée par la lueur indigo pénétrant par la lucarne du toit. Un frisson lui parcourut le corps et il songea à Iris ; ça lui donna une apaisante énergie fortifiante. Il s'avança jusqu'au milieu de la pièce, s'assit en tailleur, posa au niveau de son centre de gravité ses mains en cuillères, l'une dans l'autre, ouvertes vers le haut, puis ferma les yeux et laissa son esprit divaguer…

Nox s'éveille en sueur dans son lit. Sa respiration se glace et il voit son souffle se givrer dans les airs et rester latent. Il se lève et sent également la lourdeur du temps immobile. Sa vision s'embrouille et son ouïe s'assourdit. Il entend cependant le tic-tac envahissant d'une horloge, et à chaque seconde, il voit l'aveuglante lumière intermittente consumer une dernière étincelle. Et comme suivant la mèche enflammée d'un bâton de dynamite, Nox suit cette lumière intrigante qui le mène jusqu'au grenier…

Il rouvrit brusquement les yeux et sentit sa respiration accélérée lui défoncer les poumons. Voilà ce que le Grand Maître l'avait envoyé chercher, se dit-il. La mémoire refoulée et effacée de *comment* il pouvait pressentir la dernière étincelle de désespoir que lance la vie aux portes de la mort. Nox soupira et grava dans sa mémoire ses différentes sensations pendant le particulier phénomène.

– Je suis prêt, Grand Maître ! murmura-t-il, ébranlé mais décidé.

虹

M. Arco alla réveiller sa fille afin qu'elle salue sa mère avant son départ pour un temps indéterminé au centre de désintoxication. Iris eut de la difficulté à quitter les bras de Morphée si confortables, mais sitôt qu'elle réalisa que ce matin-là était celui du départ de sa mère, elle s'efforça de chasser le sommeil et de se diriger vers la cuisine pour prendre le petit-déjeuner dominical avec ses parents. Elle s'assit devant sa mère, qui avait piètre allure. Ses yeux gonflés et rouges trahissaient les nombreux pleurs qui avaient meublé sa nuit. Le père d'Iris, lui, était impassible et décidé. La ligne de non-retour avait été franchie durant les deux derniers jours. Iris sentit la lourdeur de l'air ambiant autour de leur famille ébranlée. Elle ne savait que dire, surtout à sa mère qu'elle avait toujours trouvée distante. Elle prit cependant son courage à deux mains pour lui exprimer son amour. Sa mère la regarda tristement.

— Moi aussi, Iris, murmura-t-elle. Tu vas me manquer…

Iris la serra fort dans ses bras. Vu que personne n'avait vraiment d'appétit, le père d'Iris décida de partir pour ne pas éterniser la déchirante séparation. Il prévint sa fille qu'il resterait une bonne partie de la journée au centre pour accompagner sa femme le plus longtemps possible, et Iris le pria de ne pas se presser pour elle, car elle serait occupée une bonne partie de la journée également. Iris prit une longue douche où elle se laissa longuement et sans retenue pleurer, puis elle se prépara pour l'arrivée de Nox. Ce dernier arriva à l'heure pile.

— Bonjour, dit-il timidement en remarquant l'air abattu de son amie.

— Bonjour, Nox.

— Est-ce que ça va ?

— Je ne veux pas en discuter…

— Pas de problème, Iris. Veux-tu quand même sortir ?

— Oui, je veux oublier, soupira-t-elle en retenant ses larmes.

Nox se sentit triste pour elle.

— Je t'emmène où tu veux aller !

Elle esquissa un léger sourire.

— Allons prendre l'air dans un parc, décida-t-elle.

— Excellente idée ! Les couleurs automnales des feuilles sont encore splendides.

— Tu vois les couleurs, toi ? dit-elle, ses sarcasmes retrouvés.

— Seulement quand tu es là ! répondit-il instantané-ment.

Elle sourit, surprise de sa perspicace contre-attaque.

— Tu as bien dormi ? lui demanda-t-elle une fois assise dans l'auto.

— Plus ou moins.

— Pourquoi ?

— Le Grand Maître m'avait donné un devoir.

— Lequel ?

— Retrouver la mémoire de mon don.

— Et tu as réussi ?

— Oui.

Arrivés au stationnement du parc régional bondé de gens en ce superbe dimanche d'automne ensoleillé, ils marchèrent tranquillement dans les sentiers boisés jusqu'à une aire de pique-nique. Iris profitait tranquillement de cette paisible sortie en présence de son tendre ami, bien qu'elle eût constamment le cœur alourdi par la réalité actuelle de ses parents. Nox sentait intuitivement cette triste réalité et respecta le rythme imposé par la préoccupation de la jeune fille. Un peu éloignés de la foule, ils décidèrent de s'asseoir dans l'herbe, le dos accoté sur le tronc d'un énorme chêne, aux feuilles superbement rougies, pour discuter. Les gens passaient autour, en couple, en famille, en solitaire, profitant tous et chacun de leur journée de repos.

— Nox ?

— Quoi ?

— Tu crois qu'elle va s'en sortir ?

– Pardon ?

– Ma mère.

Nox baissa les yeux, mal à l'aise devant cette question épineuse.

– Elle est alcoolique, balbutia-t-elle.

– Iris, ton père a pris la bonne décision. Ce n'est pas un problème facile, mais je suis certain qu'elle sera aidée là-bas.

– Elle se sentira toute seule.

– Elle sera bien encadrée.

– J'espère.

Un jeune homme muni d'un sac à dos marcha d'un pas lourd près d'eux, sans les regarder. Il enjamba les imposantes racines de l'arbre qui couvraient le sol, accaparé par ses pensées. Iris se blottit doucement sur l'épaule de son ami et lui murmura :

– Je suis contente que tu sois là, aujourd'hui, Nox.

– Je suis content d'être là, Iris, lui répondit-il en lui caressant les cheveux.

Iris ferma les yeux et respira doucement. Nox se détendit et recula la tête sur le tronc en levant le menton. Il regarda le superbe couvert rouge de l'arbre au-dessus d'eux. Il se sentit en paix et ferma les yeux à son tour. Ils restèrent ainsi en silence, profitant du bien-être total fourni par cette chaude étreinte dans cet endroit magnifique. Nox soupira, à moitié endormi, puis une sueur froide le traversa. Iris sentit le corps de son ami se crisper. Nox rouvrit les yeux et vit la buée glacée de sa respiration flotter devant lui, comme en apesanteur.

— Nox ? entendit-il en sourdine.

Mais un son particulier engourdissait son sens auditif. Il se leva brusquement.

— Nox, qu'as-tu ? demanda Iris inquiète en se levant à son tour.

Il sentit sa vision se troubler, puis une lumière intermittente dans le bois l'interpella.

— Nox ! Réponds-moi ! lança Iris en lui prenant la main et le secouant pour le sortir de son état.

— Je…

Un violent coup de feu retentit dans le boisé, faisant sursauter les gens tout autour et semant la panique. Iris ne comprit pas tout de suite le son qu'elle venait d'entendre. Nox se couvrit le visage pour chasser l'horreur qui lui traversa le corps et l'esprit. Iris voulut savoir ce qui se passait.

— Partons, lança subitement le jeune homme d'un ton sec.

Iris ne questionna même pas son ordre. Ils marchaient d'un pas rapide pour rejoindre leur voiture dans le stationnement lorsqu'une voix de femme hurla. Un cri de désespoir à glacer le sang, qui paralysa Iris.

Soudain, elle comprit. Elle n'osa cependant pas prononcer un seul mot. Le visage de Nox était dur et fermé. Elle revit celui du jeune homme qui était passé près d'eux sans les voir, et reconnut à rebours l'expression de désespoir qui émanait de ses yeux ; elle chassa l'image. Dans l'auto, le silence fut total. Nox conduisit avec détermination jusqu'au centre commercial où ils étaient allés la veille. Il gara la voiture, prit son sac à dos et ordonna à Iris de le suivre. Il marcha d'un pas décidé jusqu'au complexe de cinéma. Les premières représentations allaient débuter sous peu. Iris osa finalement parler.

— Nox ?

— Allons retrouver le Grand Maître, Iris.

— D'accord, acquiesça-t-elle, attristée par l'inquiétant regard de son ami.

Nox sortit son cellulaire et composa un long numéro, bien que la nuit fût tombée à l'endroit où il téléphonait.

— Pouvons-nous vous visiter ? prononça-t-il comme uniques paroles.

Il raccrocha et entraîna Iris à la billetterie. Dans les minutes suivantes, ils s'assoyaient dans une salle presque vide. Nox sortit les bracelets qu'ils insérèrent ; la lumière s'éteignit et ils refermèrent leurs doigts sur leur paume.

虹

Le Grand Maître les attendait sur le quai. Nox le regarda douloureusement et demanda la permission de se réfugier dans sa chambre. Le Grand Maître acquiesça. Il posa son regard sur Iris pendant qu'on entendait les pas accélérés du jeune homme s'éloignant. Iris baissa le regard. Un cri douloureux de Nox retentit dans le jardin.

— Mademoiselle Iris… ?

— Nox a éveillé son don cette nuit comme vous le lui aviez demandé, commença-t-elle fébrilement. Puis, au parc où nous étions, il a pressenti le désespoir d'un jeune homme, mais…

— Mais vous n'avez rien pu faire ! Car vous n'êtes pas prêts ! Laissez-moi lui parler. Puis-je vous conseiller de faire un entraînement de tai-chi-chuan ? Vous en aurez besoin, car nous devrons probablement intensifier l'entraînement, ajouta-t-il.

— Oui, Grand Maître, répondit-elle en lui faisant un salut.

Le vieil homme retourna dans la demeure. Il s'arrêta devant la porte de la chambre de Nox.

— Quand vous serez prêt, je vous verrai dans mon salon, jeune homme ! dit-il posément, de l'autre côté de la porte de papier. Ensuite, il partit.

Nox se présenta devant lui peu de temps après. Il y avait dans son regard indigo une lueur de douleur mêlée d'amertume.

– Assoyez-vous, je vous prie ! Nous allons prendre une infusion différente, qui pourra apaiser votre mal intérieur.

Nox le regarda longuement.

– Comment une infusion fictive pourrait-elle soulager l'horreur de sentir le dernier souffle de ceux qui sont poussés par le désespoir ? lança-t-il avec colère, un ton qu'il ne se permettait pourtant jamais envers le sage vieil homme.

– Fictif est un terme si complexe, jeune homme ! Si mon infusion est fictive, alors votre douleur l'est tout autant.

– Quoi ? s'exclama Nox en s'assoyant en tailleur sur le coussin en face du Grand Maître.

– Je sais que votre don – et par conséquent la mission qui en découlera –, est très lourd émotivement et moralement, et j'en suis désolé également. Mais sachez qu'ils le resteront, où que vous soyez, peu importe le pile ou face de la fiction ou de la réalité, et que leur importance ne doit pas vous échapper.

– Hein ? Je ne comprends rien ! C'est du tao que vous me servirez pour soulager mon tourment ? Ça risque de ne pas fonctionner avec moi, pas aujour-d'hui…

Le serviteur du Grand Maître vint leur servir l'infusion particulière qui humait des parfums floraux complètement différents du traditionnel thé qu'ils buvaient ensemble habituellement.

— Buvez, je poursuivrai après.

Nox lui obéit, sceptique. L'effet apaisant se fit sentir immédiatement. Le jeune homme se détendit et soupira profondément.

— Voyez-vous, jeune homme, le retour de votre don vous est douloureux, et votre première réaction a été la fuite ici, dans ce monde que vous nommez *fictif*, mais c'est votre fuite qui est fictive. En effet, la vraie solution sera d'affronter la réalité !

— Quelle réalité ?

— Justement ! Dites-moi, Nox. Comment se déroule votre don ?

— Je ne comprends pas…

— Que sentez-vous lorsqu'il se produit ?

— Mon souffle se fige, le temps semble s'arrêter et mes sens s'orientent vers une seule chose.

— Laquelle ?

— La pendule de celui qui s'apprête à partir…

— Et où se produit cet étrange phénomène ?

— À proximité de celui qui part.

— Oui, mais dans quel monde ?

— Dans… dans le vrai, bégaya Nox, bouleversé.

— Et ce phénomène vous semble réel ou fictif ?

— Euh…

— Oui ?

Nox sentit un frisson lui parcourir le dos.

— De plus en plus, le fictif et le réel s'entrecroise-
ront, car tout cela a un but précis. Vous ne pourrez pas
sauver tous ceux que vous sentirez partir, mais vous ne
pouvez pas cesser de sentir pour cette raison, car ceux
que vous aurez sauvés ne l'auront pas été par le fruit du
hasard. Sauf que, si vous vous attardez à ceux qui vous
échappent, vous échapperez alors ceux à qui vous
devez vous attarder.

— Qui sont ceux à qui il faut s'attarder ?

— Ceux pour qui votre don vous a été attribué.

Nox le regarda longuement.

— Votre don est incomplet, non ? continua le vieil
homme.

— Oui.

— Savez-vous comment le compléter ?

— Iris ?

— Oui, Iris peut en compléter une partie.

— Une partie ?

— Oui. Il faut que vous voyiez l'étincelle et qu'Iris
l'alimente pour la garder allumée, mais pour ce faire,

il faut que le temps s'arrête, pour vous permettre d'agir.

— Et qui peut l'arrêter ?

— Ceux qui ne doivent pas partir…

— Et pourquoi ne doivent-ils pas partir ?

— Parce que c'est ainsi ! Appelez cela évolution, destin ou avenir, peu importe. Les forces inestimables du tao ne se forgent pas, elles ne font que se frayer leur chemin, comme l'eau qui coule dans les vallées.

— Vous voulez dire que ceux que nous sauverons auront une destinée importante ?

— Exact. Quelque chose de puissant.

— Mais quoi ?

— Chaque chose en son temps, jeune homme.

— Oui, Grand Maître, répondit Nox, plus serein.

Il inspira profondément et songea à l'évènement dans le parc.

— Grand Maître ?

— Oui ?

— Le visage du jeune homme dans le parc reste figé dans ma tête, comme si j'avais partagé son dernier soupir et vu défiler tous les moments de sa vie… qu'il a achevée violemment d'un coup de feu…

— Des gens meurent à toutes les secondes, Nox.

– Oui, mais la plupart du temps, on le sait après, pas pendant !

– En effet, c'est le revers de la médaille de votre don. Mais voyez-le comme si vous étiez un médecin qui détient entre les mains la vie d'un patient. Il peut la perdre en tout temps, mais cela ne le rend pas coupable de sa mort. Vous n'avez quand même pas tiré ce coup de feu ! Iris et vous êtes des artisans de vie.

– Oui, Grand Maître.

– Vous ne devez pas sentir de l'impuissance relativement à votre don particulier. De plus, il ira en s'affinant, et vous réussirez à savoir quelles sont les étincelles que vous pourrez préserver. Je crois plutôt que le retour de votre don vous oblige à affronter un passé refoulé et douloureux. Depuis notre première rencontre, nous avons beaucoup travaillé votre douleur suite à la perte de votre mère, mais pas à celle de la mort de votre père. Il nous faudra cependant le faire.

– Ma mère, sa vie lui a été enlevée ! Mon père, c'est tout autre chose ! En supprimant la sienne, il nous a privé de la nôtre ! laissa sortir Nox avec rage.

– Peut-être, mais toujours est-il qu'il faut comprendre pourquoi des gens posent un tel geste pour pouvoir le juger.

– Pourquoi le font-ils, alors ?

– Je n'ai pas la réponse à cette question, mais peut-être que votre mission éclairera ce mystère.

– Il faudrait pour cela que nous soyons prêts.

— Nous allons accélérer l'entraînement, mais le don de mademoiselle Iris doit se définir par lui-même. Je ne peux rien pour cela…

Ils discutèrent encore quelque temps, puis Nox remercia le Grand Maître et sortit du salon avec plus de sérénité. Il alla retrouver Iris qui s'entraînait avec concentration au tai-chi-chuan, dans un coin du jardin de kung-fu.

— Je peux me joindre à toi ? lui demanda-t-il.

— Bien sûr !

Il se plaça à sa droite et continua l'enchaînement qu'elle effectuait lentement.

— Le Grand Maître m'a calmé, dit-il d'entrée de jeu.

— Nox, je comprends que tu as dû sentir l'horreur, mais je crois que nous devrons toujours nous protéger de la noirceur qui ne nous appartient pas pour pouvoir supporter le poids de nos dons.

— Oui. Je promets d'apprendre à le faire au plus vite.

— Je vais tenter d'apprendre ce qu'il faut, aussi, rapidement pour que nous puissions faire une différence bientôt.

— Merci.

— Ça ressemble au royaume chi, tout cela ! Toi, prisonnier de ton don ; moi, qui peux te soulager sans savoir comment, soupira-t-elle.

— Alors, je suis entre bonnes mains, car si tu as réussi une fois, tu y parviendras encore.

— Espérons-le.

Elle arrêta ses mouvements de tai-chi-chuan et se tourna vers lui.

— Il y a une chose qui me tracasse, Nox.

— Quoi ?

— J'ai beau croire aux pouvoirs spéciaux dans ce monde ou au royaume chi, mais je vois mal comment je peux faire des miracles, éveillée.

— C'est exactement ce que le Grand Maître a voulu m'expliquer.

— Et qu'a-t-il dit ?

— Dans le parc, nous n'étions pas en méditation, Iris. J'ai quand même senti la fin de cette vie s'annoncer.

— En effet...

— Tu pourras sûrement faire la différence d'une certaine façon, même si pour l'instant cela nous semble impossible.

— Peut-être que ça ne me semble pas si impossible que ça, Nox. Je crois que c'est plutôt que j'ai peur de me convaincre d'y croire.

— Que veux-tu dire ?

— Il y a des choses que mon cerveau a déjà tenté de raisonner depuis mon retour du royaume chi...

— Lesquelles ?

— Eh bien, quand tu es venu me chercher à mon école, toi, tu étais déjà au royaume chi !

— Oui.

— Et tu avais les yeux bleus…

— Oui et alors ?

— Mais tu es venu me chercher dans le vrai monde !

— Non, tu étais en transe…

— Pas quand tu m'as offert le diffuseur, seulement après qu'il se soit brisé !

— Quand je suis arrivé à l'école, il n'y avait pas de couleurs…

— Pour toi, mais moi, je les voyais.

— Et comment expliquerais-tu cela, alors ? demanda Nox en se passant nerveusement la main dans les cheveux.

— L'entre-mondes !

— Quoi ?

— Je crois qu'il y a un entre-mondes, ou un passage entre les mondes, si tu veux.

— Je ne comprends pas.

— Quelque chose comme quand nous nous éveillons doucement de nos rêves, lorsque nos connaissances ou capacités spatio-temporelles reprennent doucement contact avec le monde matériel.

– Je crois te suivre maintenant. Avec mon don, je sens tous mes sens engourdis, comme si je n'étais plus où j'étais, comprends-tu ?

– Oui ! Je crois que notre mission résidera dans cette marge de manœuvre subtile.

– Que veux-tu dire ?

– C'est le Grand Maître qui l'a dit. Nous frôlerons de sombres royaumes. Je crois qu'à l'instant précis où l'on sent cette sensation, le royaume du Diffuseur en détresse s'ouvre à nous, et nous pouvons lui ouvrir le nôtre pour l'aider !

– Excellent, jeunes gens, dit le Grand Maître en apparaissant près d'eux. Je savais que vous trouveriez tranquillement la voie.

– Grand Maître ?

– Oui, mademoiselle Iris ?

– Et si les Diffuseurs refusent de venir dans notre monde ?

– Vous n'êtes pas responsable de leurs choix, jeune fille ! Lorsque nous étions au royaume chi, nous avons perdu des Diffuseurs, même s'ils se retrouvaient déjà dans un centre, avec de l'aide médicale et psychologique constante.

– Oui.

— Vous ne devez pas porter ce poids sur vos épaules, car il aveuglerait votre mission.

— Et nous ne pourrions pas aller les chercher dans leur monde ?

— Non. Il y aurait une sorte de tunnel reliant les deux mondes que vous ne devrez jamais traverser. Vous devrez inciter le Diffuseur ou la Diffuseuse à vous rejoindre à votre bout.

— Pourquoi ?

— Parce que si vous vous retrouvez de leur côté, vous perdrez tout repère et risquerez de vous faire engloutir par les sombres composantes de ce monde, qui tentaient initialement d'engloutir le Diffuseur ! Et même avec vos dons, mademoiselle Iris, vous pourriez vous retrouver aveugle, sans la moindre lumière pour vous faire revenir. C'est un jeu risqué que je ne vous permettrai jamais de jouer. Même pour les plus honorables, humbles ou nobles intentions ! Les risques, déjà en restant à proximité du tunnel, sont considérables.

— Et comment les contrôlerons-nous, Grand Maître ? demanda Nox.

— C'est moi qui le ferai ! Maintenant, je vous suggère de vous entraîner ardemment au kung-fu en essayant de faire le plus longtemps possible abstraction de la fatigue, ajouta-t-il.

Il les laissa seuls.

CHAPITRE VI

NOX et Iris avaient effectué de multiples mouvements de kung-fu, tant défensifs qu'offensifs pendant toute la journée, jusqu'au crépuscule. Le jardin d'entraînement s'était illuminé, grâce aux superbes lanternes de papier l'entourant. Iris avait appris à ne pas déjouer les règles pour faire contrepoids à l'agilité, la force et la vitesse d'exécution supérieures de son compagnon. Mais dans sa tête, il resterait toujours clair et évident que Nox serait toujours meilleur du point de vue physique, et elle, du point de vue psychique. Ils se complétaient et cela la réjouissait suffisamment pour lui faire oublier son orgueil et son esprit compétitif. Lorsqu'ils furent fatigués de tromper leur cerveau, le Grand Maître les reçut dans son salon, pour manger et pour le thé.

— Je crois que votre entraînement physique avance bien, mademoiselle Iris ! J'aimerais commencer demain l'entraînement psychique, afin que vous trouviez bientôt la science de votre don qui vous aidera à sauver les Diffuseurs. Vous, jeune homme, pourrez vous entraîner à reconnecter avec votre corps laissé de l'autre côté.

— Oui, Grand Maître. répondirent les deux jeunes gens.

— Avez-vous une intuition pour la façon dont je procèderai, Grand Maître ? demanda Iris.

— Je me doute que notre inconscient déroulement du royaume chi sera l'indice le plus révélateur !

— Hum ! laissa échapper Iris, un peu déçue de ne pas avoir plus de précision.

Après le repas, ils marchèrent au clair de lune tous les trois sur les nombreux quais du jardin asiatique, et le Grand Maître leur parla longuement et avec fierté de son pays qu'il avait dû quitter, pendant les années de troubles politiques.

虹

Le lendemain matin, Iris se réveilla dans sa chambre du royaume chi et une domestique vint lui porter son repas matinal.

— Le Grand Maître vous attend au jardin pour votre entraînement, mademoiselle.

Iris avala rapidement quelques bouchées, puis se rendit au pavillon de bois dans le jardin du château.

— Bonjour ! Vous avez bien dormi ?

— Comme un bébé ! Et vous ? demanda-t-elle poliment en s'assoyant en tailleur devant lui.

— Aussi ! Êtes-vous prête à tenter de trouver ?

— Oui ! Je suis surtout anxieuse de réussir rapidement. En effet, maintenant que je sais que Nox pourrait souffrir à nouveau l'horreur pressentie au parc, je sens un nouveau fardeau me peser.

— Nox devra apprendre à gérer les effets secondaires de son don. Je ne crois pas que vous en ayez le contrôle.

— Je crois que je peux les diminuer…

— Peut-être ! Pour commencer, nous allons voir ce que nous nous rappelons du royaume chi. Plus particulièrement, ce que vous réussissiez à faire que les autres ne pouvaient pas faire.

— Je voyais les couleurs et je pouvais teindre les objets.

— Est-ce tout ?

— Par la suite, je pouvais voir les yeux fermés.

— Bien ! Mais vous n'oubliez pas quelque chose ?

— Je ne vois pas…

Le Grand Maître fit apparaître à leurs côtés le miroir de la coiffeuse de la chambre d'Iris, qu'il avait fait retirer peu de temps après l'arrivée de la jeune fille au royaume.

— Oh !

— Vous vous souvenez du phénomène causé par vos mains sur cet objet, mademoiselle Iris ?

— Oui !

– Montrez-moi encore.

Iris se leva et effleura le miroir de sa main gauche. La surface devint trouble, mais une fois rétablie, le reflet du jardin était irisé de magnifiques couleurs. Le Grand Maître se leva et regarda la jeune fille, par le biais du miroir.

– Voyez-vous, mademoiselle Iris, quand nous étions au royaume chi – et que moi seul savais où nous étions –, les chi de tous ceux ainsi regroupés ont forgé inconsciemment – mais conjointement – une histoire fictive. C'est comme si, pour survivre à la peur du néant, notre dualité corps-esprit cherchait à tisser un monde *avec un but*. Pas de but, pas de raison d'exister ! Mais le problème est que l'essence de ce monde, modelé à plusieurs, est plus difficile à décoder. L'*essence*, c'est ce que nous devrons trouver pour que vous puissiez maîtriser votre don. Or, dans votre cas, c'est ambigu, probablement en raison du niveau supérieur de votre chi. Pour les Diffuseurs, qui devaient protéger le royaume contre l'invasion par de sombres ombres, cela a été assez facile à trouver. Pour Nox, à cause de sa dévotion – il ne veut que sauver tout le monde –, encore là, ce fut un jeu d'enfant. Mais vous ? D'accord, les couleurs qui apaisent tous les tourments, je vois bien. Mais ceci ? dit-il en pointant le miroir.

Iris regarda longuement le miroir.

– Vous m'avez dit que les miroirs étaient des fenêtres, et que Nox m'avait aperçue par l'une d'elles, répondit-elle.

— Oui, c'est ce que j'ai dit…

— Grand Maître, des mots se percutent dans ma tête pendant que je cherche une explication.

— Dites…

— Les yeux sont le miroir de l'âme.

— Oui. Et où voulez-vous en venir ?

— Je songe à l'image du jeune homme, celui de l'incident du parc. Ses yeux éteints reflétaient la douleur de son âme. Si je pouvais illuminer les yeux des Diffuseurs, comme je peux changer le reflet des miroirs ici, ne pourrais-je pas ainsi alléger leur âme ?

— Peut-être…

— Vous ne savez pas ?

— Non, je ne sais pas ce qui se passera lorsque nous tenterons de sauver ces pauvres gens. Ce sera la première fois pour tout le monde !

— Oh !

— Sans Nox et vous, je n'aurais pu sauver personne. Je suis un guide, voilà tout. Mon chi a accumulé, pendant mes nombreuses années d'existence, des connaissances, et il m'a poussé à vous trouver pour accomplir votre mission. Je tente de vous préparer au meilleur de mes connaissances, car une fois dans le feu de l'action, seule une préparation méticuleuse et variée sera efficace.

— Je comprends, Grand Maître.

— Maintenant, nous allons vous entraîner à maîtriser davantage vos dons particuliers.

— D'accord.

— Nous allons nous affronter en duel, vous et moi.

— Pardon ?

— N'ayez crainte, je ne suis pas plus mesquin que votre ami Nox, la rassura le vieil homme avec un sourire aux lèvres.

— De quel genre de duel voulez-vous parler ?

— Votre chi contre le mien, à faire apparaître, disparaître ou bouger des objets.

— Oh… d'accord alors !

— Bien.

Le Grand Maître changea le décor du pavillon en celui de l'enceinte, où ils se retrouvèrent tous les deux assis en tailleur, à même le sol de terre battue, mais à une distance d'au moins 20 pieds. Nox, qui s'y entraînait, les vit apparaître avec surprise. Le Grand Maître fit se matérialiser une vingtaine de flèches de bois dans les airs, qui restèrent latentes, en position d'attaque.

— Mais… ? s'exclama Nox qui se retrouvait dans la ligne de mire.

Il se recula par instinct, tout en restant perplexe.

— Mademoiselle Iris s'entraîne, Nox ! Vous êtes libre d'assister au duel…

— Duel ? s'exclama Nox, le souffle presque coupé.

— Vous êtes concentrée, mademoiselle ?

Iris prit une bonne inspiration, issue de son *tan tien*, et répondit par l'affirmative, avec assurance. Nox retint son souffle. Une flèche, suspendue dans les airs, décolla soudain vers la jeune fille, comme si elle venait d'être décochée par un arc. Iris ferma les yeux, et par la seule force de sa pensée la fit dévier. Quelques secondes plus tard, le même manège se répéta, cette fois avec deux projectiles, lancés simultanément. Le résultat fut identique : Iris, immobile et stoïque, fit dévier les deux flèches. Nox était soulagé. Mais soudainement, le reste des flèches décolla en trombe, se dirigeant sur Iris avec une grande vélocité ; elle ne put, cette fois, berner son cerveau, et elle dut précipitamment se couvrir la tête. Au moment même où elle levait les bras pour se protéger, les flèches disparurent, évaporées.

— Que s'est-il passé, Iris ?

— Il y en avait trop !

— Trop ? Mais, il n'y a qu'un seul chi contre le vôtre, mademoiselle. Ne vous attardez pas au nombre, mais à l'*objet* ! Quel est l'objet qui vous a causé un problème ?

— Des flèches.

— Alors, concentrez-vous sur cet *objet* : flèche. Qu'il y en ait une ou cent n'a aucune importance. Réessayons !

— Oui, Grand Maître.

Les flèches réapparurent et reprirent leur course létale. Iris se concentra très fort, et sourit de béatitude quand la salve de flèches explosa en une pluie de pétales de roses rouges qui lui tombèrent sur la tête. Elle sentait même leur parfum.

— Excellent ! Voyons autre chose.

Iris se retrouva enfermée dans une petite salle obscure, les mains liées. Il s'agissait d'un cachot où l'humidité et les odeurs de moisissures régnaient. Elle sentit les symptômes de la claustrophobie gagner son corps et son esprit. Iris comprit le défi du vieil homme : pour l'empêcher de contrôler le chi de son adversaire, il la mettait dans une situation où la peur la paralyserait. Elle se délia les mains, après avoir transformé la corde en élastique, et repoussa sur les murs après les avoir changés en rideaux; derrière elle, un immense brasier lui bloquait maintenant la sortie. Elle fit pleuvoir une intense averse, qui vint à bout des flammes presque aussitôt ; derrière les cendres fumantes, elle vit son ami Nox détrempé. Le Grand Maître, lui, était resté intact. Iris ne put se retenir de s'esclaffer.

— Bien, dit simplement le vieil homme en se retenant lui-même de rire, pour ne pas offusquer le jeune homme.

Détrempé, au milieu de ces deux redoutables chi, Nox se sentait ridicule.

— Je ne crois pas que vous ayez vraiment besoin de ma présence…

— Oh que si ! Vous allez maintenant participer, jeune homme ! lui lança le vieil homme.

Iris et Nox sentirent un gouffre sans fin s'ouvrir autour d'eux. Instinctivement, les deux agrippèrent une corde, la première chose que leur main rencontra. Ils se tenaient sur une interminable et fort étroite passerelle suspendue, faite d'épais cordages et de rondins de bois grossièrement taillés. Le Grand Maître avait disparu, et le vent s'était levé, faisant ballotter le pont. Iris était paralysée par sa peur des hauteurs. Elle se tenait fermement à la corde, obsédée et ne pouvant penser à rien d'autre qu'au profond gouffre. Nox leva les yeux vers elle. Ils étaient à plusieurs mètres de distance, mais il sentait la terreur de son amie. Il commençait à marcher vers elle lorsqu'il aperçut, à l'autre extrémité de la longue passerelle, des chevaliers d'Umbra, qui se dirigeaient d'un pas lourd et rapide vers Iris. Même s'il savait que le Grand Maître n'avait fait que « dépeindre » cette scène, l'adrénaline gonfla ses veines, et il se mit à courir furieusement, oubliant toute prudence sur le très chancelant pont.

— Iris ! hurla-t-il.

Iris rouvrit les yeux, qu'elle avait gardés fermés lorsqu'elle avait découvert l'endroit terrifiant où elle se trouvait.

— Iris, réagis ! ordonna Nox.

La jeune fille, incapable de bouger, le regardait courir vers elle, alliant force et vitesse. Un rondin céda alors sous le pied de Nox, qui se retrouva soudainement prisonnier du trou. Il tentait de s'extirper de sa fâcheuse position quand, voyant que les chevaliers s'approchaient dangereusement d'Iris, leur épée parée, il la prévint :

— Iris, derrière toi ! cria-t-il.

Iris retourna la tête et vit la dizaine de chevaliers qui fonçaient sur elle. Elle ne se croyait pas capable de changer des êtres vivants en quoi que ce soit, et le vertige semblait vraiment engourdir son cerveau. Elle savait que pour défier le chi du Grand Maître, elle devait songer à quelque chose qui soit le *contraire positif* de ce qui la menaçait, mais elle n'avait pas suffisamment de concentration pour trouver une « contre-balance » au gouffre qui béait sous elle. Le Grand Maître se fit insistant, et les planches de la passerelle se volatilisèrent brusquement une à une, engouffrant les chevaliers d'Umbra, mais menaçant aussi d'expédier Iris et Nox au fin fond de l'abyme. La position de Nox était la plus périlleuse, et il interpellait Iris, scandant son nom, quand les derniers rondins volèrent en éclats et disparurent : les deux amis chutèrent interminablement vers le fond de la crevasse, terrorisés, secoués et ballotés par le vent, pour finir dans une eau sombre et glacée.

Nox nagea vers Iris, et tous deux s'extirpèrent de l'eau, haletants, sur la grève pierreuse. Ils tentaient de reprendre leur souffle quand soudainement ils se retrouvèrent, détrempés, dans l'enceinte du château, devant le Grand Maître, qui les regardait posément.

— J'avais pourtant dit que nous devions intensifier l'entraînement, jeunes gens. Qu'avons-nous appris de cet exercice ?

— Qu'Iris n'aime pas les hauteurs, maugréa Nox, qui tentait de se relever, encore étourdi par l'intensité de l'épreuve.

— En effet, et la peur paralyse. N'est-ce pas mademoiselle Iris?

Iris soupira, déçue.

— Bon, vous avez mérité du repos, leur dit le Grand Maître en souriant, et ils se retrouvèrent au salon des Diffuseurs, rempli d'habitants.

Le Grand Maître leur fit son salut et s'en alla. La musique résonnait et les gens discutaient ou jouaient autour des tables.

— Ne t'en fais pas, Nox. Je ne te demanderai pas de m'inviter à danser, déclara Iris pour rassurer son ami, qui semblait anxieux. Et si nous jouions plutôt aux cartes ?

— D'accord.

Ils s'installèrent près du foyer éteint qu'Iris alluma de sa pensée, pour faire sécher leur vêtement. Nox retira sa redingote et regarda ce feu intense, allumé d'un seul coup par le puissant chi de son amie.

– Je ne vois pas comment j'aurais une chance aux cartes contre toi, lança-t-il découragé.

– Je ne tricherai pas ! Je suis certaine que le Grand Maître ne me laisserait pas faire, de toute façon, répondit-elle en souriant.

– J'espère, dit Nox à son tour en levant le regard au plafond, tentant d'y trouver une certitude.

Ils commencèrent un jeu de canasta en silence. Nox semblait être profondément absorbé par de lourdes pensées. Après un temps, il parla :

– Iris, tu as d'autres peurs que je devrais connaître ?

Iris le regarda, songeuse.

– Je ne crois pas. En fait, je ne savais même pas que j'avais peur des hauteurs de la sorte ! J'ai déjà eu très peur du noir, mais avec mon premier voyage au royaume chi, je crois m'en être guérie. Toi ?

– Quoi moi ?

– De quoi as-tu peur ?

– Je ne sais pas. De toute façon, moi, je ne peux pas contrôler les choses autour de moi, dévia-t-il. C'est assez extraordinaire de te voir faire, d'ailleurs.

– Merci !

– Tu crois que tu peux changer ce que tu veux ?

– Je ne sais pas. Pour l'instant, cela m'a pris beaucoup de concentration pour faire ce que le Grand Maître m'a imposé au duel.

— Et les chevaliers, eux ?

— Qu'est-ce qu'ils ont, les chevaliers ?

— Crois-tu que tu aurais pu les changer ?

— Des gens ? Je ne sais pas, répondit-elle d'un regard illuminé.

Nox crut reconnaître ce regard, celui qu'elle avait quand elle était convaincue qu'on lui lançait un défi. Iris regarda un des habitants qui jouait aux échecs, à une table près de la leur, et se concentra intensément. Nox l'observa, silencieux et curieux du résultat. Brusquement, le jeune habitant se leva, comme pris par une nécessité urgente. Il se tourna vers eux et, en regardant Iris, déclara :

— J'aimerais danser avec vous, mademoiselle !

Nox se raidit sur son fauteuil, pris au dépourvu. Malgré lui, il foudroya le jeune homme. Iris perdit sa concentration et s'esclaffa d'un grand rire. Le jeune homme, comme désenvoûté, retourna à son jeu d'échecs, sans plus réagir.

— Très drôle ! lança sèchement Nox.

— Nox, comment peux-tu te laisser duper aussi naïvement ? lui demanda son amie, en reprenant son sérieux.

— Quand je suis ici, mon chi est convaincu de tout ce qui se passe. Les seules choses que j'arrive à déjouer vraiment sont la vitesse, la force, la douleur et, peut-être, la peur. Je n'ai pas ta concentration.

– D'ailleurs, cela m'en a pris beaucoup pour y parvenir. J'en ai mal à la tête ! J'en conclus que contrôler les gens dans le royaume chi est très difficile.

Le même jeune homme se releva et vint les voir de nouveau. Nox le condamna de ses yeux indigo, sous le regard amusé de son amie qui se défendit en expliquant que ce n'était pas elle, cette fois-ci.

– Il vous est difficile de nous contrôler, car après tout, cela n'est pas votre royaume. Mais si vous étiez dans un royaume que vous auriez formé vous-même, ce serait différent, déclara le jeune homme.

– Je peux former un royaume, Grand Maître, dit Iris au jeune homme qu'elle avait reconnu à sa façon de s'exprimer.

– J'en suis sûr ! Avec votre chi, je ne vois pas d'obstacle !

– Vraiment ? Comment ?

Nox laissa échapper un soupir qui trahissait un « Ah, bravo ! » de reproche.

Le jeune homme le regarda longuement ; Nox avait raison. Connaissant la fâcheuse tendance à l'obstination de la jeune fille, ce n'était pas la meilleure information à lui transmettre.

– Ça ne vous est pas primordial de l'apprendre pour l'instant, jeune fille.

— Oui, Grand Maître, acquiesça la jeune fille avec une lueur de feu éternel dans le regard que ses deux compagnons reconnurent aisément.

— Et cette partie de canasta, ça avance ? conclut le Grand Maître.

— Oui !

— Bon, je vous laisse.

Nox et Iris continuèrent leur jeu.

— Iris ?

— Quoi ?

— Promets-moi que tu ne feras pas de bêtise ?

— Moi ? feignit la jeune fille, qui avait déjà la tête ailleurs, absorbée par l'idée de créer un monde comme celui du Grand Maître.

— J'ai trouvé ! déclara Nox, la prenant au dépourvu.

— Qu'est-ce que tu as trouvé ?

— De quoi j'ai peur.

Iris posa son regard profondément dans le sien. Ce dernier s'empreignit d'une douceur qui la désarma complètement.

— J'ai peur de te perdre…

Elle avala le nœud dans sa gorge et lui répondit finalement :

— D'accord, j'ai compris, Nox. Je ne ferai pas de bêtise. Tu es soulagé maintenant... ?

— Je ne sais pas.

— ... même si je ne crois pas que ça soit un danger que je sache comment créer un monde, avoua-t-elle.

— Eh bien moi, oui !

— Pourquoi ?

— Parce qu'ici nous sommes sous la protection du Grand Maître. Voilà pourquoi.

— Oui, je comprends, répondit-elle à nouveau, la coutumière lueur brillant dans ses yeux.

— Iris ? demanda Nox d'un air interrogateur.

— C'est juste que je pensais peut-être un à monde... dans son monde. Mais, bon ! C'était juste une idée comme cela.

Elle continua de jouer en silence. Après leur jeu de cartes, ils mangèrent avec le Grand Maître, qui continua à leur enseigner les notions de Tao jusqu'à l'heure d'aller dormir. Une fois dans sa chambre, Iris, qui savait qu'elle ne pouvait pas se cacher du Grand Maître, mais qui se disait qu'au moins son ami n'avait pas à se soucier de ses essais, tenta de créer un monde dans le royaume chi. Le Grand Maître la laissa faire en l'observant, curieux de voir comment elle s'y prendrait sans son aide. Iris s'assit en tailleur par terre, ferma ses yeux et se concentra. L'image qui lui vint à l'esprit fut une sphère. Elle opta donc pour cette forme pour y créer son monde. Elle rouvrit les yeux et trouva devant elle une sphère en verre qui flottait, suspendue dans le vide. Elle regarda autour, pour s'assurer que le Grand Maître n'apparaissait pas pour la réprimander. Comme elle ne le vit pas, elle en conclut qu'il était en accord avec ses essais. Elle observa, intriguée, la sphère qu'elle avait fait apparaître et songea à tout ce qu'elle aimerait voir à l'intérieur. Elle imagina un immense champ de fleurs sylvestres, puis s'approcha pour observer le magnifique tableau qui se peignait à l'intérieur de la sphère.

— Oh ! Vous voyez cela, Grand Maître ?

— Quoi, *cela* ? demanda le Grand Maître en apparaissant auprès d'elle.

— Le champ fleuri.

— Non. Je vois seulement la sphère. C'est votre petit monde dans le mien. Et cela ne constitue pas un danger, pourvu que vous compreniez qu'ici il est protégé par mes lois.

— Vous pouvez y entrer ?

— Seulement si vous m'y invitez.

— Et comment fais-je pour y entrer, moi ?

— Il faudrait une porte ou une fenêtre…

— Un miroir ?

— Peut-être.

Iris ferma les yeux et songea à un miroir, qui se matérialisa sur la sphère. La jeune fille, sceptique, l'effleura de sa main gauche : non seulement la surface devint trouble, mais elle sentit sa main entrer dans le vide de la sphère.

— Grand Maître, puis-je ?

— N'oubliez pas que je ne puis aller vous chercher là-bas. Alors, si vous me promettez de revenir vite, je veux bien vous permettre d'explorer cette particularité de votre don, mademoiselle.

— Merci, Grand Maître. Je ne resterai pas longtemps. Je veux seulement sentir ce que cela fait.

— Bien, je vous attends donc.

Iris passa timidement sa main, puis son bras et finalement son corps complet. La surface du miroir redevint intacte et Iris tenta de voir le Grand Maître de l'autre côté, mais ne vit que le reflet d'elle-même, sans couleurs. Elle se retourna pour observer le champ et remarqua que les couleurs manquaient effectivement. Elle passa sa main gauche devant elle, et teignit tout ce qui l'entourait de superbes couleurs.

— Hum… des papillons ! Voilà ce qui manque ! s'exclama-t-elle, et ils apparurent. Et puis, une chute d'eau aussi, dit-elle en souriant de plénitude.

Satisfaite, elle retoucha le miroir et interpella le Grand Maître.

— Venez ! lui demanda-t-elle.

Il entra et lui sourit posément.

– C'est beau, non ?

– Très beau ! Que comptez-vous faire de votre si joli jardin, jeune fille ?

Elle lui sourit.

– C'est bien, pour se reposer, non ? répondit-elle satisfaite.

Ils ressortirent et le Grand Maître lui souhaita bonne nuit, en la félicitant de ses grandes aptitudes psychiques.

Iris s'endormit paisiblement peu de temps après.

À partir du lendemain, l'entraînement des deux jeunes gens s'intensifia encore. Autant celui du kung-fu que le psychique. Puis, le Grand Maître leur proposa de les mettre en situations plausibles, pour les préparer à leur mission. Ne sachant pas lui-même clairement en quoi consisteraient vraiment les séances de sauvetage, il décida de mettre à l'épreuve seulement leurs limites personnelles, imitant un peu le déroulement du royaume chi.

Iris et Nox étaient donc au château quand une voix de jeune femme se mit à crier de désespoir. Au même instant, l'obscurité se fit totale. Une lueur indigo s'alluma au loin, que Nox pressentit avant Iris.

– Là-haut, Iris ! lança-t-il. Le haut de la tourelle, dans la fenêtre, ajouta-t-il.

Iris usa de sa vision particulière et vit une adolescente menaçant de se balancer dans le vide.

— Allons-y, Nox.

Ils entreprirent la montée de l'escalier, qui se montra interminable. Nox enjambait les marches deux par deux avec aisance, malgré la pénombre. Iris sentait la fatigue la rattraper, et tenta de chasser cette idée de son esprit. Un bruit intense les fit s'arrêter. Il provenait de plus haut dans l'escalier. Iris illumina la cage d'escalier et ils virent une troupe de chevaliers foncer vers eux.

— Iris ! lança Nox, la suppliant ainsi de songer à quelque chose et vite.

Une épée flotta devant lui. Il la prit instinctivement.

— C'est tout ? lança-t-il malgré lui, avec un regard de désespoir.

— J'essaie, Nox ! Tu déjoues encore plus facilement la force que moi un bon nombre de méprisables personnages, cracha-t-elle, offusquée.

— D'accord, d'accord ! Excuse-moi !

Les chevaliers s'abattirent sur lui, la seconde suivante, et il se débattit à l'aide de son épée, en criant pour se donner du courage. Iris était glacée d'horreur de voir qu'il devait souffrir pareille torture par sa faute. Nox contrait sans relâche les violentes attaques des épées des chevaliers.

— Iris, recule ! lança-t-il.

Elle lui obéit, et il effectua un spectaculaire saut, en faisant d'abord quelques pas vers le haut sur le mur latéral de la cage d'escalier, défiant la gravité, puis en exécutant un tour sur lui-même pour retomber sur ses pieds, quelques marches plus bas, près de son amie.

— Tu as trouvé ?

— Euh…

Il reprit l'échange de coups d'épée avec les chevaliers, parvenus à son niveau. Les sons de métal s'entrechoquant retentissaient dans la cage escalier, déconcentrant Iris qui tentait de focaliser sur une idée précise. Elle ferma les yeux, pour faire abstraction de l'horreur de la situation. Quand elle les rouvrit, elle vit la chair de l'épaule de Nox être lacérée par le tranchant d'une des épées ennemies. Elle cria, rageuse :

— Grand Maître, pas cela ! Ne le blessez pas…

— Iris, je ne sens rien ! Concentre-toi sur la solution, enjoignit Nox, en continuant de repousser les assauts des chevaliers.

Iris referma les yeux et fixa son attention sur le chevalier qui avait osé toucher à la peau de l'élu de son cœur. Celui-là, contre toute attente, se retourna contre ses compagnons et se mit à les attaquer avec une rare violence. Iris y mettait toute sa concentration. Nox vit les chevaliers tomber un à un face à celui qu'Iris avait transformé en pantin hargneux et qu'elle contrôlait avec habileté. Le dernier tombé, les deux amis reprirent leur course folle vers le sommet de l'escalier.

L'adolescente continuait à crier, et arrivés en haut, ils localisèrent vite la salle où elle s'était réfugiée. Nox l'ouvrit d'un coup de pied et la fille leur ordonna de ne pas faire un seul pas vers elle. Nox stoppa et se tourna vers Iris. La jeune fille réfléchissait, tentant de trouver une façon de la faire s'éloigner de la fenêtre. Elle décida de lui parler.

— Quel est ton nom ?

— Laissez-moi tranquille ! Vous ne pouvez rien pour moi.

— Nous voulons juste te parler.

— Je ne veux pas parler. Je veux en finir.

Iris songea aux discussions avec le Grand Maître, puis une lueur s'illumina dans ses yeux.

— Je comprends. Je veux juste que tu me regardes dans les yeux, dit-elle en effectuant un timide pas vers l'avant.

Nox retint son souffle, il craignait que le geste provoque la jeune fille.

— Pourquoi ? répondit l'adolescente avec rage.

— Pour voir ta douleur…

La réponse d'Iris fit lever les yeux de la jeune fille vers elle. Lorsque les deux regards s'unirent, tels deux morceaux de casse-tête s'emboîtant parfaitement, Iris sentit son esprit chercher quelque chose pour briser cet inquiétant lien, et un miroir se matérialisa entre elles.

La jeune fille prit la forme du Grand Maître instantanément.

— Pourquoi, mademoiselle Iris ? demanda ce dernier.

— Pourquoi quoi ?

— Pourquoi avoir fait apparaître ce miroir ?

— C'est ce que mon esprit a trouvé pour rompre le lien intense entre nos yeux.

— Intéressant...

Nox les regardait, perplexe.

— C'est bon ou pas ? finit-il par demander.

— C'est sûrement un indice. Voyez-vous, tout cela n'est que simulation. J'ignore comment sera la vraie situation : ce que vous devrez affronter, ce que vous devrez faire pour rejoindre les Diffuseurs en détresse, et comment mademoiselle Iris leur transmettra les couleurs les éloignant du sombre gouffre qui voudra les aspirer. Néanmoins, le miroir jouera sûrement un rôle décisif. Bon, assez pour le moment, conclut le vieil homme.

Iris se retourna vers Nox et regarda sa blessure à l'épaule.

— Je suis désolée, Nox...

— Ne t'en fais pas. Tu verras, au cinéma, tout cela sera parti, lui dit-il.

À ces mots, Iris repensa à la réalité de l'autre côté. Elle se souvint de sa mère et de son père. Elle retint la peine qui montait en elle. Son visage laissa transparaître ses tourments.

— Iris ? demanda Nox.

Elle détourna la tête et lui annonça qu'elle voulait se retirer dans sa chambre. Nox restait préoccupé.

Une fois qu'elle fut partie, il interrogea le Grand Maître.

— Je ne vous demanderais pas normalement ceci, Grand Maître…

— Oui ?

— Est-ce qu'elle pleure ?

— Je ne pourrais vous le dire.

— Je comprends. Excusez-moi de vous avoir fait cette demande.

— Ce n'est pas ce que j'ai voulu dire. Je ne peux vous répondre, car elle est allée se réfugier dans son monde.

— Pardon ?

— Eh oui ! Elle a appris. Tant qu'elle le fait seulement ici, je ne m'y opposerai pas.

— Elle vit des préoccupations avec sa mère, en ce moment, Grand Maître.

— J'en suis désolé. D'autant plus qu'elle aura la tentation de les fuir, avec son aptitude particulière.

— Est-ce qu'il y a moyen de la rejoindre quand elle est là-bas ?

— Seulement si elle nous y fait entrer, ou si sa bulle présente une faiblesse. Mais, dans ce deuxième cas, ce n'est pas quelque chose que mes valeurs me permettent de faire, car ça serait une intrusion non désirée de son intérieur.

— Je comprends. Je voudrais juste pouvoir la consoler, sa peine me transperce le cœur.

— Cette hypertransmutation de sa douleur en vous m'inquiète, jeune homme, car elle pourrait devenir pire que votre propre douleur.

— J'essayerai d'y travailler, Grand Maître.

— Bien ! Nous reprendrons l'entraînement quand elle sera calmée.

虹

L'entraînement de Yoann, lui, était rendu très avancé et le jeune homme avait droit, pour la toute première fois depuis son arrivée au monde de son maître, à un petit repos. L'adolescent était étendu dans l'herbe d'un parc et respirait l'air frais qu'une douce brise faisait tournoyer au-dessus de lui. Mais Yoann ne se sentait pas très à l'aise dans cette exemption d'exercices, car il ne voulait pas réfléchir, en particulier à sa vie, celle de l'autre côté. Il soupira et tenta de chasser toutes ces pensées qui tentaient d'envahir son esprit. Il réalisa que ce dernier ne prenait de repos que lorsqu'il était enseveli de tâches et d'exercices, même s'il comprenait maintenant que son corps n'était pas au même endroit que son esprit, en ce moment. C'est cette pensée qui réussit à pénétrer le mur qu'il tentait d'ériger pour faire le vide. Il songea à son corps gisant comme mort, dans une chambre d'hôpital quelconque. Ensuite, il songea avec amertume que personne ne viendrait probablement à son chevet y verser une larme. Il soupira avec dépit, ressentant tout à coup la solitude de son corps abandonné à l'hôpital. Puis, un son lui envahit l'ouïe. Il était doux et harmonieux. Il était même empreint de tendresse. Il se sentit bercé par cette mélodie chaleureuse, qui apaisait toute l'amertume qui venait de s'emparer de lui. Il leva les yeux pour retrouver l'apaisante lumière qu'il avait vue à quelques reprises, avant que son sordide maître ne se manifeste la première fois, mais en vain. La mélodie entendue ces fois-là n'était pas non plus la même. Il vit que la luminosité bleue n'était pas partie. La mélodie cessa, et comme un doux murmure, le jeune homme crut entendre son prénom, prononcé tendrement comme jamais personne ne l'avait prononcé. Brusquement, son prénom se mua en un cri violent, jeté par l'odieuse voix de son maître.

— Qu'est-ce qui se passe, Yoann ? ajouta le maître en apparaissant.

Le jeune homme se leva brusquement et fit son salut en tremblant.

— Rien, maître…

— Tu ne me mentirais pas ?

— Non, maître…

— Je crois que tu as eu amplement de repos pour un bon moment.

— Oui, maître, acquiesça Yoann, en songeant à l'étrange sensation qu'il avait éprouvée avec la mélodie et le murmure.

Son cœur sentit une douleur l'étreindre étrangement.

— Retournez vous entraîner, il sera bientôt temps ! cria le maître, toujours insatisfait.

CHAPITRE VII

RIS était ressortie de son monde après s'être calmée de sa peine, et le Grand Maître avait repris avec ses deux jeunes élèves les simulations intenses. Ces derniers maîtrisaient de plus en plus leurs habiletés et les contraintes du monde psychique. De plus, ils se fatiguaient beaucoup moins rapidement, ce qui leur permettait de s'entraîner pendant plusieurs heures sans devoir s'arrêter. Les jours qui passèrent furent donc remplis de cette intense préparation aux futures séances de sauvetage, et lorsque l'heure du retour fut imminente, le Grand Maître les invita à discuter longuement de ce qui s'en venait. Assis `dans le confortable salon de sa demeure du jardin asiatique, il leur expliqua :

— De la même façon qu'à votre premier retour du royaume chi, ce retour-ci pourrait être brusque, car plus le temps passé ici est long, plus le psychique se révolte à son retour dans la réalité matérielle. D'autant plus que cette fois-ci l'entraînement a été d'une intensité incomparable. Mais le fait est que vous avez une vie réelle et aux dimensions plus terre à terre à poursuivre. Nox, vous avez une vie quotidienne bien chargée par votre travail et vous, mademoiselle, vous devez retourner à l'école lundi.

Iris se rappela sa dernière journée à l'école : c'était celle où la direction avait téléphoné à l'hôpital. Elle soupira en s'imaginant les regards accusateurs et indiscrets qu'elle devrait affronter. Le vieil homme devina ses pensées.

— Eh non, ce ne sera pas facile. Surtout quand vous songerez à votre don, que tout le monde ignore. Ce qui est parfait d'ailleurs, car la gloire n'est qu'un mythe ; elle donne une bien fausse image du véritable héros. C'est à vos propres yeux, à l'intérieur de vous, que vous devrez vous sentir glorifié, et non aux yeux des autres. Si jamais cette héroïsation venait à cesser, votre mission de vie ne serait plus la même ou pire ! elle aurait échoué.

— Oui, Grand Maître, répondirent les deux jeunes gens.

— Vous, jeune homme, vous devrez contrôler l'effet angoissant et l'impuissance engendrés par votre don, qui ne vous permettra pas de sauver tout le monde.

— Je sais, Grand Maître.

— Maintenant, je veux que les consignes soient claires pour tous les deux. Même s'il y aura un effet de surprise lors des premiers sauvetages, je tiens à ce qu'elles soient respectées. Au besoin, nous pourrons les revoir après quelques séances. Premièrement, vous serez toujours tous les deux présents, ensemble, et vous me contacterez à l'avance, pour me permettre d'être disponible en méditation. Deuxièmement, vous ne traverserez aucun tunnel... ou miroir, nuança-t-il, en réalisant que le tunnel qu'il avait toujours imaginé serait peut-être un miroir finalement, vu les indices constants fournis par Iris.

Iris posa son regard longuement dans celui du vieil homme qui restait serein, mais dont les yeux l'enjoignaient néanmoins à porter une attention particulière à cette directive importante. Nox prit comme une responsabilité personnelle de faire respecter cette dernière consigne par Iris.

— Ce qui m'amène à vous rappeler, mademoiselle Iris, que vous ne devez en aucun cas créer des sphères, comme vous l'avez fait ici. D'ailleurs, je vous demanderais de bien vouloir défaire celle que vous avez dans votre chambre, avant votre départ.

— Puis-je vous demander pourquoi, Grand Maître ?

— D'abord, parce que je ne puis le faire pour vous ; ensuite, si elle n'est pas démantelée, elle restera latente, dans un vide collectif.

— Je ne suis pas certaine de bien vous suivre...

— Quand vous partirez, tous les deux, je sortirai à mon tour et déferai ma sphère, par mesure de précaution. Si la vôtre n'est pas défaite au préalable, elle restera dans cette dimension du chi qui est collective à tous les chi, ce qui la laisse sans protection, à la merci d'autres chi puissants.

— Je comprends.

— Bien ! Alors, le temps approche. J'attendrai un signe de vous pour notre toute première tentative. Je tiens à vous dire que je suis fier de vos progrès, et je suis certain que vous êtes prêts à affronter d'intenses situations pour le bien de tous ces pauvres gens qui souffrent.

— Merci, Grand Maître !

Le vieil homme se leva et exécuta son salut. Les deux jeunes l'imitèrent.

Nox et Iris marchèrent dans le corridor qui se rendait aux chambres, et devant sa porte, Iris demanda timidement à son ami s'il voulait voir son exploit avant qu'elle ne démantèle sa création. Nox, curieux, accepta, mais il gardait quelques appréhensions. En entrant dans la chambre de son amie, il se passa nerveusement la main dans les cheveux. Nox fut bouche bée : une spectaculaire sphère flottait dans les airs, à quelques centimètres du sol. Il s'approcha doucement et tenta de voir au travers, mais elle était pour lui obscure à l'intérieur.

— Viens, lui dit Iris en lui tendant la main.

Elle traversa le miroir et entraîna Nox dans le passage. Il fut frappé de stupeur devant le paysage féerique présent de l'autre côté.

— Oh ! Iris ! Comment as-tu pu imaginer toute cette splendeur ?

En effet, depuis la création de son monde, Iris l'avait petit à petit peaufiné. Elle sourit à son ami :

— Toutes ces belles choses sont dans ma tête, Nox. Certaines sont des souvenirs d'enfance, d'autres des rêves de mon cœur…

— Tu es remarquable !

— Viens, je veux qu'on fasse un tour.

Ils traversèrent le champ de fleurs qui, ballotant au passage des deux amis, embaumaient l'air de leur parfum. Les papillons virevoltaient dans les airs, et Nox ne savait plus où regarder tant il y avait de beauté ; une chute cascadait à l'horizon, les couleurs explosaient ; au loin, on percevait le bruissement de la mer. Toutes ces merveilles allégeaient le cœur de Nox, qui suivait, ébahi, son amie qui l'entraînait, tenant amoureusement sa main dans la sienne.

Ils arrivèrent devant la mer où des vagues venaient mourir sur une plage de sable blanc. L'eau était d'un turquoise envoûtant. Au large, un voilier était bercé par le roulis. Nox le regardait, médusé.

— Tu aimes ça ? lui demanda Iris.

Il restait silencieux, le regard ensorcelé.

— C'est magnifique…

— Nox ? Que se passe-t-il ?

— Je…

Iris se tourna vers lui et chercha son regard, qui semblait bien plus lointain que l'horizon devant lui, et qui brillait d'une lueur inhabituelle. Le jeune homme regarda finalement son amie.

— J'ai toujours voulu un voilier…

— Beaucoup de garçons en veulent.

— Oui, mais la plupart des garçons ont 10 000 rêves. Pas moi.

— Et celui-là, il te plaît ?

— Oh oui !

— Alors il est à toi, lui dit-elle avec un superbe sourire.

— Merci, Iris, fit-il, ému.

— Dis-moi, Nox. Parle-moi d'un beau souvenir.

Nox la regarda en silence.

— Je ne sais pas, Iris, il ne m'en vient pas.

— Quelque chose de banal. Quelque chose d'heureux.

— Hum…

— Je t'en prie, le supplia-t-elle à voix basse.

Il se passa la main dans les cheveux et Iris sourit. Elle connaissait ce geste ; il était intimidé.

— Un arbre massif, avec une corde terminée par un gros nœud, dit-il finalement.

— Pour se balancer à l'eau ? demanda Iris, heureuse que la mémoire de son ami lui offre cette image enfantine.

— Oui ! J'y passais l'été entier, se rappela Nox.

Iris fit apparaître un énorme chêne qui se reflétait dans l'eau, puis elle fit descendre d'une des branches qui surplombaient la mer, une long et solide câble.

— Oui, c'est cela… mais c'était un saule de rivière, précisa-t-il timidement.

Iris eut son petit rire mélodieux, et changea sans délai l'essence de l'arbre.

— On y va ? proposa-t-elle énergétiquement.

— Quoi ?

— Bien oui ! Une corde qui descend ainsi au-dessus de l'eau, ce n'est pas pour rien !

Nox rougit.

— Non, je…

— Allons, Nox ! Dans quelques minutes, nous devrons retourner dans le monde réel, avec toutes ses préoccupations et ses réalités angoissantes. Un moment de joie ne se refuse pas. Et puis, ne t'inquiète pas, je ne te demande même pas de te déshabiller. Je sécherai plutôt tes vêtements, une fois sorti de l'eau. Allez ! insista-t-elle.

Il hésita, puis céda finalement. Le regard attendri de son amie l'avait convaincu. Elle laissa échapper un petit cri d'excitation et de satisfaction, qui donna des frissons à son ami. Nox retira sa redingote et ses mocassins.

— Vas-y, je veux voir la joie envahir chaque petite partie de toi ! lui dit-elle.

– D'accord !

Il prit la corde entre ses mains, recula de quelques pas, puis se donna un élan qui le projeta dans les airs ; il posa alors ses pieds sur le nœud. Il ferma les yeux et se laissa balancer par la brise, qui s'insinuait dans ses cheveux. Il ressentait la plénitude de l'enfance ; esquissant un large sourire, il relâcha ses mains, vola quelques secondes, puis sentit l'eau épouser son corps en le traversant. Iris, heureuse, riait sur la rive. Nox l'invita à le suivre et elle lui obéit. Il la regarda faire avec bonheur. Une fois dans l'eau, elle nagea vers lui et ils voulurent recommencer. Alors qu'ils se dirigeaient de nouveau vers la corde, Nox sentit brusquement une intense chaleur s'abattre sur son genou gauche. Il baissa son regard et vit sur son pantalon une tache foncée s'étendre.

– Ir…

Il disparut avant d'avoir fini sa phrase.

Le cœur d'Iris s'arrêta de battre.

– Nox ? cria-t-elle.

Seul le silence lui répondait ; elle sortit précipitamment de sa sphère et questionna le Grand Maître.

– Je ne sais pas, mademoiselle Iris, expliqua le vieil homme. De votre monde, il n'est pas passé par ici. Il réfléchit puis ajouta : Il doit avoir été sorti de sa transe involontairement. Défaites votre sphère et retournez au cinéma, ordonna-t-il.

— Oui, Grand Maître !

Elle fit s'évaporer la sphère et se défit de son bracelet.

Elle ouvrit les yeux et entendit la dame, debout à côté de Nox, se confondre en excuses. Iris regarda son ami, qui pointa la tache de café qui lui maculait le genou gauche. Iris se retint de s'esclaffer.

— J'ai trébuché, s'excusait encore la dame.

— Ça va, ce n'est rien, répondit Nox.

— Je ne vous ai pas brûlé ? insista la dame.

Nox commençait effectivement à sentir la brûlure du liquide au travers de son jean. Mais il contrôla la douleur avec détermination. Iris le remarqua dans son regard.

— Vous étiez tellement concentré sur le film que vous n'avez même pas bougé lorsque j'ai trébuché, poursuivit la dame. Moi, je le trouvais si ennuyant que j'ai préféré aller me chercher un deuxième café…

Les quelques spectateurs autour commencèrent à soupirer, et Nox sourit à l'intention de la dame, souhaitant qu'elle se taise enfin. Mais peu importe, puisque Iris l'entraînait déjà hors de la salle.

— Tu as mal ? lui demanda-t-elle une fois dans le hall.

— Non, pas vraiment…

– Nox ?

– Bon d'accord, je crois que ça a un peu brûlé.

– Allons chez moi. Je vais te soigner.

– Non, Iris.

– Nox, ne fais pas l'enfant ! Il faut traiter ça tout de suite. Nous ne sommes pas au royaume chi, se fâcha la jeune fille. Je te prêterai un short de mon père, il comprendra.

– Non.

– Nox !

– J'ai dit non !

– Pourquoi ?

– Parce que je n'ai aucune envie de rencontrer ton père dans ce genre de situation.

– D'accord, alors allons t'acheter un short et de l'aloès. Ça te va ?

– D'accord.

Nox s'acheta un short sport qu'il enfila dans la salle de bain du centre commercial, pendant qu'Iris allait acheter la gelée curative. Lorsqu'elle le retrouva, elle vit la vilaine brûlure sur le genou de son ami.

– Oh, Nox ! Ça doit faire extrêmement mal.

– Non, pas vraiment.

Ils sortirent et la fraîche brise automnale apaisa un peu la douleur du jeune homme. Ils regagnèrent la voiture et Nox appliqua une épaisse couche d'aloès. Ensuite, il regarda son amie et lui murmura timidement :

— Merci, Iris.

— De rien, Nox.

— Non, je veux dire pour le voilier et le saule…

Elle eut un sourire de plénitude.

— Nox, de mes pensées, je peux meubler indéfiniment mon monde fictif mais si, en plus, tu me permets de mettre quelques-uns de tes moments joyeux ou de tes rêves, alors là, mon monde est complet, et je suis comblée de bonheur !

Nox sentit le trop-plein de son cœur lui faire monter les larmes aux yeux, mais il les retint. Iris le regarda et lui demanda ce qu'il voulait faire.

— Ce que tu veux, répondit-il en démarrant la voiture.

— Je voudrais bien voir si mon père est de retour du centre de désintoxication. Je voudrais être là pour lui et savoir comment ça s'est passé avec ma mère.

— D'accord ! dit-il en prenant la direction de la maison d'Iris. Moi, je vais rentrer chez moi. Un peu de repos ne sera pas de refus, comme je travaille tôt demain matin. Toi, tu as des choses importantes à faire.

— Ça va aller pour ton genou ?

— Oui !

— Et ton don ?

— Je vais tenter d'en faire abstraction, s'il se manifeste encore.

— Quand veux-tu qu'on fasse notre première tentative ?

— Quand tu pourras. Demain, tu dois être à l'école et moi, je travaille jusqu'à 16 h.

— Où travailles-tu, Nox ?

— À la Gare centrale.

— Oui ? Qu'est-ce que tu y fais ?

— Je travaille au maintien des voies.

— Nox, as-tu fini l'école ?

— Oui ! Le Grand Maître m'a fait terminer mes cours quand il m'a pris en tutorat. J'ai pris cet emploi à la gare en attendant de décider si je poursuis des études supérieures.

— Mon père est de retour, déclara Iris en voyant sa voiture dans le stationnement.

— Je ne descends pas, Iris. Vêtu d'un short en cette journée frisquette, et avec une grosse brûlure sur le genou, je ne risque pas de faire bonne impression ! déclara Nox en garant la voiture devant la maison de son amie.

— D'accord, mais il voudra probablement bientôt te rencontrer.

— Je veux bien, moi aussi. Est-il du genre…

— Jaloux ?

— Oui.

— Hum…

— Oh !

— Non, je te taquine. Mon père est très gentil, mais je compte beaucoup pour lui…

— C'est une bonne chose. Tu comptes beaucoup pour moi aussi.

Iris sourit. Elle vit son père regarder, par la fenêtre du salon, dans leur direction.

— Je t'appelle pour demain, alors ?

— D'accord !

— Au revoir, Nox. Prends soin de ce genou ! lui dit-elle en déposant un baiser sur sa joue.

Elle descendit de la voiture. Nox lui envoya la main et repartit sans tarder. Le père d'Iris la reçut avec un sourire à l'entrée.

— Ça va ? lui demanda-t-elle d'emblée.

— Je vais tenir le coup, répondit-il. Ton ami n'est pas entré ?

— Non ! Il doit conduire une heure pour se rendre chez lui et je préfère attendre que les choses se placent un peu ici.

— Oui, je comprends. Où étiez-vous ?

Iris songea aux deux semaines intenses qu'elle venait de passer entre le royaume chi et le jardin du Grand Maître, puis elle songea qu'elle et Nox avaient déjà été au cinéma ensemble la veille, et s'imagina que son père trouverait peut-être étrange ce soudain engouement pour le septième art. Elle décida, mal à l'aise, de mentir.

— Nox est venu me chercher ce matin et nous sommes allés marcher dans le parc régional.

— Bien. C'était une belle journée pour le faire. Les feuilles des arbres étaient jolies ?

— Oui. Comment ça s'est passé, là-bas ?

— Bien. Mais ça ne sera pas facile…

Iris ouvrit les bras, mais c'est elle qui se blottit dans les siens quand il imita son geste.

— Nous allons nous en sortir papa, tous les trois.

— Je l'espère, Iris.

Elle sentit qu'il pleurait et son cœur se tordit. Elle se sentait impuissante.

Avant de se coucher, Iris téléphona à Nox pour savoir si son genou se portait mieux, et s'assurer que son don ne l'avait pas fait souffrir une nouvelle fois. L'appel l'avait tiré du sommeil dans lequel il avait sombré peu après son arrivée mais il fut ravi d'entendre la voix de son amie. Le retour chez lui – et dans le vrai monde – l'avait laissé seul et mélancolique. Il n'en fit toutefois pas part à Iris et se borna à la rassurer. Suite à cet appel, Iris ne tarda pas à s'endormir.

虹

Au Viêt-nam, le jour s'était levé et le Grand Maître aussi. Son petit-neveu, qui dormait maintenant dans sa demeure, avait entamé très tôt ses tâches, qui consistaient à entretenir le jardin et la maison. De temps en temps, le Grand Maître passait près de lui, accompagné de son husky, attirait son attention sur des détails, puis le laissait seul. Xu travaillait avec acharnement, ne souhaitant qu'une chose : accéder aux entraînements de kung-fu. Mais le vieil homme le fit travailler sur ces corvées jusqu'à la tombée du jour. Il lui demanda, après qu'il eut rangé les outils, de venir lui servir son thé et Xu acquiesça sans se plaindre.

— Vous êtes un jeune homme patient, obéissant et méticuleux, Xu. Ce soir, vous allez me servir le thé dans une autre dimension, lui révéla le Grand Maître.

— Oui.

— Assoyez-vous en tailleur face à moi et je vous dirai comment procéder.

Xu obéit en silence et écouta attentivement les consignes.

虹

À 1 000 lieues de là, le jour s'était levé. Iris, assise devant le miroir de sa coiffeuse, observait, songeuse, son reflet. Elle devait partir pour l'école d'une minute à l'autre, mais elle appréhendait ce retour. L'adolescente soupira et plaça dans ses cheveux la pince offerte par Lélia. Elle songeait à effleurer le miroir lorsque son père l'interpella, lui demandant de venir le rejoindre à la cuisine.

Il la regarda longuement, buvant son café, le journal à la main.

— Iris...

— Oui, papa ?

— Tu étais vraiment au parc, hier ?

Iris fut surprise ; ce genre d'interrogatoire n'était pas dans les habitudes de son père. Il déposa son café et étala le journal sur la table en pointant les manchettes de la page couverture. On pouvait y lire, en grosses lettres rouges : « Un jeune homme s'enlève la vie au parc régional, à quelques mètres de l'aire de pique-nique ». Iris blêmit.

— Il est écrit dans l'article que les policiers ont évacué et fermé le parc à 11 h 30, Iris.

— Nous sommes partis avant cela, balbutia-t-elle.

— Ce n'est pas ce que tu m'as dit hier ! Iris, si tu te mets à me mentir, tu ne tarderas pas à voir qu'en brisant ma confiance tu n'y gagneras pas grand-chose, lança son père, déçu.

Iris le reçut comme un couteau au cœur.

— Papa, je…, bégaya-t-elle. Elle était étourdie.

Elle leva le regard vers l'horloge accrochée au mur de la cuisine. Elle devrait partir bientôt pour ne pas être en retard à l'école. Son père imita son geste.

— Nous en reparlerons, ce soir ! Tu dois partir. Prends un fruit. Et tu ne sors pas après l'école : je veux que tu m'attendes ici jusqu'à ce que je rentre du travail !

Iris prit une pomme et embrassa son père sur la joue. Elle en profita pour lui glisser à l'oreille que les choses n'étaient pas ce qu'il pensait.

— Tu ne sais pas ce que je pense, Iris. Pour l'instant, je suis simplement déçu.

Iris avala le nœud que son orgueil avait noué dans sa gorge, et partit, peinée, pour l'école. En chemin, elle rageait contre elle-même et cherchait ce qu'elle devrait dire à son père pour le calmer. Elle réalisait que ce serait de toute évidence un autre mensonge, et n'en fut que plus attristée, car mentir n'était pas dans ses habitudes.

— Grand Maître, c'est trop compliqué, tout ça ! se dit-elle, accablée.

Elle arriva à temps à l'école et croisa ses amies dans la salle de casiers. Leur réaction manquait de subtilité :

elles commencèrent toutes par poser leur regard sur ses mains, qui n'étaient plus couvertes de leurs affreux gants. Quelques-unes s'abstinrent tout bonnement de la saluer, et celles qui le firent manquèrent de sincérité. Jeanne fut la seule qui réussit à ne pas porter un visage de jugement sur elle. La cloche sonna et la salle se vida, laissant Iris et Jeanne seules. Iris s'empressait de prendre ses livres pour se rendre au cours qu'elles avaient toutes les deux quand son amie l'aborda timidement :

— Ça va, Iris ?

— Oui, ne t'en fais pas, Jeanne.

En fait, ça n'allait pas du tout. Iris se sentait suffoquer. Le Grand Maître avait dit « Ça ne sera pas facile », se rappela-t-elle. L'étourdissement qu'elle venait de sentir avec son père la revisitait maintenant, devant son amie. Son psychique semblait presque vouloir convaincre son corps que l'air du monde matériel était néfaste. Chaque inspiration lui semblait douloureuse, comme si elle était privée d'air. Jeanne s'inquiéta de la respiration bruyante de son amie. À peine eut-elle le temps de prononcer « Iris, tu ne vas pas recommencer » que son amie s'effondra, inconsciente.

Iris rouvrit les yeux. Le Grand Maître arriva d'un pas pressé devant elle. La jeune fille baissa les yeux, honteuse.

– Je…

– Oui ?

– Je suffoque, Grand Maître ! Mon corps n'arrive même pas à respirer normalement…

– C'est votre chi qui se révolte, mademoiselle Iris ! Vous devez combattre cet effet secondaire indésirable. Venez prendre un thé. Je vais vous expliquer quelque chose.

Ils s'assirent à la table du Grand Maître et le serviteur vint les servir. Iris était perplexe, frappée par un détail différent.

– Dites, mademoiselle Iris... lui demanda le vieil homme curieux, en faisant signe à son serviteur de sortir.

Ce dernier regardait la visiteuse impromptue d'un œil interrogateur, mais obéit à son maître.

– Votre serviteur a changé de teint, remarqua Iris.

– Remarquable observation, mademoiselle. Je vous expliquerai une autre fois, dit le vieil homme en ouvrant une petite boîte en bois d'où il prit une pincée d'herbes qu'il parsema dans la tasse de la jeune fille. Cela vous apaisera plus rapidement de l'angoisse psychique qui vous a menée ici. Je veux que vous retourniez au plus vite. Vous devez combattre l'envie de rester dans un endroit comme ici. Il y a, de toute façon, un temps limite que le corps peut passer en transe.

– Combien de temps ?

— Ça dépend des gens, mais pour la plupart, c'est entre 10 et 12 heures. Après cela, le corps peut entrer en coma. Nox m'a déjà démontré être plus tolérant que la moyenne ; il est resté environ 16 heures à sa première visite ! Quoiqu'il en soit, le corps envoie des messages intenses et douloureux quand la limite est atteinte. Moi, je peux la déceler chez un visiteur, c'est pour cela que je ne m'inquiétais par pour Nox, car en repartant ce jour-là, il était toujours en pleine forme.

— Quels sont les messages que le corps envoie ?

— Il y en a plusieurs : hypothermie, crise d'épilepsie ou vomissements violents. Où je veux en venir, c'est que tout cela ne constitue pas une porte de sortie, une fuite, mais bien un outil au service de votre don et rien d'autre ! Vous aurez à vivre vos peines, vos douleurs, vos erreurs, vos échecs, de toute façon…

— C'est difficile de ne pas succomber à la tentation.

— Je n'ai mentionné que les coups durs, mais il est bien évident que cela inclut également vos bonheurs, vos plaisirs, vos réussites et tout le reste, mademoiselle.

— Oui, Grand Maître, répondit-elle.

— Allez, buvez et retournez, mademoiselle !

Iris lui obéit.

Quelques minutes plus tard, elle rouvrait les yeux dans la salle des casiers, où son amie Jeanne l'implorait de revenir à elle.

— Ça va, c'était juste un étourdissement, déclara-t-elle à son amie en se relevant rapidement, avant que cette dernière n'alerte quelqu'un.

Elles se rendirent à la hâte à leur cours.

虹

Xu retourna dans le salon pour desservir la théière et les tasses. Il regarda silencieusement le Grand Maître et se retint de poser sa question, qui se lisait cependant facilement dans ses yeux.

— C'est une de mes élèves. Une élève remarquable ! répondit le vieil homme pour apaiser le trouble de son neveu.

Ce dernier osa demander :

— Où sommes-nous, Grand Maître ?

— Que voulez-vous dire ?

— Je ne sais pas, j'ai l'impression d'être à deux endroits en même temps. Cette demeure me semble différente…

Le Grand Maître changea le décor et son neveu sursauta.

— Oh !

— Bien remarqué, jeune homme. Je suis fier de vous. Nous sommes présentement au salon, en méditation tous les deux. Et mademoiselle Iris nous a rendu visite d'Amérique.

Xu inspira, émerveillé et abasourdi par les aptitudes du Grand Maître. Ce dernier se leva, posa fermement deux doigts sur le poignet droit du jeune homme, qui disparut. Puis, le Grand Maître rouvrit de nouveau les yeux ; Xu était réapparu. Il regarda posément son élève, tout en flattant son chien. Xu, sceptique, jetait des yeux nerveux tout autour du salon, incertain d'être réellement de retour.

— Ce sera assez pour aujourd'hui, lui déclara son vieil oncle.

虹

Iris fit un effort monumental pour endurer toute sa journée à l'école, et une fois arrivée chez elle, elle téléphona à Nox pour le prévenir du contretemps qu'elle avait. Elle lui expliqua qu'elle se retrouvait dans le pétrin pour avoir menti à son père et qu'elle devait trouver une façon d'y remédier ; ils ne pourraient pas faire leur première séance de sauvetage tout de suite.

— Je suis désolé, Iris. Tente de ne pas trop semer le doute chez ton père.

— C'est exactement ce que je veux éviter, car il risque de t'associer à ma nouvelle attitude étrange…

— Et toi, tu crois que j'en suis responsable ?

— Mais non, voyons ! C'est notre secret, à nous trois, qui est difficile à gérer !

Après avoir parlé à Nox, Iris réfléchit à une solution et prépara le souper pour son père et elle. Ce dernier arriva peu de temps après, et en humant l'odeur du repas, fut ravi de l'initiative de sa fille. Malheureusement, en s'assoyant pour manger, il ne tarda pas à la questionner.

— Alors, Iris ? Qu'as-tu à me dire pour hier ?

— Écoute, papa, je ne veux pas que tu t'inquiètes. C'est seulement pour cela que je t'ai menti. Pour t'éviter d'autres tracas.

— Continue…

— Nous sommes effectivement allés au parc hier, en matinée. Le jeune homme dont parle le journal est passé près de nous peu de temps avant la tragédie. J'ai vu son visage et son expression. Quand le coup de feu a retenti, mon cerveau a fait le lien. Alors, j'ai demandé à Nox qu'on parte au plus vite. Je lui ai demandé de m'emmener au centre commercial, car avec les bouleversements des derniers jours, ce qui venait de se passer m'ébranlait énormément.

— C'est affreux, Iris, murmura son père, soudain chamboulé par l'aveu de sa fille. Pourquoi n'es-tu pas revenue à la maison ?

— Parce que je savais que tu n'y étais pas. Et j'ai eu un malaise, un étourdissement. Dès lors, je ne pouvais pas rester seule et ne voulais pas faire venir Nox ici, sans ta permission. J'ai donc décidé d'aller encore au cinéma avec lui pour me reposer et me détendre, jusqu'à ce que le malaise passe, et attendre que tu sois – peut-être – revenu, expliqua-t-elle en sortant son billet de cinéma, qu'elle avait gardé dans la poche de son jean.

Son père constata la date et l'heure et regarda sa fille.

– Quand tu m'as demandé hier où nous étions allés, Nox et moi, j'ai pensé que tu trouverais cela louche que nous soyons retournés au cinéma, alors j'ai opté pour un mensonge, je suis désolée…

– Bon je m'excuse d'avoir douté de toi, Iris ! lui avoua son père, peiné.

Iris sentit son cœur se fendre à l'entendre s'excuser, elle qui venait encore de mentir, par omission. Je devrai mentir comme cela souvent ? songea-t-elle avec amertume.

– Je ne veux pas que tu t'inquiètes pour moi, papa ! Nox est vraiment un garçon bien.

Son père lui sourit, soulagé. Le téléphone sonna et M. Arco répondit.

– Oui ? Allô, chérie ! Oui, nous avons mangé. Oh ! Lucie, je t'en prie, ne pleure pas ! Je sais, c'est difficile. Non, ils m'ont dit de ne pas te visiter trop souvent, ce serait plus difficile…

Iris écouta son père parler avec sa mère, le cœur en peine. Quand elle vit que l'appel s'éternisait, elle le laissa seul et se retira dans sa chambre.

CHAPITRE VIII

L E jour suivant, Iris s'était rendue à la Gare centrale après l'école. Nox terminait sa journée vers 16 h. Il l'attendait au même endroit que la première fois. Ils allèrent prendre un cappuccino ensemble, pour tenter de voir comment ils pourraient procéder pour leur première séance de sauvetage.

— Le Grand Maître se lève très tôt, tous les matins, vers cinq heures environ et il y a 12 heures de décalage entre le Viêt-nam et ici, expliqua Nox. Nous pourrons lui téléphoner à cette heure-là, pour qu'il soit disponible. De toute façon, il amorce toujours sa journée par une longue méditation.

— D'accord, mais comment trouverons-nous des Diffuseurs en détresse au bon moment ?

— Je l'ignore ! J'imagine que la meilleure chose que nous puissions faire est de nous promener simplement, comme l'autre jour au parc.

— En effet, peut-être que nous n'aurons même pas à chercher…

— Malheureusement, j'ai la même impression.

— Comment penses-tu que ça sera, Nox ?

– Je ne sais pas.

– J'appréhende un peu, lui avoua-t-elle timidement.

Il posa son langoureux regard dans les yeux de son amie, lui offrit son sourire, qui demeurait pour elle un cadeau du ciel, lui prit les mains et murmura :

– Iris, ce ne sera pas facile, mais tu m'auras toujours à tes côtés.

Elle lui sourit à son tour.

– Nox, j'ai hâte de te présenter à mon père.

– Je veux bien, Iris, car je n'ai pas de doute sur ce que je ressens pour toi. La seule chose qui m'inquiète est de voir l'impact qu'auront nos séances sur nous, et comment nous ferons pour le dissimuler.

– Que veux-tu dire ?

– Nous en ressortirons changés, Iris. Et ton père ne doit pas s'en inquiéter. Moi, je n'ai personne autour qui pourrait être inquiet. Mais ton père semble près de toi…

– Oui, il risque de remarquer tout changement trop draconien.

– C'est pour cela qu'il faudrait peut-être attendre après nos premières séances.

– D'accord.

Ils terminèrent leurs cafés et sortirent du bistro. La gare s'emplissait de gens à l'approche de l'heure de pointe. Iris et Nox marchèrent parmi la foule de voyageurs empressés de rentrer.

— Veux-tu que nous allions dehors ? demanda Nox, qui n'appréciait guère cet achalandage.

Lorsqu'il finissait de travailler autour des heures de pointe, il partait le plus rapidement possible, et quand il travaillait, il n'était pas où les gens étaient.

— Si tu veux, lui répondit Iris, pressentant son inconfort.

Ils se dirigèrent vers l'extérieur. Il était presque 17 h. Au beau milieu de leur lancée, Nox s'immobilisa brusquement. Sans s'en rendre compte, il faillit broyer la petite main d'Iris, qu'il tenait pourtant amoureusement la seconde précédente. Iris se retourna vivement ; Nox vit son souffle flotter et son corps tressaillit. Un tic-tac envahit ses oreilles.

— Ça y est ? murmura fébrilement son amie.

— Ou… oui, balbutia-t-il. Il avait eu de la peine à entendre la question, et maîtrisait avec peine son élocution.

— Que devons-nous faire ?

Son ami ne répondait plus, il semblait hypnotisé par une lueur, du côté d'une des voies ferrées de la gare. Iris sentit son cœur s'accélérer dans sa poitrine et tenta de trouver seule réponse à sa question. Elle songea au Grand Maître.

— Avons-nous le temps de l'appeler ? demanda-t-elle à Nox, même si ce dernier ne semblait plus l'entendre.

Le jeune homme entreprit de se diriger vers l'étincelle, qui brillait plus loin. Iris l'arrêta en l'attrapant par le bras.

— Attends, laisse-moi prendre le cellulaire et les bracelets, lança-t-elle.

Nox, ensorcelé par le son qui avait envahi ses oreilles, la regarda lui parler sans comprendre. Iris lui retira son sac à dos, prit le cellulaire et les bracelets, puis attela le sac de son ami sur son dos à elle. Nox reprit sa marche ; tout en le suivant, Iris cherchait le numéro du Grand Maître dans le carnet d'adresses du téléphone. Elle le composa, et celui qui répondit le fit en vietnamien.

— Grand Maître, c'est nous, Nox et Iris !

— Nox et Iris ? s'exclama la voix à l'autre bout.

Iris réalisa qu'il ne s'agissait pas du vieil homme. La voix était celle de quelqu'un de beaucoup plus jeune.

— Qui est à l'appareil ?

— Je suis Xu, le petit-neveu de votre Grand Maître.

— Je n'ai pas beaucoup de temps, dit Iris brusquement, en entendant la respiration de Nox s'intensifier douloureusement. Le Grand Maître est-il disponible ?

— Non, il médite. Je ne peux le déranger.

— D'accord, nous le verrons là-bas, lança subitement Iris en raccrochant.

Nox s'était arrêté : des larmes sillonnaient ses joues. La jeune fille, exaspérée, enfila son bracelet et mit à Nox le sien. Elle chercha les yeux de son ami, et lorsque leurs deux regards furent connectés, elle lui lança :

— Allons-y, Nox !

Elle s'assura que son ami fermait bien ses doigts dans sa paume, puis imita le geste. La gare disparut instantanément. Dans la pénombre, Iris remarqua la lueur intermittente que Nox voyait déjà, dans le monde réel. Elle entendit le son de la pendule retentir autour d'eux.

— Nox, ça va ?

— Oui. Elle est là-bas, Iris ! répondit-il en pointant la lumière.

— Oui, Nox, je la sens. Elle s'appelle Aline !

— Vraiment ?

Ils entendirent des pleurs, suivis de rires mesquins et de voix criardes.

— Tu es si laide, Aline ! s'amusa l'une d'elles.

— Quel vilain petit canard ! rajouta une autre.

— Allons-y, dit Nox.

Arrivés près de la lumière, ils découvrirent une jeune fille qui se couvrait le visage ; elle était entourée d'horribles personnages, petits clowns de cirque disgracieux aux visages cauchemardesques. Ils pointaient la jeune fille avec véhémence, et l'insultaient sans retenue. Nox et Iris ressentirent au plus profond d'eux-mêmes la douleur qui était infligée à la jeune fille. Aline ne se défendait même pas : elle se cachait en se recourbant sur elle-même. Iris sentit monter en elle une rage insoutenable ; dans un hurlement elle ordonna aux hideuses créatures de se taire. Dès qu'ils l'entendirent, les odieux personnages se retournèrent brusquement vers Nox et elle et, leurs corps grotesquement secoués par leurs rires déplaisants, s'avancèrent en bloc vers eux.

— Oh, oh ! murmura Iris.

À cet instant, Aline découvrit son visage, pour voir qui avait détourné l'attention des affreux personnages. Sa figure était fort peu invitante ; elle n'avait pas été choyée par la nature. Elle remarqua aussitôt une silhouette de feu qui brillait devant elle. Elle fut envoûtée par la splendeur de la flamme orangée, qui oscillait dans la pénombre.

Les clowns continuaient de s'avancer, le regard torve et méchant. Leurs rires sardoniques se mêlaient à leurs éructations, et ils gesticulaient comme des pantins désordonnés :

— Qu'avons-nous ici ? lança l'un d'eux à l'intention des visiteurs.

— Allez-vous-en, cela ne vous concerne pas ! lança un autre.

Iris regarda Nox. La scène était surréaliste.

– Grand Maître, êtes-vous là ? songea à demander Iris.

Le vieil homme répondit par l'affirmative après quelques secondes.

– Ah ! Un Grrrrrrand Maîtrrrrrre ? se moqua un des clowns. Les autres s'esclaffèrent de plus belle.

Iris et Nox échangèrent un regard chargé d'inquié-tude.

– Tentez de rejoindre la fille, suggéra le vieil homme à l'intention de ses élèves.

– Oui, c'est cela, tentez ! hurla un des odieux petits personnages.

Au moment même où il achevait sa phrase, il se métamorphosa en un gros homme massif au visage dur, et sa voix de crécelle baissa de plusieurs tons.

– Aline, écoute ton vieux père ! ajouta-t-il. Tu ne pourras jamais me ramener de prétendant, avec ce visage de babouin ! La honte, c'est cela que tu es…

La jeune fille échappa des pleurs douloureux, qui retentirent dans toute la salle. Iris sentit des frissons lui parcourir l'échine. Les autres clowns se transformaient tour à tour en jeunes et vaillants combattants d'art martial. Nox adopta instinctivement une position défensive. Les ennemis se ruèrent sur lui mais il les esquiva. Tout autour d'Aline, des ombres lugubres se mirent à tournoyer. Iris comprit qu'elles tenteraient de l'engloutir dans sa peine, pour la pousser à poser l'ir-rémédiable geste.

— Aline, écoute-moi ! lança-t-elle.

La jeune fille écoutait, curieuse, cette douce voix qui provenait de l'étrange silhouette lumineuse. Nox continuait à protéger Iris, que les attaquants tentaient d'assaillir.

— Aline, ne les écoute pas ! continua Iris.

Un des personnages se transforma en un jeune garçon, devant Aline, et la pointant effrontément du doigt :

— Regarde, maman, cette fille laide, c'est une sorcière ?

— Non ! hurla la jeune fille. J'en ai assez !

Le tic-tac s'intensifia, en étirant chaque tic et chaque tac en secondes interminables. Le sifflement d'un train envahit la salle. À cet instant précis, Iris supplia Aline de regarder droit dans sa direction et la jeune fille lui obéit, éblouie par la voix et la lumière qui émanaient d'Iris. Au contact de leur regard, le miroir se matéria-lisa. Aline y vit, au travers, toute la magnificence des couleurs d'Iris. Un à un, de lointains mais heureux souvenirs d'Aline s'échappèrent du miroir et la pénétrèrent par le regard, l'emplissant des joies que les ombres avaient presque toutes effacées au courant des années. Les ombres resserrèrent le cercle autour d'elle et firent une ultime tentative pour l'engloutir.

— Faites-la traverser le miroir, mademoiselle ! Les ombres n'y survivront pas ! lança le Grand Maître.

— Aline, viens vers moi, lui dit Iris en passant sa main au travers de la surface du miroir qui les séparait.

La jeune fille déposa sa main dans celle d'Iris et, fermant les yeux, elle traversa de l'autre côté. Les ombres se volatilisèrent une à une en heurtant le miroir. Nox cessa de se battre contre les attaquants, qui avaient disparu simultanément. Aline tenta de formuler un remerciement, mais disparut avant de le prononcer, à la grande surprise d'Iris.

— Voilà, jeunes gens ! Retournez ! Vous reviendrez me voir chez moi quand vous serez au bon endroit, ordonna le Grand Maître.

Ils obéirent et retirèrent leur bracelet.

Ils rouvrirent les yeux dans la gare bourdonnante. De dos, une jeune fille balançait les pieds dans le vide; à la dernière seconde, alors qu'un train rentrait en gare à vive allure, elle recula brusquement. Nox sentit son cœur s'alléger. Aline posa ses deux mains sur sa bouche, réalisant qu'elle était passée très proche de commettre un geste irréparable. Elle se retourna, respirant avec peine ; elle ignorait ce qui l'avait retenue au dernier moment, mais son esprit lui rendait grâce. Quittant la gare d'un pas décidé, elle frôla Iris et Nox, figés sur place. Iris lui sourit. Aline répondit à son geste, elle qui n'avait pas l'habitude de sourire, à cause de ses dents disparates et proéminentes. 17 h sonnèrent à l'horloge, le son retentissant dans toute la gare. Iris prit Nox par surprise : laissant libre cours à sa joie, elle sauta dans ses bras.

— Nous avons réussi, Nox !

— Oui, Iris !

— Allons retrouver le Grand Maître ! ajouta Iris, emplie de fierté.

— D'accord !

Ils regagnèrent la voiture de Nox et renfilèrent les bracelets.

Ils se trouvaient dans le jardin du Grand Maître. Ils essuyèrent leurs pieds sur le paillasson et rejoignirent le vieil homme dans son salon. Il les fit s'asseoir devant lui. Il avait un regard dur, qui prit nos deux amis au dépourvu.

— Je vous avais pourtant demandé de me prévenir avant !

Nox et Iris baissèrent les yeux.

— Grand Maître, je vous ai téléphoné et votre neveu m'a dit que vous étiez en méditation, expliqua Iris. J'ai cru que cela suffisait de savoir que vous étiez disponible en méditation.

Le Grand Maître se passa la main dans la barbichette en soupirant.

– Bon ! C'est moins grave, alors, mais tout de même : j'aurais pu en ressortir avant de vous rencontrer dans l'entre-mondes. Comprenez-vous ?

– Oui.

– Ce ne sera pas toujours aussi simple, ajouta posément le vieil homme. En effet, maintenant, les serviteurs de la Mort savent qu'ils ont de nouveaux adversaires ! Ils vont innover et varier. De plus, certains Diffuseurs ou Diffuseuses ont des ombres plus profondes et obscures que la jeune fille de la gare. Mais je suis content que votre première tentative soit un succès. Dans l'entre-mondes vous n'êtes pas aussi en sécurité qu'ici, mais pas aussi en danger que dans le monde d'un Diffuseur.

– Grand Maître ? Nous n'avions pas beaucoup de temps pour vous alerter, et Nox était ensorcelé par son don…

– Il vous faudra admettre que vous ne pourrez pas toujours être à temps.

– Mais…

– Non Iris, pas de « mais ». Vous sous-estimez les pouvoirs du mal et surestimez les vôtres ! Pas plus qu'une mère n'enverrait pas son bébé à la rue, je ne vous permettrai pas de vous aventurer dans les sombres recoins de l'entre-mondes ! Est-ce clair ?

– Oui, Grand Maître !

— Vous pouvez me téléphoner peu importe l'heure, ne craignez pas de me réveiller. Entrer en méditation n'est qu'une question de fractions de seconde pour moi.

— D'accord, acquiescèrent à l'unisson les deux jeunes gens.

— Bon, je dois entamer ma vraie journée, maintenant ! Allez, nous nous reverrons à un autre moment.

Il se leva, les salua et sortit du salon. Il semblait songeur. Nox et Iris retirèrent leur bracelet et ouvrirent les yeux dans la voiture.

— C'est moi ou il n'était pas vraiment fier ? demanda Iris, un peu froissée.

À travers le pare-brise, Nox regardait au loin.

— Il était inquiet.

— J'ai mal agi ?

— Je ne sais pas. S'il était sorti de sa méditation, je crois bien que son neveu l'aurait prévenu de ton appel. Mais peut-être que le laps de temps aurait été trop long à son goût.

— Nox, tu étais vraiment hypnotisé quand ça a commencé…

— Je sais. Mon don accapare tous mes sens. Je dois y remédier, mais je ne sais pas comment. J'y parviendrai !

Après un moment de silence, Iris regarda sa montre :

— Je dois rentrer pour le repas.

— Je t'emmène.

— Je peux y retourner en train si tu es fatigué de ta journée.

— Mais pas du tout !

Elle lui sourit. Il fit démarrer la voiture et elle blottit sa tête sur son épaule.

— Nox, ça ne sera pas si traumatisant que cela, j'en suis certaine, soupira-t-elle.

Nox ne commenta pas, convaincu qu'il était encore trop tôt pour se prononcer. Il déposa Iris chez elle et rebroussa chemin. Le père d'Iris préparait le repas et sa fille s'excusa de ne pas l'avoir fait pour lui.

— Tu n'as pas besoin de le faire tous les jours, Iris. Tu as droit à tes sorties, même si ta mère n'est pas là.

— As-tu eu des nouvelles, aujourd'hui ?

— Non, elle n'a le droit de téléphoner que le soir après le repas.

— Oh, pauvre maman.

— Elle s'en sortira. Nox allait bien ?

— Oui. Il est presque prêt à te rencontrer.

— Presque ? Tu as dû lui en faire des peurs, alors.

— Non. Il est un peu timide, c'est tout.

Ils s'attablèrent pour manger.

— Vous êtes encore allés au cinéma ? demanda-t-il d'un ton taquin.

— Non. Nous avons pris un café à la Gare centrale.

— À la Gare centrale ?

— Nox y travaille.

— Il n'est pas à l'école ? Mais, quel âge a-t-il ? s'exclama son père malgré lui.

— Entre 40 et 42 ans, environ…

La mâchoire inférieure de M. Arco s'affaissa, laissant sa bouche toute grande ouverte.

— Ha, ha ! Papa, tu es ridicule ! s'amusa Iris. Nox vient d'avoir 18 ans. Il a terminé ses études secondaires et travaille en attendant de choisir ce qu'il fera comme études supérieures.

Son père soupira, à la fois soulagé et irrité.

— Si tu veux me faire mourir, tu t'y prends royalement... Dans le fond, j'ai bien hâte de le rencontrer, pour cesser de subir tes blagues de mauvais goût.

— Excuse-moi, la tentation était grande, lui avoua-t-elle avec un sourire espiègle.

— Ça va. J'aime bien que ton sens de l'humour reste intact. Ça me soulage, avec tout ce qui se passe…

— Ce n'est pas toujours évident.

Ils mangèrent un peu.

— L'école, ça va ?

— Oui, toujours pas un gros défi, mais je n'en meurs pas.

— Et dire qu'en plus on t'a fait sauter une année. Toi aussi tu dois choisir ce que tu feras pour l'automne prochain, d'ailleurs.

Iris soupira. Toutes ces réalités lui semblaient bien banales en ce jour. Le téléphone sonna et le père d'Iris pensa qu'il devait s'agir de sa femme.

— Allô ?

Il n'eut pas de réponse.

— Oui, allô ? répéta-t-il.

Iris leva les yeux vers lui.

— Iris, s'il vous plaît, articula laborieusement la voix enrouée de Nox.

— Un instant, s'il vous plaît.

Le père d'Iris posa sa main sur le combiné et annonça à sa fille :

— Tiens, c'est ton timide. Il l'est même au télé-phone, ajouta-t-il en souriant.

Iris prit le combiné et s'éloigna de son père.

— Allô ?

— Iris, c'est moi, dit fébrilement Nox.

— Nox ? Ça ne va pas ?

Le père d'Iris ne put s'empêcher de prêter l'oreille.

— Je… j… je, bégaya Nox.

Iris sortit de la cuisine et s'éloigna encore plus de son père.

— Tu as eu un épisode ? murmura-t-elle.

— Oui…

— Oh Nox. Je suis désolée, veux-tu venir, ici ?

— Non. Iris, je n'aurais pas dû t'appeler.

— Ne dis pas de sottises !

Puis Nox commença à expliquer. Iris pouvait sentir toute la peine de son ami durant son court récit.

— C'est un jeune homme, pas loin d'où j'habite. Il a sauté d'un pont. J'ai senti ses derniers souffles résonner dans ma tête. Je voulais juste entendre ta voix pour soulager le tourment en moi.

— Oh, pauvre toi. Qu'as-tu fait ?

— Je…

— Quoi ?

— J'ai eu un accident avec la voiture.

— Oh, mon Dieu ! Tu n'as rien ? Où es-tu, maintenant ?

— Non, je n'ai rien, mais la voiture, oui. Je suis encore sur place. Ça vient tout juste d'arriver.

— Tu es sûr que tu ne veux pas venir ?

— Oui. Dis-moi, Iris, on pourra faire un tour de voilier, demain ?

— Bien sûr, Nox.

— D'accord. Alors, je vais mieux ! Je vais appeler pour me faire envoyer une dépanneuse. Nous nous verrons en fin d'après-midi, demain…

— Tu es certain que tout va bien ?

— Oui, oui, je t'assure. Je respire mieux, juste à entendre ta voix. Ne t'inquiète pas.

— Bon, je t'appelle plus tard dans la soirée, conclut-elle.

Elle raccrocha. Son père desservait la table. Il vit l'air abattu de sa fille et s'inquiéta.

— Ça ne va pas ?

— Nox a eu un accident avec sa voiture.

— Oh, c'est grave ?

— Non, non. Il m'a dit que ça allait.

— Comment est-ce arrivé ?

Iris regarda longuement son père, à la recherche d'une réponse plausible.

— Un animal…

— Quoi ?

— Il a frappé animal qui traversait la route.

— Ah. A-t-il appelé ses parents ?

Iris secoua la tête négativement.

— Pourquoi ?

— Nox est orphelin, papa.

— Oh ! s'exclama M. Arco.

Iris soupira, voyant que mille questions envahissaient la tête de son père. Le téléphone lui donna un sursis. Cette fois, c'était la mère d'Iris. La jeune fille termina la vaisselle que son père avait commencée, puis se retira dans sa chambre, laissant son père au téléphone.

Couchée sur son lit, Iris se sentait bien impuissante face aux tourments que Nox vivait à cause de son don. Elle souhaita que le Grand Maître puisse trouver une solution, car si les perturbations étaient telles que le jeune homme ne puisse même pas conduire en sécurité, elle ne supporterait pas l'angoisse que l'inquiétude provoquerait.

Son père cogna à la porte.

— Ta mère veut te parler. Il lui passa le combiné.

— Allô maman ! Ça va ?

Pour toute réponse, elle entendit sa mère pleurer.

— Je t'aime, maman. Je suis fière de toi.

Son père, ému, la regardait tendrement.

— Ça va, maman, ne pleure plus… Je t'envoie un bisou.

— Au revoir, hoqueta sa mère.

Ce furent les seuls mots qu'elle avait réussi à prononcer. M. Arco rajouta encore quelques phrases, puis raccrocha. Il se laissa tomber assis sur le lit de sa fille, abattu.

— Elle ne va pas bien, laissa-t-il échapper d'une voix meurtrie.

— Ça me peine beaucoup. Il n'y a rien que je puisse faire ?

Son père la regarda, perplexe.

— C'est sa bataille à elle, Iris.

Iris soupira.

— Excuse-moi, tout à l'heure, je voulais te demander si ton ami avait besoin d'aide ?

— Non, il m'a dit qu'il se débrouillait.

— Il vit tout seul ?

— Plus ou moins…

— Que veux-tu dire ?

— Il habitait jusqu'à tout récemment chez son tuteur mais, comme il a eu 18 ans il y a quelques mois, il vient officiellement de prendre possession de la maison héritée de ses parents, où il doit vivre seul. Mais quand il sera de retour du Viêt-nam, le Grand Maître lui permettra de rester encore chez lui, s'il en a encore besoin et s'il le désire.

— Le Grand Maître ?

Iris se crispa. Elle n'avait pas réalisé qu'elle parlait sans retenue à son père, comme elle l'avait fait pendant toute sa vie.

— Je veux dire M. Liu Ping, son tuteur, se reprit-elle.

Son père la regarda longuement, en silence.

— Comment a-t-il perdu ses parents ?

Iris prit une grande inspiration.

— Sa mère est morte d'une longue maladie, et son père était mort quelques années auparavant, je ne sais trop comment, mentit-elle.

— C'est bien triste.

— Oui. Il en a beaucoup souffert et son tuteur a été une bouée pour lui.

— Et toi, tu le connais, ce *Grand Maître* ?

— Oui… enfin, un peu.

— J'aimerais bien le rencontrer, ce Nox.

— D'accord, je lui en parlerai.

Tandis que son père était parti prendre une douche, Iris rappela Nox, qui lui répondit avec une meilleure voix.

— Ça va mieux ? lui demanda-t-elle.

— Oui. La voiture est rendue au garage et moi je suis rentré à pied. Le grand air m'a fait du bien.

— Tu m'en vois soulagée. J'ai parlé un peu avec mon père et il m'a dit qu'il a vraiment hâte de te rencontrer

— Je ne sais pas, Iris. Pas après ce qui vient de m'arriver.

— Quel est le rapport, Nox ?

— Tu imagines si j'ai un épisode devant lui ? Je vois mal comment lui expliquer le phénomène. Non, je préfère régler mon problème avec le Grand Maître auparavant.

— Je comprends.

Après qu'il eut raccroché avec Iris, Nox appela le Grand Maître au Viêt-nam pour lui raconter sa mésaventure.

— Hum…voilà qui est très malcommode, commenta le vieil homme. Mais dites-moi, à quand remonte votre dernier entraînement de tai-chi-chuan, jeune homme ?

— Euh…

— Avec de tels bouleversements dans votre vie, comment voulez-vous maintenir un équilibre, si vous ne le régénérez pas par les exercices que vous avez appris ?

— Vous avez raison. J'ai négligé mon équilibre ces derniers jours.

— Même chose pour le kung-fu. Vous auriez beau vous entraîner des semaines en transe, si vous ne le faites pas dans le monde matériel, vous ne pouvez garder la forme dans ce monde-ci.

— Oui, Grand Maître.

— Vous savez, Nox, vous n'avez pas besoin de tuteur, vous croyez seulement en avoir besoin... Allez, nous nous verrons demain. Nous verrons ensemble comment remédier à ce que le tai-chi-chuan n'aura pas soulagé.

Nox mangea, puis il s'installa dans le salon de la maison de ses parents pour effectuer ses enchaînements de tai-chi-chuan. Il éteignit la lumière et alluma deux chandelles. Il retira ses souliers et ses chaussettes, puis son chandail. Il exécuta un salut en observant son reflet dans l'imposante fenêtre du salon. Sa respiration, provenant de son centre de gravité, était rythmée et excellente. Il ferma les yeux et commença l'exercice lentement. Transporté de bien-être, il accéléra. Bientôt, sa vitesse devint vertigineuse et ses mouvements, de plus en plus fluides. Il sentit son chi circuler à nouveau au travers son corps, jusqu'aux extrémités. Il ouvrit ses yeux, incrédule d'être parvenu à une telle vitesse, dans ce monde empreint de lois physique si rigides. La lumière qui éclatait autour de son corps lui fit interrompre l'entraînement.

Il secoua la tête, et son reflet lui parut normal. Il décida d'aller dormir. Il devrait partir un peu plus tôt, le lendemain pour se rendre au travail, puisqu'il n'avait pas d'auto…

CHAPITRE IX

OX se réveilla en excellente forme et partit tôt. Toute la journée, il se concentra sur son travail, ne permettant pas aux tracas de la veille d'envahir son esprit. Son entraînement avait été efficace, mais il avait tout de même hâte de retourner auprès du Grand Maître, avec Iris, une fois sa journée terminée. Il devait récupérer sa voiture en fin d'après-midi, après le travail, et avait décidé de passer chercher Iris pour aller manger avec elle : elle l'avait informée, le matin, que son père avait un repas d'affaires, ce qui les rendait tous les deux libres pour la soirée.

Nox arriva devant chez elle vers 18 h. Le crépuscule tombait et une brise tiède chatouilla son visage. L'été indien offrait un dernier sursis avant que ne s'abatte la morte saison. Lorsque son amie ouvrit la porte, Nox eut le souffle coupé : vêtue d'une majestueuse robe bleue qui accentuait sa beauté et son élégance, savamment maquillée, sa chevelure de feu tombant en cascades sur ses épaules nues, quelques bijoux bien choisis, Iris s'était faite belle pour son ami, et l'effet qu'elle eut sur lui fut aussi immédiat et aussi foudroyant qu'au royaume nour ! Nox se passa nerveusement la main dans ses cheveux ; Iris lui sourit.

— Tu es… ravissante, balbutia-t-il.

— Merci ! Tu es pas mal non plus.

Il baissa son regard sur lui : il portait un jean bleu et un jersey marine.

— Je ne pensais pas que…

— Nox, tu es parfait. Tu m'emmènes au restaurant, non ?

— Oui.

— Alors, je voulais m'habiller plus « en fille ». Le costume chi n'est pas vraiment très flatteur de ce point de vue, et les jeans et les vestes, ça devient monotone. Je ne voulais pas te mettre mal à l'aise, Nox.

— Je ne suis pas mal à l'aise. Je suis ébloui par ta beauté. Tu es splendide en robe ! En fait, tu es belle, tout le temps, Iris ! lui avoua-t-il, planté devant elle comme un soldat.

— Alors, sors-moi comme ta petite amie ce soir, et après nous irons voir le Grand Maître.

Nox prit le temps de bien sentir le frisson qui lui parcourait l'échine avant de répondre.

— Bien sûr, Iris.

Iris déposa délicatement sa main dans celle de Nox, et elle sentit avec émotion les doigts de son ami se refermer sur les siens, doucement, en les caressant amoureusement. Elle soupira, heureuse. Ils optèrent pour un beau restaurant vietnamien, dans le quartier asiatique. En regardant le menu, ils s'esclaffèrent tous les deux devant les différents choix de riz.

— J'imagine que tu veux essayer quelque chose de différent, ironisa Nox.

— Oui. Je ne connais pas beaucoup ce type de nourriture, alors je te laisse choisir.

— D'accord.

Nox commanda des repas typiques, et ils mangèrent doucement et détendus, munis des baguettes qu'ils maniaient élégamment tous les deux, maintenant. Ils se parlèrent un peu plus de leur vie respective, en évitant d'aborder les aspects négatifs. Ils passaient vraiment une belle soirée. Le serveur vint leur porter l'addition, que Nox paya encore une fois, même si Iris s'y était opposée, prétextant que c'était son tour.

Au moment où ils traversaient la porte du restaurant et que Nox passait son bras autour de la taille de la jeune fille, il laissa échapper un douloureux soupir. Iris se retourna brusquement vers lui.

— Non ?

— Si…

Il était paralysé. Iris soupira ; elle aurait préféré un autre moment, mais son altruisme prit bien vite le dessus, et une poussée d'adrénaline lui permit de poser promptement les gestes nécessaires. Elle entraîna son ami – hypnotisé – jusqu'à la voiture, en sortit le sac à dos pour y prendre les bracelets et le cellulaire, tout cela d'une main ; dans l'autre, elle tenait celle de Nox pour s'assurer qu'il ne parte pas en direction de la lumière intermittente qui l'ensorcelait.

— Grand Maître ?

— Je vous écoute, mademoiselle Iris.

— Maintenant !

— D'accord.

Elle inséra les bracelets à leurs deux poignets, puis entraîna Nox dans la voiture. Il lui obéit, comme un somnambule. Une fois assis tous les deux, et au contact de leur regard, ils entrèrent en transe. Ils se retrouvèrent dans une salle sombre, où l'air manquait manifestement ; ils le sentaient dans leur propre cage thoracique. Ils se regardèrent et Nox pointa l'étincelle.

— Il s'appelle Lee, murmura Iris. Et il suffoque…

Ils s'avancèrent, mais une porte en bois se matérialisa devant eux, les empêchant de parvenir au garçon. Ils l'entendirent soliloquer :

— En premier, le refus de l'université et maintenant un congédiement ! Tu n'es qu'un nul !

Nox fracassa la porte et ils progressèrent de nouveau. Le jeune Asiatique – il s'appelle Lee, avait dit Iris –, montrait un regard éteint. Les ombres autour de lui dessinaient un gouffre sans fin à ses pieds, et un câble énorme descendait du plafond et s'enroulait tel un boa autour du cou du jeune homme.

— Je ne respire plus dans ce monde, gémit Lee.

Iris l'interpella à ce moment précis. Les ombres, dérangées dans leur funeste ballet, semblèrent se tourner vers les deux visiteurs. Lee leva les yeux vers la voix qui l'appelait, mais les referma aussitôt.

— Laissez-moi tranquille…

— Oui ! Laissez-le tranquille, ordonna une voix féminine, avec un fort accent asiatique.

— Mère ? demanda Lee.

— Oui, mon fils ! Tu n'as rien à faire dans ce monde froid ! Viens me retrouver…

La sensation de suffocation s'intensifia. Iris avait de la difficulté à émettre un son. Nox semblait mieux réussir à contrôler l'effet nocif du manque d'air.

— Grand Maître ? risqua-t-elle.

— Parlez-lui !

— Lee ?

— Qui êtes-vous ? demanda ce dernier, en pleurs.

— Nous sommes venus te montrer qu'il y a toujours une issue…

Iris cherchait désespérément de l'oxygène. Le Grand Maître souffla de l'air vers elle. Elle vit les particules d'oxygène flotter, telles des gouttes d'eau, et pénétrer sa poitrine pour emplir ses poumons. La jeune fille ressentit le bien-être d'une bonne bouffée d'air frais en pleine montagne. Elle songea au monde chi et aux pouvoirs qu'elle y avait. Elle reprit confiance et décida de continuer de parler à Lee. Les serviteurs de la Mort s'acharnaient sur lui.

Dans un coin de la salle apparut une maisonnette de bois au toit de paille, flottant sur des pilots de bambou, au-dessus d'un marécage nauséabond ; dans le marais, une femme en contractions hurlait de douleur. Autour d'elle une sage-femme s'affairait. Plus que la pauvreté, c'était la misère qui était imprégnée dans chaque planche de la demeure. L'accoucheuse cria au mari :

— Le bébé doit sortir maintenant ou il manquera d'oxygène ! Il faut choisir, monsieur Lang, ou nous les perdrons tous les deux !

La voix de la sage-femme était tranchante. Le mari regarda tristement sa femme et soupira en fermant les yeux :

— Sortez le bébé…

La sage-femme lui obéit sans hésiter et ouvrit le ventre de la femme. Cette dernière lâcha, avant de mourir, un cri horrible, et les pleurs du bébé emplirent le marécage.

— Aaaah ! cria Lee avec hargne.

Iris se sentit frémir. Elle ne trouvait rien à dire au garçon pour l'apaiser. Elle ressentait toute l'horreur de sa naissance, et la douleur de toute une vie qui en avait découlé. Nox lui prit la main et la supplia de ne pas abandonner. L'effet fut instantané.

— Lee ! Tu n'es pas responsable de cette tragique tournure, la nature n'est pas parfaite. Lee, Lee, regarde-moi…

Une ombre prit la forme du père du jeune Asiatique.

— Tous les jours, j'ai pensé à ma décision, et en te voyant maintenant, je sais que je n'ai pas pris la bonne ! lança-t-il sous forme de reproche. J'ai attendu longtemps que tu me repaies un jour ma perte, en vain…

La pendule du jeune Lee sembla se lester d'un poids insoutenable, et ralentit son rythme. L'air s'évapora encore. Iris fut remplie de rage en entendant ces horribles propos. Elle hurla et ouvrit ses bras en croix, faisant voler l'homme contre le mur. L'ombre s'évapora. Celles qui restaient resserrèrent le cercle autour de Lee.

— Personne n'est coupable ou responsable d'une telle mort, Lee ! Chaque femme qui décide de donner la vie hypothèque son corps pour le faire et choisit de fermer les yeux sur les risques. Ta mère aurait fait le même choix que ton père, non pas pour que tu repaies ou que tu rendes fier qui que ce soit, mais simplement parce que tel est le don de la vie. Elle l'a fait en te portant dans son ventre avec amour, et en perdant sa propre vie pour que tu vives ! T'ôter la vie serait nier la sienne, tu m'entends, Lee ?

Le jeune homme leva ses yeux vers elle. Il sentit ses poumons avaler un peu d'air. Le miroir apparut devant lui. Il vit les splendides couleurs émanant, dans un halo lumineux, du miroir. Nox regarda son amie avec admiration : il n'arrivait pas à croire que son don et son abnégation puissent avoir une telle ampleur. Iris passa sa main par le miroir et invita Lee à le traverser. Une fois de l'autre côté, Lee expira longuement et disparut. Iris leva le regard vers son ami. Elle tremblait.

— Nox, ramenez-la, ordonna le Grand Maître. Quand elle sera prête, revenez me voir.

Nox obéit sans hésiter. Il retira son bracelet en même temps que celui de la jeune fille. Ils rouvrirent les yeux dans la voiture. Iris éclata en sanglots. Nox sentit son armure d'homme se fendre en miettes. Il la prit dans ses bras et lui susurra dans l'oreille :

— Ça va, Iris ! C'est fini ! Tu as réussi. Ne pleure pas ainsi…

Non loin de là, dans un petit appartement, Lee avait retiré le nœud coulant de son cou, descendu de la chaise où il était monté plus tôt, et prenait de profondes respirations à la fenêtre grande ouverte.

Iris était restée dans les chaleureux et puissants bras de Nox jusqu'à ce que ses pleurs cessent, sans dire un mot. Nox respecta son silence et ne bougea pas, rythmant sa respiration pour minimiser la douleur que la peine d'Iris lui infligeait.

— Nox, allons nous ressourcer dans le monde chi, s'il te plaît !

— D'accord !

Il fit démarrer la voiture et ils gagnèrent le centre commercial. Ils se rendirent directement au cinéma où Iris prévint son ami qu'elle devait rentrer pour 22 h. Nox hocha la tête. Assis côte à côte, au fond de la salle, ils insérèrent leurs bracelets. Iris déposa doucement sa tête sur l'ample épaule de son ami, qui lui sourit et lui demanda si elle était prête.

— Oui, répondit-elle en levant le regard vers le sien.

La seconde suivante, ils étaient dans le jardin du Grand Maître. En ouvrant les yeux, Nox eut un frisson. Il sentait une brise légère le caresser ; il comprit qu'il s'agissait du souffle de son amie, blottie amoureusement sur lui. Il étira son cou, de droite à gauche, et inspira avec un air béat.

— Quoi ? demanda Iris.

— Rien… répondit-il avec son beau sourire.

Le vieil homme les reçut dans son salon, pour le thé. Il s'informa auprès d'Iris pour s'assurer qu'elle s'était bien remise de la dernière séance.

— Ça va. Mais je trouve atroce de voir les peines qu'un être humain peut traîner.

— Oui, mais l'être humain sait se relever, même des plus dures chutes. Il ne faut pas vous laisser envahir par les peines des autres, mademoiselle Iris. Vous devez protéger votre intégrité.

— Oui, Grand Maître, je comprends qu'elles leur appartiennent, et je ne crois pas que je les garderais dans mon cœur. Mais étrangement, je sens que le fait qu'elles passent au travers de moi fait partie du processus.

— Que voulez-vous dire ?

— Ce n'est qu'une fois que je les sens comme miennes, qu'on dirait, que je sais quelle couleur m'en libérera, et que je trouve les mots justes à transmettre au Diffuseur ou à la Diffuseuse.

— Je vois. Alors, je crois qu'il sera nécessaire pour vous de retrouver un équilibre après chaque séance. Quant à vous, Nox, comment se porte votre équilibre, après votre entraînement de tai-chi-chuan d'hier ?

— Mieux. J'aimerais cependant trouver un moyen de ne pas me perdre complètement pendant la manifestation de mon don.

— Bien. Nous allons travailler cela aujourd'hui. Vous n'y voyez pas d'inconvénients, Iris ?

— Non. Moi, je vais faire un entraînement de tai-chi-chuan.

— Bien.

Iris se leva, salua et sortit pour s'entraîner.

Nox et le Grand Maître cherchèrent une solution au gênant problème d'envahissement du don de son protégé. Ils arrivèrent rapidement à la conclusion que l'hypnose était probablement due à la déconnexion trop totale de son corps qu'il subissait chaque fois que son chi était sollicité, comme pour les transes méditatives.

– Grand Maître… Je…

Le vieil homme inclina le regard attendant la suite. Nox se sentit rougir.

– Nox, j'ai été votre tuteur pendant deux ans. Pendant ces deux importantes années, j'ai tenté de vous transmettre quelques-unes de mes connaissances, et même si jamais je ne l'ai jamais voulu ainsi, j'ai dû – d'une certaine façon – remplacer vos parents. Vous ne devez en aucun cas hésiter à me poser des questions.

Nox le regarda, perplexe. Puis, il se rendit compte que le Grand Maître l'avait mal compris.

– Non, non ! Je voulais juste mentionner qu'en ce moment je sens le souffle d'Iris dans mon cou…

– Ah bon. Et que fait le souffle de cette jeune fille dans votre cou… ? demanda le vieil homme avec ironie.

Nox était songeur. Il passa nerveusement sa main dans ses cheveux et le Grand Maître s'esclaffa.

– Grand Maître, comment fait-on pour ne pas mourir d'émotions en caressant le corps de la femme qu'on aime ? osa-t-il finalement formuler.

— Vous apprendrez lentement toutes ces choses. Tout ce que je peux vous dire pour l'instant, c'est que le respect est votre complice, et que jamais vous ne devez le trahir.

— Ce soir, elle a mis une robe. Sa beauté est spectaculaire ; sa féminité, envoûtante, et mon cœur est complètement ensorcelé ! Je voudrais la caresser, mais je me sens coupable. Elle est trop spéciale, trop précieuse à mes yeux…

— Et elle, que croyez-vous qu'elle veuille ?

Nox posa son regard dans les petits yeux bridés du vieil homme.

— L'amour est une chose saine, Nox, il est source d'équilibre. Vous devez vieillir, sur le plan émotif. Vous avez fait un bout de chemin en rencontrant cette personne spéciale. Ne revenez pas en arrière, maintenant ! Je ne vous dis pas de vous précipiter avec hâte et maladresse, mais laissez votre profond sentiment vous guider.

— Pourquoi, ai-je l'impression qu'être aimé par moi constitue un danger pour l'autre ?

— Parce que vous avez souffert de la perte douloureuse des êtres aimés les plus près de vous. Votre deuil sera surmonté une fois que vous admettrez que votre cœur a le droit d'aimer et d'être aimé.

— Merci, Grand Maître.

Nox se leva et salua le vieil homme. Il sortit et alla rejoindre Iris au jardin. Il la regardait s'entraîner : les yeux fermés, élégante, elle l'éblouissait. Sa beauté l'avait ensorcelé et il ne voulait plus combattre le puissant sentiment qui le transportait ; il voulait y céder, dans un consentement total.

— Tu oublies qu'ici je vois les yeux fermés, Nox ! lui lança son amie, amusée.

Nox rougit et se passa la main dans les cheveux. Sa main tremblait. Son cœur détonait de son rythme naturel. Iris ouvrit les yeux.

— Alors, ce tour de voilier, ça te dit toujours ?

— Oui !

Iris fit apparaître sa sphère devant eux, songeant à tous détails. Ils y entrèrent et marchèrent main dans la main jusqu'à la rive, où le voilier les attendait. Nox sentait continuellement la brise du souffle d'Iris dans son cou. Ça l'envoûtait complètement. Ils entrèrent dans l'eau et montèrent à bord du petit bateau. Iris le fit naviguer, par sa seule pensée. Le paysage était splendide et le soleil chaleureux.

— Si un jour tu en as vraiment un, il faudra apprendre à le piloter, car celui-ci navigue seul. Il pourrait même voler si le cœur me le disait, expliqua Iris, ironique.

— Non, c'est bien comme ça, voguant sur l'eau, répondit Nox émerveillé par la sensation de flotter.

Ils étaient assis à l'arrière du bateau et profitaient de la brise qui les emportait vers le vaste horizon.

– Je ferais le tour des océans, ainsi, déclara Iris.

– Moi aussi.

– Ça serait bien si les soucis n'existaient pas, non ?

– Oui !

– Le Grand Maître a-t-il trouvé comment remédier à ton problème ?

– Plus ou moins.

– Que veux-tu dire ?

– Il a trouvé la cause, il me faut trouver la solution.

– Et quelle est la cause ?

– Mon détachement corporel, lorsque je suis en transe.

– Oh. Et as-tu une idée de la solution ?

– Non, pas encore, répondit-il, la voix soudain fébrile.

– Nox, que se passe-t-il ?

– Non, c'est juste que cette fois-ci, j'ai gardé un meilleur contact avec mon corps dans la salle de cinéma.

– Ah, oui ? Quelle est la différence ?

– Tu me souffles rythmiquement dans le cou depuis que nous sommes arrivés, avoua-t-il timidement.

– Oh ! s'exclama-t-elle en le regardant intensément dans les yeux. Ça te dérange ?

— Ça dépend.

— Ça dépend de quoi?

— Ça dépend si être ivre d'émotion peut être considéré comme un dérangement, murmura-t-il, sentimental.

Iris sentit son corps tressaillir. Elle se blottit sur le flanc droit de Nox et soupira amoureusement.

— Tu me le dirais, si c'était le cas, non ? lui demanda-t-elle timidement.

— Oui, mais c'est tout le contraire que je ressens, Iris, répondit-il en lui caressant tendrement la tempe, puis en descendant suavement le long de son cou pour déposer son index dans le creux formé par ses délicates clavicules. Iris, je voudrais…

Elle leva ses grands yeux verts pour attraper la fièvre qui brûlait dans ceux de son ami.

— … voler un baiser à tes lèvres.

— Tu ne peux voler ce qui t'appartient, Nox. Ce baiser, il t'attend depuis quelque temps déjà, concéda-t-elle.

— Pas ici, cependant. C'est dans la salle de cinéma que je veux te le prendre, murmura-t-il d'une voix langoureuse.

Nox avança son bras gauche doucement vers le poignet droit d'Iris et lui retira son bracelet. Il ôta ensuite le sien, sans tarder. Ils se retrouvèrent dans la même étreinte, leurs yeux perdus dans ceux de l'autre. Nox croyait que mêler leurs bouches serait tellement plus intense dans ce monde matériel. Son cœur était un vaste brasier, mais éteindre le feu était la dernière chose qu'il souhaitât. Il posa enfin ses lèvres charnues sur la petite bouche rouge d'Iris, qui s'offrait à lui. Mais plutôt que la chaleur de la passion, c'est la froide haleine, figée, de Nox qui s'immisça entre eux. Iris eut un instant de révolte – l'injustice de la situation lui arracha un cri de dépit, attirant vers eux des regards furieux. Les yeux de Nox s'étaient fermés et Iris comprit qu'il n'y pouvait rien, et qu'elle était sa seule chance de passer à travers ce nouvel épisode. Elle inséra précipitamment les bracelets, et sans songer au reste ils entrèrent en transe.

Ils se retrouvèrent bientôt dans une sombre et lugubre pièce. Nox regarda Iris ; elle voulut le consoler en lui souriant, mais son sourire fut de courte durée, car la douleur de Béatrice était profonde. Ils la trouvèrent tremblante, en sous-vêtements devant son miroir, un couteau à la main. Iris pouvait sentir toute sa détresse. Étrangement, aucune ombre n'était visible aux alentours. Béatrice se lissait d'une main la peau de la hanche et pleurait de dégoût. Là où Nox et Iris ne voyaient que la peau et les os, la jeune fille, elle, voyait de protubérants et disgracieux amas de gras.

– Béatrice, commença Iris.

La jeune fille leva le regard au dessus de son miroir et entrevit l'étrange lueur derrière elle. Apeurée, elle ferma les yeux.

— Laissez-moi !

À cet instant, une ombre apparut derrière Béatrice, et adoptant une silhouette humaine et masculine, elle lui banda les yeux d'un tissu noir moulant.

— Voilà, Béatrice ! Ils te laisseront tranquille. Ils ne comprennent pas. Ils ne voient pas cette horreur qui accumule des kilos sur toi, parce qu'ils ne savent rien de ces sales mains qui t'ont souillée depuis toute petite !

Béatrice pleurait. Iris sentit les lourds secrets de son cœur. Au même instant, une vingtaine d'assaillants se jetèrent sur elle et Nox. Ils se défendirent en effectuant leurs mouvements de kung-fu, pendant qu'un mare d'ombre coulait au pied de Béatrice aux yeux bandés. La pendule grinça, comme envahie de rouille subitement.

— Grand Maître, lança Iris exaspérée, mais en vain.

— Parle-lui, lança Nox, qui voyait que le vieil homme ne répondait pas.

— Béatrice, je t'en prie, retire ce bandeau et regarde-moi…

— Ah oui ! C'est facile pour les autres de te demander d'ouvrir les yeux ! Personne ne voit ce que tu vois, Béatrice, lança malicieusement une ombre.

Béatrice pleurait toujours, amèrement. Sa pendule manqua un tic ; la jeune fille dirigea son couteau vers elle et le temps s'éternisa jusqu'au prochain tac.

– Non ! cria Iris horrifiée. Béatrice, laisse-moi te montrer de belles pensées et effacer ces horribles images dont on te parle. Laisse-moi apaiser ton tourment.

Béatrice retira son bandeau. Elle se retourna et croisa le regard lumineux d'Iris, ce qui fit apparaître le miroir.

– Viens, vers moi, s'empressa de lancer Iris en passant la main, puis le bras complet de l'autre côté. Nox se battait bien ; il la protégeait des serviteurs de la Mort.

– Non, viens plutôt par ici, belle demoiselle ! Hum, bien en chair… pour encore plus de plaisir charnel ! bava un homme répugnant, d'une voix vulgairement perverse et langoureuse.

Iris sentit en même temps que Béatrice le dégoût qu'inspirait ces paroles.

– Ne me touchez pas, vieux pervers ! hurla Béatrice.

– Béatrice, continuait Iris, s'avançant toujours plus au travers du miroir.

– Non, je veux en finir !

Iris voulut désespérément aller la chercher, mais heureusement Nox réagit vivement et la tira de toutes ses forces avant qu'elle ne disparaisse. Le tac manqua à l'appel…

… et nos deux amis se retrouvèrent dans la salle de cinéma, la respiration chaotique. Nox entendait le dernier souffle de Béatrice résonner douloureusement dans sa tête ; il ferma les yeux, horrifié. Quand il les rouvrit, il constata qu'Iris avait remis son bracelet et repris sa transe. Il s'empressa d'aller la rejoindre de l'autre côté, où il fut accueilli par le regard courroucé du Grand Maître.

— Où est-elle ? demanda-t-il, désespéré.

Le Grand Maître pointa la sphère d'Iris, qu'ils avaient quittée tous les deux peu de temps avant la dernière séance de sauvetage. Nox secoua la tête, confus.

— Vous me décevez, jeunes gens ! Vous avez agi avec inconscience, et dangereusement !

Le vieil homme était en colère.

— Pardon ! balbutia Nox, honteux.

— Je ne pouvais pas me rendre dans l'espace collectif pour vous aider, car vous aviez laissé la sphère de mademoiselle Iris dans mon monde ! Le risque était beaucoup trop grand pour moi ! J'ai pu voir, sans pouvoir agir et ce que j'ai vu m'a déçu ! Vous rendez vous compte qu'Iris a failli traverser le miroir ? Je vous avais pourtant prévenu, bon sang !

— Je l'ai retenue…

— Oui, presque trop tard ! Votre première erreur a été de quitter la transe par la sphère. À quoi pensiez-vous donc ? Qu'Iris ne suive pas les règles, je m'y attends de temps en temps, mais vous, vous la suivez dans cette voie ?

Le Grand Maître était de toute évidence furieux. Il avait eu peur, et Nox sentit monter en lui la honte, surtout en se rappelant qu'il avait été celui qui avait retiré le bracelet d'Iris, puis le sien, volontairement.

— Et maintenant, regardez ! poursuivait le Grand Maître. Elle est enfermée là-dedans, avec d'horribles images et de cruels remords ; si elle ne s'équilibre pas par un entraînement de tai-chi-chuan, cela lui rongera le cœur, l'âme et tout ce qui reste de beau dans son chi !

— Non ! cria Nox, horrifié. Dites-moi ce que je dois faire, je vous en prie. Je ne faillirai plus, mais de grâce, aidez-moi à la sortir de sa douleur !

Le vieil homme s'apaisa un peu, et son ton se fit plus conciliant.

— Retournez dans la salle de cinéma, retirez-lui son bracelet et dites-lui de revenir défaire sa sphère. Quant à vous, vous resterez là-bas. Je veux la voir seule.

— Oui, Grand Maître, répondit Nox.

Il retira son bracelet.

Iris était dans sa sphère et faisait subir un affreux orage à son paisible paysage. Elle pleurait sous la pluie torrentielle et criait sa rage au tonnerre, en envoyant l'éclair foudroyer le beau voilier, qui s'enflamma sous ses yeux meurtris.

Nox, dans la salle de cinéma, retira le bracelet de son amie. Elle ouvrit les yeux, furieuse. Nox, l'index sur sa bouche, l'enjoignit de ne pas dire un mot.

— Il veut que tu ailles défaire ta sphère, murmura-t-il.

En un éclair, Iris chercha à déduire ce qui se passait, ou ce qui s'était passé.

— Je t'attends ici, poursuivit Nox.

Iris ne comprenant pas où son ami voulait en venir.

— Il me l'a ordonné, expliqua-t-il.

Iris ressentit la honte qui habitait son ami ; elle réinséra son bracelet et entra en transe, devant le regard meurtri de Nox.

Elle baissa elle-même les yeux à son arrivée quand elle vit le Grand Maître qui la toisait. Elle défit la sphère sans attendre, s'excusa et s'apprêtait à retirer rapidement son bracelet pour fuir les réprimandes, la honte et la déception, quand le Grand Maître enveloppa son bracelet d'une armure de métal.

— Non, pas de fuite, cette fois-ci !

Iris considéra, furieuse, son poignet. Le Grand Maître savait que son chi était assez puissant pour qu'elle puisse retirer l'armure sans problème, mais il s'empressa de lui expliquer que malgré la douleur, la honte et tout le reste, elle devait retrouver un équilibre pour compenser l'affreuse séance échouée.

— Vous devez faire un entraînement pour effacer ces images qui ne sont pas les vôtres !

Tout à coup, Iris craqua, et elle s'écroula en pleurs devant lui. Le vieil homme, radouci, l'aida à se relever. Il savait que ce que Nox et elle devaient affronter chaque fois était et serait toujours l'horreur. Celle de ces vies douloureuses, celle de ces réalités amères, celle qui pousse l'humain à se questionner depuis le début des temps sur le sens de la vie. L'horreur de la mort tragique de nos semblables, celle de ceux qui veulent partir brusquement, sans dire adieu.

— Tout est de ma faute, Grand Maître, pleura Iris. Vous n'avez pas pu venir à notre rencontre à cause de ma sphère laissée ici…

— Ce n'est pas votre faute ! Même si j'avais été là, Béatrice aurait pu partir quand même, car certains royaumes sont au fond d'un gouffre. Nox et vous tentez seulement d'empêcher quelque chose, vous ne le provoquez pas !

— Pourquoi ces affreuses ombres ne laissent-elles pas ces pauvres jeunes tranquilles ?

— Parce que le fléau est dans la société ! Un jour, nous y pourrons peut-être quelque chose, chacun de nous. En attendant, je vous en prie, reprenez votre équilibre.

Iris lui obéit et entreprit son entraînement de tai-chi-chuan, qui l'apaisa quelque peu. Le Grand Maître l'observa, puis lui ordonna, lorsqu'elle eut fini, d'aller se reposer avant de revenir une autre fois le visiter.

— Nox aussi doit se reposer. Dites-lui que je lui téléphonerai tout à l'heure, s'il vous plaît, ajouta-t-il.

— Je le lui dirai.

— Il ne faut pas se laisser abattre, nous verrons comment fortifier notre intervention quand vous reviendrez, ici.

Il fit son salut et Iris sortit de sa transe. Nox l'avait attendue avec impatience, encore meurtri par son erreur. Il évitait le regard d'Iris. Il se leva sans mot dire et elle le suivit à l'extérieur de la salle de projection.

— Nox…

— Je te ramène chez toi, Iris. Il est presque l'heure.

— Nox, regarde-moi.

Il secoua négativement la tête, sans la considérer, et continua sa sortie vers le stationnement du cinéma.

— J'ai entendu son dernier souffle dans ma tête après qu'on soit sortis. Tout cela par ma faute.

— Non. Ce n'est ni ta faute ni la mienne…

— La tienne, sûrement pas ! C'est moi qui t'ai retiré le bracelet dans ton monde.

— Tu n'avais pas songé à cette éventualité, mais même avec le Grand Maître, nous aurions pu perdre Béatrice. C'est lui-même qui me l'a dit.

Ils montèrent dans l'auto et Nox reconduisit son amie chez elle, sans dire mot. La culpabilité le rongeait. Devant sa maison, Iris lui transmit le message du vieil homme, puis son ami la salua sèchement et repartit. Quant à lui, conscient de son piètre état, il décida de ne pas rentrer chez lui et de se rendre directement chez le Grand Maître.

Le père d'Iris la salua du salon quand elle entra.

— Bonsoir, tu as eu une belle soirée ? Oh, mais tu es jolie ! Où êtes-vous allés ?

Iris lui sourit, dissimulant toute la peine qu'elle venait de vivre.

— Nous sommes allés dans un restaurant vietnamien et c'était excellent. Toi ?

— Je viens de terminer de parler avec ta mère…

— Elle pleure toujours autant ?

— Oui…

— Les gens sont trop malheureux dans notre société, soupira-t-elle. Toi, ça va aller ?

— Oui, je suis sûr qu'elle remontera la pente d'un jour à l'autre.

Iris embrassa son père et lui souhaita bonne nuit.

Le cellulaire de Nox sonna ; il le prit dans ses mains en le regardant avec appréhension. Il répondit finalement.

— Nox ?

— Oui, Grand Maître.

— J'ai été trop dur. J'ai laissé mon impuissance m'aveugler et vous ai culpabilisé à tort.

— Non, Grand Maître, vous avez eu raison.

— Vous avez droit à votre vie et à votre jeunesse, Nox. Je ne peux m'imaginer que vous ferez les mêmes choix qu'un vieux singe comme moi. Je réalise seulement que les dangers sont plus grands que je ne les avais imaginés. Il nous faudra tous être plus vigilants. Je vous laisse vous reposer, nous nous reparlons demain. Au revoir.

Nox fit son entraînement de tai-chi-chuan, et ne pouvant pas trouver le sommeil, il enchaîna avec le kung-fu.

CHAPITRE X

E lendemain, Iris se rendit à l'école et ne put s'empêcher, toute la journée de s'inquiéter au sujet de Nox, à qui elle n'avait pas reparlé depuis son départ sec de la veille. Elle tenta de le rejoindre sur son cellulaire, pendant ses pauses, mais n'obtint pas de réponse. Il l'avait éteint et s'était concentré sur son travail à la Gare centrale, tentant tant bien que mal d'oublier la honte qu'il ressentait toujours d'avoir déçu son maître se laissant envahir par son attirance pour Iris. Même si le Grand Maître l'avait rappelé pour s'excuser, il restait convaincu que son erreur avait causé la perte de la jeune Béatrice et ne trouvait aucun moyen pour se pardonner lui-même. Il avait décidé qu'il ne verrait pas son amie aujourd'hui, pour remettre en ordre le chaos de sentiments qui le perturbait maintenant.

Après les classes, Iris, inquiète du silence de Nox, essaya de le joindre une nouvelle fois. Alors qu'elle raccrochait le téléphone public, à l'entrée de l'école, son amie Jeanne vint lui parler.

— Iris ! Je me demandais si tu voulais aller prendre quelque chose avec moi au resto du coin, lui lança-t-elle.

Iris allait refuser son offre lorsque son amie ajouta :

– Je ne te vois plus…

Iris comprit que Jeanne s'inquiétait de sa nouvelle attitude, et elle se convainquit qu'il valait mieux ne pas entretenir cette inquiétude avec un refus.

– Je veux bien, répondit Iris.

Au petit café où elles se rendirent, elles discutèrent un peu de tout et de rien puis, finalement, Jeanne fit part de ses inquiétudes au sujet du changement d'attitude d'Iris depuis son anniversaire, et particulièrement depuis la dernière semaine. Iris lui expliqua un peu le problème qu'elle vivait à la maison avec ses parents, et Jeanne y trouva le fondement des derniers évènements.

Pendant ce temps, Nox continuait tranquillement son travail lorsque son don se manifesta, comme toujours sans préavis. Il resta figé au beau milieu de la voie qu'il réparait. Lorsqu'il revint à lui, bouleversé par le dernier souffle qui résonnait encore dans sa tête, il s'obstina à continuer son travail, mais 10 minutes plus tard, il vécut un autre épisode. Au sortir de cette dernière et éprouvante épreuve, il soupira avec angoisse. Il n'y avait rien à faire, il n'arrivait pas à faire abstraction de la triste et horrible réalité que lui faisait voir son don. Comment pourrait-il continuer une vie normale si, à chaque instant, il partageait la mort avec une personne désespérée qui s'enlevait la vie ? Il cessa de travailler et commençait à se diriger au poste de son superviseur – il voulait l'informer qu'il devrait quitter le travail un peu plus tôt – lorsqu'un troisième épisode survint. Il n'en pouvait plus : il sortit son cellulaire et téléphona au Grand Maître, bien qu'il ne fût que quatre heures du matin au Viêt-nam. Le vieil homme le rassura : son appel ne le dérangeait en aucun cas. Nox lui expliqua la situation, et le Grand Maître lui demanda de venir le voir en méditation dès qu'il serait dans un endroit sécuritaire – et entre deux épisodes, car s'il entrait en transe pendant l'un d'eux, il ne se retrouverait pas dans le jardin asiatique, mais dans le monde collectif et sans Iris. Cela serait une expérience aussi inutile que douloureuse. Nox acquiesça et s'empressa de prévenir son supérieur, puis quitta la gare en voiture. Entre son coup de fil et son arrivée dans son véhicule, deux autres épisodes avaient frappé. Assis dans l'auto, il inséra son bracelet, mais avant d'entrer en transe, son cellulaire sonna. « C'est sans doute le Grand Maître », songea-t-il, et il répondit aussitôt. C'est toutefois la voix d'Iris qui envahit complètement sa tête.

— Nox ? Ça va ? C'est Iris.

Nox sentit remonter en lui la douleur de la honte, qu'il avait tant bien que mal essayé d'occulter toute la journée. Il n'était pas prêt à en discuter avec elle, mais la voix de son amie apaisait l'horreur des épisodes répétitifs qui l'envahissaient depuis presque une heure.

— Nox ? insista Iris devant le silence de son ami. Tu ne veux pas me parler ? C'est à moi que tu en veux ?

— Non… Je ne t'en veux pas…

Sa respiration se glaça devant lui encore une fois. Iris reconnut dans son silence l'imminence d'un autre tragique épisode. Elle tenta avec insistance de le soulager par ses paroles.

– Nox ! Entends ma voix, je t'en prie ! Essaie de penser à quelque chose de moins triste, de ne pas t'unir à l'obscurité de celui qui t'envahit par son désespoir. Cherche une lueur en toi, une lumière…

L'ouïe de Nox, envahie par la pendule d'un Diffuseur, entendait par intermittence, et en sourdine, les paroles de son amie. Les mots « lueur » et « lumière » s'incrustèrent dans son esprit.

– Il fait bon de se revoir enfin, ami !

– Nahar ? s'exclama Nox, abasourdi de voir le prince nour assis auprès de lui, dans la voiture.

– Tu n'imaginais tout de même pas que j'étais un pantin du Grand Maître, comme les habitants chi ? Si je suis un pantin, c'est le tien ! Tu as bien songé à ma luminosité, non ?

– Euh ? Mais, c'est impossible !

– Tu veux que je parte ? dit le prince en souriant.

– Non, mais…

– Ils exagèrent, Nox ! Ils en veulent toujours plus !

– Toujours plus de quoi ?

– Mais de corps, pour leur armée… Ne vois-tu pas ? Ils ont augmenté leurs attaques sur ces pauvres jeunes, car ils savent qu'Iris et toi pouvez empêcher leur armée de se préparer. Tous ces désespérés n'ont pas décidé de s'enlever la vie aujourd'hui, à 10 minutes d'intervalle...

– Je ne pourrais pas vivre à ce rythme-là.

– Mais ça ne sera pas toujours comme ça, Nox ! Où sont rendus ta dévotion et ton courage, ami ? Et, de toute façon, « vivre » dans le monde qu'ils préparent est un mot qui n'a plus du tout le sens que tu lui donnes !

Nox baissa les yeux et secoua la tête. Il vérifia sa main droite ; elle ne s'était pas encore refermée en position de transe. Il réalisa que de l'autre main il tenait toujours son cellulaire, ouvert, sur son oreille. Il entendait le souffle saccadé de son amie à l'autre bout. Le bruit de la pendule, lui, restait en arrière-plan ; la présence de Nahar avait rompu l'hypnose dans laquelle son don l'avait plongé.

– Iris ?

– Dis-moi que je rêve, Nox ! Tu viens vraiment d'avoir une conversation avec Nahar dans ce monde ?

– Oui...

– Qu'est-ce qui se passe, Nox ?

– Je ne sais pas !

– Peut-être votre Grand Maître ne vous a-t-il pas tout dit ! lança le prince nour.

La pendule du Diffuseur s'arrêta ; Nox soupira et Nahar disparut.

— Iris, je vais voir le Grand Maître de ce pas.

— Je veux te rejoindre, Nox.

— Je suis dans le stationnement de la gare. Je ne peux plus attendre, car j'ai un épisode toutes les 10 minutes depuis plus d'une heure.

— Oh ! Je suis désolée, Nox. Je serai là dans une heure, conclut Iris.

Nox rangea son cellulaire, déposa le bracelet d'Iris à côté du sien, recula son siège en position couchée et referma ses doigts sur sa paume droite.

— Grand Maître…

— Vous avez eu d'autres épisodes ?

— Oui ! J'ai aussi eu une visite particulière.

— Ah oui ?

— Prince Nahar, dans ma voiture.

Le Grand Maître croisa ses deux mains devant lui et regarda Nox longuement.

— Mademoiselle Iris est-elle au courant ?

— Oui, elle était justement à l'autre bout du fil quand cela s'est produit…

— Je vois. Où est-elle, en ce moment ?

— Elle s'en vient me rejoindre. Elle devrait être ici dans quelques jours. Que se passe-t-il vraiment, Grand Maître ?

— Venez, je vous expliquerai.

Ils s'assirent dans le salon. Le Grand Maître le toisa longuement. Le regard de Nox trahissait les questionnements intérieurs que les derniers évènements provoquaient en lui.

— Qu'avait à vous dire votre ami Nahar, le prince nour ? commença le vieil homme.

— Qu'ils veulent de plus en plus de corps. Grand Maître, qu'avez-vous omis de nous dire ?

— Je n'ai rien omis. Je vous avais prévenu que la réalité et le virtuel allaient de plus en plus s'entrecroiser.

— Mais qui est donc le prince Nahar, s'il n'est pas un de vos personnages ?

— Il vient de vous, Nox ! Il s'est dessiné à partir de vos notions d'amitié, d'intégrité et de conviction ! Il est votre humble serviteur ! Un chi qui s'est matérialisé pour vous. C'est votre cœur qui l'a fait naître. Et maintenant, il est venu vous aider, parce que vous avez sollicité de l'aide pour contrer l'effet envahissant de votre don.

Nox soupira. Il allait de surprise en surprise.

— Quelle est cette histoire d'armée ?

— Je vous avais dit que ceux que vous devriez sauver auraient un but ultime, une mission. Si les serviteurs de la Mort les choisissent, c'est justement pour cette raison. Leur chi possède une particularité qui est essentiel à l'avènement qu'ils préparent. Pour cette même raison, ils sont faciles à convaincre que la vie sur Terre est sans but ; il est assez simple de les amener à décider de s'ôter la vie matérielle.

— Quel avènement ?

— Le monde tel qu'on le connaît court un grave danger, Nox. Son existence même est menacée.

— Alors ceux que je sens avec mon don et que nous ne sauvons pas, Iris et moi, ne sont pas morts ?

— Cela dépend de ce que *mort* signifie pour vous. C'est un peu le scénario du royaume umbra : ils seront nos adversaires, mais ils n'attaqueront pas dans le monde fictif.

— Quoi ? Ils reviendront ? Pourquoi ?

— Parce que de puissants chi veulent défaire le monde matériel qu'ils trouvent inapproprié. Ils veulent réinventer, recréer le monde. Et pour y réussir, ils ont besoin de tous ces corps traversés de particuliers chi.

— Pourquoi ont-ils tout à coup intensifié les attaques sur les Diffuseurs et les Diffuseuses ?

— Parce qu'Iris et vous êtes arrivés dans le camp opposé ! Votre don a aussi évolué. Ce ne sont plus seulement les Diffuseurs à proximité que vous pressentez, mais ceux qu'ils interpellent de leur noirceur.

— Que se passe-t-il pendant que je suis ici ?

— Ils semblent avoir cessé les attaques répétitives auxquelles ils se livraient plus tôt aujourd'hui.

— Mais pourquoi ?

— Hum ! Je crois qu'ils cherchent à vous atteindre.

— Que voulez-vous dire ?

— Je vous l'ai déjà dit :.dans l'entre-mondes vous êtes plus vulnérables qu'ici.

— … à plus forte raison dans le monde d'un Diffuseur !

— Voilà !

— Qu'allons-nous faire, Grand Maître ?

— Nous sommes arrivés à la croisée des chemins, Nox. Une terrible bataille nous attend. Comme au royaume chi, nous devrons nous battre pour garder le plus possible de Diffuseurs dans notre camp.

— Combien de temps ? Ce sera long ?

— Les Diffuseurs et Diffuseuses potentiels ne sont pas des centaines.

— Qu'attendez-vous de moi, maintenant ?

— Nous attendrons Iris et nous la mettrons au courant de ces nouvelles données autour de la mission. Quand cela sera fait, vous y retournerez : nous aurons probablement la nuit la plus tumultueuse de nos existences respectives.

— D'accord.

— Une chose est primordiale. Peu importe ceux que nous voudrons sauver, et leur valeur au point de vue chi, nous aurons perdu et nous serons damnés si jamais le camp opposé s'approprie un des plus puissants chi que j'aie croisé au courant de ma longue existence…

— Iris ?

— Il faudra la protéger comme la prunelle de vos yeux ! C'est tout ce que je peux vous dire, jeune homme.

— Oui, Grand Maître.

— En attendant qu'elle arrive, je vous conseille de vous entraîner intensément, autant que vous le pourrez.

Iris se hâta d'écrire une note à son père lui expliquant qu'elle passerait la soirée avec son ami et qu'elle reviendrait vers minuit. Le lendemain, vendredi, étant un congé pédagogique pour la longue fin de semaine de l'Action de grâce, elle pouvait rentrer bien plus tard qu'à l'habitude. Néanmoins, son père ne serait probablement pas très content qu'elle ne lui en ait pas parlé plus tôt. Mais Iris n'avait pas le temps de se soucier des petites réalités et contraintes d'une adolescente de 16 ans. Elle se dépêcha de prendre l'autobus, puis le train de banlieue, et arriva à la Gare centrale. Là, elle chercha la voiture de son ami dans le stationnement. Elle le trouva qui semblait dormir paisiblement.

Nox avait laissé sa voiture déverrouillée, et son amie s'y glissa sans faire de bruit, pour ne pas le sortir de sa transe. Elle prit son bracelet et décida de verrouiller les portières de l'auto, par précaution. Elle regarda son ami, qui respirait calmement à ses côtés.

— Comme tu es beau, soupira-t-elle.

Elle entra en transe. Le Grand Maître et Nox vinrent à sa rencontre au bout du quai, où elle venait d'apparaître.

— Bonjour ! dit-elle en faisant son salut. Nox, ça va ?

— Oui ! Quelques jours ici m'ont fait grand bien.

Le Grand Maître ne souhaitait pas perdre de temps :

— Mademoiselle, je vais vous expliquer ce qui vous attend à votre retour d'ici.

Iris écouta religieusement toutes les explications du vieil homme. Après qu'il eut fini, elle resta silencieuse un moment.

— Ça risque d'être intense, conclut-elle finalement.

— C'est pour cela que dès que l'intensité sera trop forte, il vous faudra, entre deux épisodes, vous rendre tous les deux ici pour venir vous ressourcer et récupérer votre équilibre pour poursuivre votre mission.

— Oui, Grand Maître, répondit Iris, songeuse.

— Quelque chose vous tracasse ?

– Oui ! Si l'approvisionnement en corps est leur objectif de base, je comprends mal qu'ils s'arrêtent pendant notre absence.

– Dix corps au chi moyen n'en valent pas un seul au chi fort ! Alors, mademoiselle Iris, n'oubliez pas de respecter notre entente. Vous restez dans l'entre-mondes !

– Oui, et pas de sphère ! ajouta-t-elle.

– Vous ferez un entraînement intense, avant de sortir.

Le Grand Maître se leva, les salua et les laissa seuls dans son salon. Iris tourna le regard vers son ami.

– Comment vas-tu, Nox ?

– Je crois que ça ne sera pas facile. Entrer en transe méditative et vivre une aventure fictive dans un monde imaginaire, ça va. Mais perdre tous ses repères logiques les deux yeux ouverts, je ne sais pas.

– Et prince Nahar, il peut te venir en aide quand tu veux ?

– Il semblerait qu'il soit mon serviteur.

– Bien ! Allons nous préparer, alors.

Ils se levèrent et sortirent dans le corridor. Nox s'excusa à son amie pour l'avoir évitée après leur dernière séance négative.

– Tu m'as boudé ? ironisa-t-elle, en lui souriant.

Ils s'entraînèrent longtemps, mais ils appréhendaient tout de même les heures suivant leur retour au stationnement de la gare. Avant de les laisser partir affronter l'intense réalité qui les attendait, le Grand Maître leur donna ses dernières recommandations. Il leur expliqua que malgré l'horreur et la fureur qui les accapareraient dans leur mission imminente, ils devaient se souvenir qu'ils étaient en transe, dans un monde *fictif*, dépeint par plusieurs chi.

— Ce sera une bataille comme celle du royaume chi, contre l'armée des chevaliers d'Umbra. Quant à vous, Iris, vous ne devez pas perdre de vue vos capacités dans un tel univers, même si les peines des autres vous accablent, et même si les serviteurs de la Mort tentent de vous aveugler de noirceur.

— Oui, Grand Maître.

— Aussi, vous ne pourrez pas sauver tous les Diffuseurs, et vous n'aurez probablement pas le luxe d'hésiter, ni de choisir. Alors, jeunes gens, courage et nous nous reverrons ici dès que le besoin se fera sentir, termina-t-il en faisant son salut.

Il partit, ses mains dans ses manches, l'esprit préoccupé de devoir laisser ses protégés affronter la bataille d'une vie. Ceux-ci étaient restés immobiles sur le quai. Iris se tourna enfin vers son ami et l'implora de la serrer fort dans ses bras puissants. Il lui obéit sans hésitation, et sentit dans le fébrile tremblement du frêle corps de son amie qu'elle appréhendait leur mission, qui s'imposait maintenant comme un devoir.

— Tu trembles, Iris…

— Je me souviens de notre bataille au royaume chi. Je me souviens de ton choix. Je me souviens de ma peine et du désarroi qui s'en suivit…

— Te souviens-tu du résultat ?

— Oui, dit-elle. Je voudrais déjà y être. Pourtant, je sais que nous en sommes encore loin…

— Je te protégerai de tous ces affreux serviteurs, Iris.

— Ils ne sont pas ma plus grande peur.

— Alors, dis-moi ce que tu crains le plus et je te protégerai de cette chose !

Elle soupira longuement.

— J'ai peur de moi, Nox. De moi et de ton amour inconditionnel…

Il fut désarmé. Pourrait-il vraiment la protéger d'elle-même et de son opiniâtreté ?

— Je ne ferai pas de bêtise, Iris, si tu me promets de respecter les ententes que nous avons avec le Grand Maître, d'accord ?

— Hum… Je peux avoir les meilleures intentions, Nox ! Mais quand mon cœur résonne à 1 000 lieux à la ronde, et qu'une conviction s'empare de lui, je ne vois que ce qu'il me dicte.

— Iris, pas cette fois-ci. Je t'en prie…

Elle se défit de son accolade et lui dit, d'un air volontaire :

— Allons-y, Nox ! Rien ne sert de s'éterniser ici.

Ils sortirent de leur transe et rouvrirent les yeux dans la voiture. Le soir était entre-temps tombé autour d'eux. Ils se regardèrent en silence. Ils n'avaient pas ôté leurs bracelets.

— Nox ? demanda finalement Iris. Crois-tu qu'un jour toi et moi serons libérés de ce fardeau existentiel ?

— Je ne sais pas, Iris. Le Grand Maître m'a dit qu'une grave menace plane sur le monde tel qu'on le connaît. De toute façon, je te l'ai dit la première fois que nous nous sommes revus à la gare. Toi et moi, nous nous aimerons, peu importe les mondes et les vies ! expliqua-t-il en glissant sa main dans sa chevelure de feu.

Puis elle rajouta : Ils n'ont qu'à bien se tenir.

— Qui ça ?

— Tous ceux qui voudront se mettre au travers de notre chemin, expliqua-t-elle en déposant sa tête sur l'épaule de son ami.

Ils restèrent un moment dans le silence, puis le premier épisode se pointa. Déterminés, ils pénétrèrent dans l'entre-mondes. Ils étaient dans une sombre caverne, où retentissaient d'horribles plaintes. Les ombres s'attaquèrent à eux sans tarder, et les deux amis mirent à profit toutes leurs aptitudes martiales pour se défendre. Iris perçut rapidement la peine précise du Diffuseur, et elle prononça les mots nécessaires pour faire apparaître le miroir et aider le jeune en détresse à le traverser.

À peine sortis de cette transe, un autre épisode s'enchaîna au précédent, avant même qu'ils aient pu prononcer un mot. La vitesse de Nox au kung-fu neutralisait les attaques des ombres, et la facilité d'Iris à trouver la couleur salvatrice leur donna un net avantage sur les serviteurs de la Mort. Le Grand Maître se bornait à être présent, et il n'eut pas à intervenir. Malgré ce déroulement plutôt positif, Iris commençait à sentir la lourdeur d'autant de peines, de noirceurs, d'horreurs et d'amertume. Après une dizaine de sauvetages elle s'empressa, entre deux épisodes, de s'en ouvrir à Nox. Ils convinrent d'entrer en transe illico. Le Grand Maître les reçut dans son jardin et les félicita pour leur surprenant travail d'équipe. Il les incita à effectuer sans délai un entraînement intense de tai-chi-chuan.

Le docteur Disel entra dans la chambre de Yoann. La jeune stagiaire ferma le livre qu'elle lisait au chevet du patient. Depuis son arrivée à l'hôpital, quelques jours auparavant, elle travaillait de très longues heures, et n'avait eu que quelques courtes périodes de repos par jour, durant lesquelles le docteur disait la remplacer. Elle partait toujours un peu angoissée, craignant que leur patient, qui n'avait personne au monde qu'eux deux, fasse une crise durant son absence. Mais, en fait, depuis qu'il était traité avec le fameux liquide bleu, elle n'avait pas eu à lui insérer une seule seringue.

— Bonsoir, Mélissa. Vous pouvez partir, ce sera assez pour aujourd'hui.

— Docteur, le patient semble réagir de temps à temps. De plus, il a parfois des sueurs froides…

— Hum…

En fait, Mélissa passait des heures à regarder le pauvre adolescent ; malgré qu'il fut dans un profond coma, elle commençait – étrangement – à percevoir la peine qui avait accompagné cette triste vie, qui tenait maintenant à un fil.

— Mademoiselle, prenez-le comme un conseil. J'ai des années d'expérience avec des patients comateux, et malgré toute la bonne volonté – peu importe de qui – il y a des cas qui sont clairement sans issue. Celui de Yoann en est un.

— Mais, je vous le dis, il réagit…

— Allez vous reposer ! Vous reviendrez demain matin.

— Oui docteur…

Elle sortit. Son cœur battait lourdement. Elle était furieuse contre le docteur, elle commençait à le détester.

Le docteur Disel retira la poche de liquide bleu fixée au crochet du tube de soluté, la rangea dans sa trousse et se dirigea vers son bureau. Il prit le combiné du téléphone et composa un numéro.

– Monsieur Duong ?

– Oui, docteur.

– Voilà.

– Combien de temps ?

– D'ici une demi-heure, il devrait avoir un épisode.

– D'accord. N'oubliez pas, docteur, vous le laissez 60 secondes, et surtout pas une de plus.

– Oui.

– Je vous contacterai pour la suite.

– Bien, répondit Disel. Il raccrocha.

Nox et Iris avaient fait à deux un entraînement de tai-chi-chuan fort régénérateur et sortaient maintenant du monde du Grand Maître pour poursuivre leur mission. Ils recommencèrent leurs sauvetages et gardaient confiance, bien que les serviteurs de la Mort intensifiassent leurs répliques. Iris arrivait aisément à contrebalancer de son puissant chi toutes les embûches et transformations des ombres qui tentaient de la berner. La plupart des Diffuseurs et Diffuseuses qui entraient en contact avec son miroir n'hésitaient pas à le traverser et être sauvés du danger. Le Grand Maître leur avait expliqué, pendant leur récupération, que parfois les chi plus particuliers, voire plus puissants, seraient plus difficiles à convaincre, selon le bagage émotif rapporté de leur vie matérielle. Iris commença, au cours des différentes séances, à sentir cette particularité ; elle comprenait, du même coup, l'importance de mettre tous les efforts pour ne pas perdre ces cas particuliers, sans quoi ils deviendraient par la suite des adversaires des plus redoutables. Après bon nombre de séances encore, Iris sentit l'accumulation ; elle tentait de prévenir Nox lorsqu'un épisode se produisit, encore plus rapproché que les précédents. Il lui fallut donc attendre encore un peu.

Lorsqu'ils se retrouvèrent dans l'entre-mondes, une lueur bleutée régnait tout autour. Nox sentit un frisson lui traverser le corps. Iris pressentit son inconfort. Cette lueur était similaire à celle qui avait envahi le jeune homme dans le royaume chi. Mais ce qui coupa le souffle d'Iris, ce fut surtout le poids extraordinaire des peines du Diffuseur en détresse. Elle pressentit aussi – comme le Grand Maître l'avait prévu – la puissance hors du commun de son chi. Le vieux sage s'informa des forces qu'il lui restait, et voulut savoir comment elle se sentait ; Iris comprit que le Grand Maître avait remarqué la fatigue émotive qu'elle était venue près de confier à Nox, juste avant de revenir.

– Ça va. Je suis confiante, se borna-t-elle à répondre.

Elle regarda autour. Ils entendirent une voix violente hurler des injures au Diffuseur.

— Yoann ? interpella, hésitante, Iris.

Yoann ouvrit les yeux. Il avait eu des consignes claires et précises de son maître : « Tout sauf traverser un miroir », lui avait-il ordonné. Maintenant, il se trouvait dans cette angoissante et sombre caverne, où l'un de ses innombrables beaux-pères l'abreuvait d'insultes. Ce dernier attrapa Yoann par un bras, et malgré toutes les aptitudes en arts martiaux du jeune homme, son cerveau resta paralysé par un souvenir d'enfance traumatisant.

— Non… pas ça, murmura-t-il.

L'odieux beau-père retira sa ceinture et commença à fouetter Yoann avec hargne. Iris sentit presque sa propre chair se lacérer devant l'horreur. Elle ressentait, au travers de la mémoire émotive du Diffuseur, ce souvenir comme si elle l'avait elle-même vécu, enfant.

— Je t'ai déjà dit de ne pas me déranger quand je suis avec ta mère ! continuait à crier le bourreau.

Une femme était étendue, nue, sur un vieux canapé, près d'où Yoann se faisait rosser. Sur le bras de la femme, l'élastique qu'elle avait noué pour s'injecter son héroïne était encore tendu. Les yeux de la mère du jeune Diffuseur se révulsaient. Yoann se roula en boule. Brusquement, l'homme cessa de frapper.

— Pas un son ! cracha-t-il, menaçant, avant de se tourner vers la femme.

Yoann blottit sa tête entre ses genoux et entreprit de se balancer, soudainement absent à ce qui se passait autour de lui. Iris, portée par l'horreur et la rage, fit voler contre le mur l'odieux personnage, qui se penchait alors au-dessus du corps inanimé de la femme. Yoann, surpris, leva pour la première fois le regard vers l'étrange lumière qui avait investi la caverne, et vit la silhouette de feu d'Iris. Il sentit un étrange nœud dans son ventre.

— Yoann, regarde-moi, lança Iris. Je vais te sortir de cette horreur.

Leurs regards se croisèrent et le miroir apparut. Yoann resta sourd à l'invitation d'Iris de franchir la glace.

— Maître ? balbutia-t-il.

Nox, Iris et le Grand Maître furent stupéfaits.

Mais aussitôt, Iris se reprit et incita de nouveau Yoann à venir la rejoindre au travers du miroir. Le jeune homme refusa encore.

— Je t'en prie, Yoann ! Toute cette peine peut arriver à sa fin ! Regarde les couleurs dans le miroir, elles peuvent t'apporter l'apaisement.

À cet instant, les yeux de Yoann s'enflammèrent ! Iris, d'abord horrifiée, remarqua que le jeune Diffuseur ne semblait pas souffrir de la combustion. Il restait immobile et stoïque. Yoann se rendit compte que son maître à lui le surveillait très étroitement et s'attendait à ce qu'il accomplisse sa mission jusqu'au bout. Il chassa de son esprit l'horrible souvenir qu'il venait de revivre, et se concentra sur les demandes spécifiques que son maître lui avait faites. Le feu dans ses yeux s'éteignit et deux cavités de charbon les remplacèrent dans ses orbites.

— Tu crois vraiment que je vais croire à tes histoires de couleurs ? commença-t-il sur un ton sarcastique et détaché. As-tu seulement une toute petite idée de la noirceur que j'ai pu voir dans ma triste existence ? Tu n'en as entrevu qu'un infime portion et déjà tu criais d'horreur ! Me faire voir les couleurs au travers de ton ridicule miroir n'est qu'un mensonge de plus ! Viens plutôt voir ce que moi, je vois de ce côté, ici ! Alors là, tu me parleras de couleurs !

Nox se crispa et prit la main d'Iris, pour s'assurer qu'elle ne lui obéisse pas malgré elle.

— Ha ! Et dis à ton copain qu'il vienne aussi, s'il en a le courage, continua Yoann, cynique.

Nox le regarda durement. Iris serra sa main plus fort.

— Yoann, tout ce que je veux c'est apaiser ta douleur ! Me faire voir tout le mal qu'on a pu te faire n'aidera personne.

— Le *faire semblant* de ton côté du miroir non plus ! Tu veux faire traverser les gens mais tu ne sais même pas si tes couleurs effacent vraiment leurs peines, ou si elles ne font que retarder l'inévitable.

Iris eut une seconde de doute, mais la pendule du Diffuseur s'était considérablement ralentie durant leur échange, et les serviteurs de la Mort s'attaquèrent à Nox et à Iris.

Le Grand Maître se manifesta, pressentant que ses protégés perdraient cette bataille.

— Nox, Iris, lança-t-il.

— Non, Grand Maître ! Je peux y arriver. Son chi est puissant, rétorqua Iris, tout en se défendant.

— Puissant mais fermé !

— « Grand Maître » ? Mais à qui parlez-vous ? demanda Yoann, qui venait de changer de ton. Iris capitalisa sur ce brusque changement d'attitude et s'adressa à lui tout doucement :

— À un vieil homme, un sage, qui pourrait t'enseigner bien des choses, mais surtout te délivrer de toutes les peines que tu as accumulées, répondit Iris en approchant délicatement sa main du miroir.

— Où est-il, votre Grand Maître ?

— Viens, murmura-t-elle, invitante, tu pourras le rencontrer.

Yoann passa sa main au travers du miroir et frôla timidement les doigts de la jeune fille. Nox, qui se débattait toujours avec des assaillants, regardait l'échange avec inquiétude. Ce Diffuseur ne lui disait rien qui vaille, et il éprouvait de l'antipathie pour lui, mais par-dessus tout, il craignait qu'il ne tire sur la main de son amie, la forçant à traverser du mauvais côté du miroir. Mais avant de s'avancer davantage, Yoann s'immobilisa.

— Dis-moi où il est avant.

Sa pendule manqua un tic. Iris sentit sa tête tourner.

— Au Viêt-nam, répondit-elle, exaspérée.

À ce rythme, le Diffuseur serait mort dans quelques secondes.

Elle dessina sur un mur de la salle le jardin asiatique du Grand Maître avec sa jolie montagne verte à l'horizon.

— Dans un bel endroit, où tu pourras te ressourcer, oublier toutes les horreurs, ajouta-t-elle, parlant à toute vitesse pour déjouer la pendule.

Finalement, avant qu'il ne soit trop tard elle empoigna fermement les doigts du jeune homme, mais celui-ci retira brutalement sa main… et le tac manqua à l'appel.

Iris cria de dépit, et elle et Nox ouvrirent les yeux en même temps, dans la voiture.

— Nooon ! se plaignit-elle. Non ! Pourquoi ? Elle était furieuse.

Nox, quant à lui, restait immobile, fixant droit devant lui. Il attendait. Ce qu'il attendait ne vint pas.

— Allons voir le Grand Maître, finit-il par dire, bouleversé.

Ils s'empressèrent d'entrer en transe avant qu'un autre épisode ne frappe. Le vieil homme les reçut avec une lueur d'inquiétude.

– Grand Maître, son dernier souffle n'a pas résonné dans ma tête, déclara Nox, contre toute attente.

– Quoi ? s'exclamèrent ensemble Iris et le vieil homme.

– J'ai attendu, mais rien ne s'est produit à notre retour dans la voiture.

– Est-ce possible, Grand Maître ? s'empressa de questionner Iris, qui y vit tout de suite un espoir.

– Je ne vois qu'une possibilité.

– Laquelle ? demandèrent à l'unisson Nox et Iris.

– Quelqu'un, dans le vrai monde, a interrompu notre ami Yoann dans sa tentative.

– Alors… il est sauf ?

– Possiblement, mais les serviteurs de la Mort risquent de se reprendre et l'inciter à nouveau.

– Je ne le manquerai pas la prochaine fois ! déclara Iris avec assurance.

– Allez vous ressourcer avant, jeunes gens ! leur ordonna le vieil homme en les saluant et en les laissant seuls.

虹

Le docteur Disel rangea la seringue vide dans sa trousse et remit une poche de liquide pleine sur le crochet de soluté. Il regarda son chronomètre qui indiquait 60 secondes, et le remit à zéro.

Il sortit de la chambre et quitta l'hôpital.

CHAPITRE XI

Y OANN était de retour dans le monde de son maître. Ce dernier l'avait félicité pour sa réussite, puis était parti, laissant le jeune homme récupérer de son dernier épisode de mort imminente.

Quand il restait ainsi seul, dans ce monde étrange, il se retrouvait dans un vide total et inquiétant. Pour chasser les horreurs de sa vie matérielle, il tentait obstinément, chaque fois, de faire le vide, croyant ainsi pouvoir éviter de succomber à l'angoisse de son existence misérable. Les départs de son maître pouvaient durer des heures – parfois même des jours –, même si, dans l'obscurité totale, il lui était difficile de garder la notion du temps qui passe. Cette fois-ci, la résurgence des horribles souvenirs de son enfance mutilée lui comprimait la poitrine, rendant l'exercice d'abstraction sensorielle impossible. De plus, le souvenir de sa rencontre avec la lumière de feu, à la silhouette féminine, qui lui avait adressé la parole avec une voix douce, dans le mystérieux monde où son maître l'avait envoyé, le bouleversait. Il se demanda si c'était elle qui l'avait déjà interpellé par son prénom, en l'apaisant avec une soyeuse mélodie, marmonnée tendrement. C'est avec ce souvenir – la chaude voix qui disait son nom –, qu'il réussit à faire le vide, réalisant du même coup qu'il avait donné la permission, malgré lui, à son cœur de vivre de nouveau des émotions. Pourtant, il croyait avoir à tout jamais chassé cette capacité. Dans l'immense solitude de sa réclusion, il se dit que personne ne pourrait lui voler la voix, « une voix divine pour moi tout seul », se plut-il à rêver. Elle devint son jardin secret.

虹

À la maison d'Iris, son père était de retour du travail depuis deux heures. Il était contrarié par la décision de sa fille de sortir, en son absence, aussi tard, sans son consentement. De plus, Iris n'avait laissé aucun numéro de téléphone pour la joindre, le mettant ainsi devant le fait accompli. Il ne connaissait pas encore le garçon qui semblait faire changer la personnalité de son enfant, mais les derniers évènements le portaient à ne pas en avoir une bonne impression. Il décida de se renseigner sur le mystérieux Nox : sa première idée fut d'appeler la meilleure amie de sa fille, Jeanne.

— Bonsoir Jeanne ! C'est le père d'Iris.

— Bonsoir monsieur Arco !

— J'essaie de rejoindre ma fille, et je n'ai pas le numéro de cellulaire de son petit ami, Nox. Je me demandais si tu l'avais.

— Iris a un petit ami ? s'exclama Jeanne, éberluée.

Elle ne m'a rien dit ! Nous sommes sorties au café après l'école, et elle ne m'a jamais parlé d'un Nox.

— Bon… laissa tomber le père d'Iris, contrarié. Mais alors, ce garçon, personne ne le connaît ?

— Désolée, monsieur Arco.

— Merci quand même, Jeanne.

— Oh attendez, monsieur Arco ! J'y pense. Iris a téléphoné à quelqu'un avec mon cellulaire. Elle était un peu inquiète, car elle n'avait pas de réponse. Mais si vous voulez, je peux vous donner le numéro qu'elle a composé, ça pourrait aider !

— S'il te plaît, oui !

Jeanne lui donna le numéro et le père d'Iris la remercia. Il téléphona et laissa sonner, mais personne ne répondit. Il commençait à s'inquiéter : il se rappelait les propos qu'Iris lui avait tenus sur la vie du mystérieux Nox. Il regrettait maintenant de ne pas avoir insisté pour le rencontrer, il s'était fié au bon sens que sa fille avait toujours démontré. Mais les derniers jours, n'avait-elle pas justement changé radicalement ses habitudes, assez pour avoir même alerté les responsables de l'école ? songea-t-il, bouleversé. « Oh ! Iris, s'il t'arrive quelque chose, je ne sais pas de quoi je serais capable ! », pensa-t-il.

Il décida de poursuivre. Il n'avait pas beaucoup d'éléments pour éclaircir la situation, mais il restait une personne – tout aussi spéciale que sa fille, du reste – avec qui il pouvait en discuter.

Il arriva au centre psychiatrique vers 20 h 30 et insista, malgré la fin de l'heure des visites, pour pouvoir parler à sa sœur. L'infirmière, voyant son air inquiet, finit par lui accorder quelques minutes.

— Madame Arco, votre frère veut vous parler, annonça-t-elle à la patiente.

Lélia sourit à son frère.

— Bonsoir, grand frère ! Tu ne viens pas souvent par ici, et tu n'auras plus à le faire non plus. Assieds-toi.

— Bonsoir Lélia ! Que veux-tu dire ? demanda son frère en s'assoyant sur un coin du lit.

— Je sors demain matin !

— Oh ! Petite sœur, tu ne peux imaginer le bonheur que ça me fait.

— Tu devrais surtout être fier, car c'est ton arc-en-ciel qui m'a sauvée.

Un silence gêné s'immisça entre eux.

— Lélia, c'est justement à propos d'Iris que je suis ici. L'infirmière ne me laissera pas beaucoup de temps, car les visites sont terminées. Quoiqu'il en soit, je viendrai te chercher demain matin.

— Tu n'as pas besoin de faire ça, je vais me débrouiller…

— Ne sois pas ridicule. Tu es ma petite sœur adorée, et tu l'as toujours été.

— Bon. Que puis-je faire pour Iris, Lucas ?

— Elle m'inquiète. Ce soir, elle est sortie à l'improviste, avec son petit ami que je ne connais pas. Je ne peux la rejoindre, et son attitude depuis une semaine est troublante.

— Laisse-moi juste te dire, Lucas, que si ta fille s'est retrouvée ici, ce n'est certes pas à cause d'un problème ; elle s'y est retrouvée seulement pour accomplir ce qu'elle est destinée à faire. Tu n'as pas à t'en faire pour sa santé mentale…

— Lélia, elle a mentionné un Grand Maître. Or, il y a quelque temps, quand tu t'es retrouvée ici et que je suis venu te visiter avec Lucie, tu ne faisais que répéter ce nom…

— En effet.

— Le garçon qu'Iris fréquente était sous le tutorat de ce mystérieux homme… Liu Ping, je crois.

— C'est bien lui. Grand Maître est la vénérable appellation qu'il se mérite par ses actes respectables dans la société, et particulièrement auprès des jeunes avec des troubles psychiques.

— Mais alors, son petit ami, Iris l'a connu ici ?

— Je ne sais pas, Lucas. Comment se nomme-t-il ?

— Nox.

Lélia eut un tressaillement que son frère remarqua.

— Quoi ? demanda-t-il, inquiet.

Lélia sourit timidement pour minimiser l'inquiétude de son frère.

— Lélia ?

— Nox est le nom du husky de Liu Ping ! Son maître l'amène à l'hôpital tous les matins pour qu'il apaise les jeunes patients dans la section où était Iris, vendredi passé.

— Mais…

Le père d'Iris sentit sa tête tourner. Il ne comprenait plus rien et commençait à sentir un poids lourd lui comprimer le cœur en songeant qu'il n'avait aucune idée de ce qui arrivait à sa fille.

— Lélia, que se passe-t-il ? Pourquoi Iris m'aurait-elle menti ? Maintenant, où est-elle ?

— Lucas, calme-toi ! Je vais t'expliquer ce que moi je sais, mais vois-tu, dans les circonstances, ça ne te sera d'aucune utilité.

— Que veux-tu dire ?

— Compte tenu de l'endroit où nous sommes en ce moment et du fait que je suis du mauvais côté des murs, tu n'entendras sûrement pas mes explications ouvertement.

— Je suis prêt à essayer, car je me ronge les sangs au sujet d'Iris.

— D'accord. Entends-moi en silence alors, et garde dans l'esprit deux choses : la première, depuis que je suis ici, j'ai berné les infirmières en ne prenant aucun des médicaments que le médecin s'obstinait à me prescrire ; la seconde, demain je sors enfin, car ma part est faite.

M. Arco la regarda perplexe.

— Donc, pour ce qui est d'Iris, comme je te l'ai dit au début, elle m'a soulagée du reste de noirceur qui subsistait et c'est pour cette raison, cette *particularité* qu'elle s'est retrouvée avec ces pauvres jeunes. Tous ces jeunes, Iris et moi avons connu le Grand Maître, dans un endroit particulier. Ce n'est pas un endroit tangible, Lucas. Le…

— Quoi ?

Lélia le regarda durement. Il n'aurait pas dû l'interrompre.

— Excuse-moi, continue…

— Le Grand Maître est capable, en méditation, d'aller rejoindre ceux qui se trouvent dans une détresse particulière, et les empêcher, parfois, de commettre l'irréparable. Si tu demandes à ceux qui œuvrent dans cette section, ils te diront tous que, même si tout cela n'est pas scientifique, les résultats sont incroyables. Jusqu'à tout dernièrement, hélas, ses exploits restaient temporaires, car il lui manquait les couleurs de l'arc-en-ciel pour que la rémission soit totale.

— Iris ?

— Oui ! Iris possède le don de refaire voir les couleurs à ces pauvres gens. Cela assure leur guérison, et leur rend le goût à la vie.

— Tout cela est très métaphorique, Lélia…

— Ce n'est peut-être pas scientifique, Lucas, mais c'est bel et bien réel. Probablement que le Grand Maître et Iris ne se sont pas arrêtés aux jeunes en détresse de cet hôpital ; le vieil homme sait que l'ampleur du problème dépasse les murs que tu vois ici.

— Alors, Iris serait en train d'aider d'autres jeunes et me l'aurait caché ?

— Peut-être.

— Mais Nox a téléphoné à la maison et Iris l'a appelé par ce prénom. Il n'est pas un chien, tout de même…

— Je n'ai pas d'explications pour ça, grand frère…

L'infirmière cogna à la porte et l'entrouvrit : elle annonça à M. Arco qu'il était temps de partir. Il se leva, toujours aussi déboussolé par les propos de sa sœur. Cette dernière lui sourit timidement, se doutant bien qu'une fois dehors de l'hôpital, son frère conclurait qu'elle n'avait pas vraiment toute sa tête. Elle lui demanda des nouvelles de sa femme.

— Elle n'est pas bien. Elle est dans un centre de désintoxication.

— Demande-lui ce qui hante sa tête et ce qui la pousse à vouloir noyer la réalité. Bonsoir Lucas !

— Je viens demain, Lélia.

— D'accord, merci.

M. Arco sortit de la chambre et emprunta le couloir qui menait vers la sortie de la section. Arrivé au bout de celui-ci, il avait vraiment l'impression que sa sœur n'était pas guérie, mais une intuition le poussa à aller s'informer à la section où avait été sa fille. L'infirmier qui s'était occupé de sa fille le reconnut et le salua.

— Comment va votre fille, monsieur ?

— Bien.

— Elle a fait toute une impression au médecin, l'autre jour !

— Que voulez-vous dire ?

— Disons qu'avec quelques paroles, elle l'a fait tomber de son cheval, faisant chavirer toutes ses croyances et connaissances. De plus, tous les jeunes présents en même temps que votre fille sont en rémission depuis ce jour, et ils ont tous expliqué au docteur que c'était grâce à votre fille !

M. Arco sentit un frisson lui traverser le dos.

— Un « arc-en-ciel », l'a appelée votre sœur. Je suis tout à fait d'accord. Vous avez de quoi en être fier.

— Merci ! Dites-moi. Savez-vous où je peux joindre M. Liu Ping ? Je voudrais le remercier et lui parler de son chien, Nox.

— Je peux vérifier dans nos registres son numéro de téléphone, mais je sais qu'il est parti au Viêt-nam pour quelque temps, et je ne crois pas que nous ayons ses coordonnées là-bas.

— Tant pis, je prendrai celles d'ici quand même, s'il vous plaît.

M. Arco retourna chez lui et tenta de joindre Liu Ping, mais il n'obtint pas de réponse. Il était 21 h et il n'avait toujours pas plus d'informations pour retrouver sa fille. Il était toujours inquiet et se sentait encore déboussolé par sa conversation avec Lélia, sauf que si elle était folle, alors l'infimier devait l'être tout autant. Il en était là dans ses réflexions lorsque le téléphone le fit sursauter. Il s'empressa de décrocher.

— Iris ?

— Non, c'est moi chéri.

— Bonsoir Lucie. Ça va ?

— Plus ou moins. J'ai peur, Lucas…

— Peur de quoi ? De ne plus avoir besoin de boire ?

— Non ! Peur de ce qui se passe quand je suis à jeun.

M. Arco songea aux propos de sa sœur au sujet de sa femme et voulut en avoir le cœur net.

— Que se passe-t-il quand tu es à jeun, Lucie ?

— Je… Non, tu vas croire que je suis folle.

— Écoute, Lucie ! Ce soir, c'est moi qui me crois fou.

— Lucas ?

— Laisse tomber ! Mais s'il te plaît, dis-moi ce qui te hante quand tu ne bois pas, je dois le savoir.

– Des ombres, Lucas ! Des ombres portant les horreurs de mon passé et les peurs de mon cœur. Tout devient obscur. Je ne vois que du noir ! La vie en couleurs n'existe plus dans ma tête ! Par chance, nous avons eu Iris.

– Et tu étais bien, pendant ces années…

– Oui, mais par la suite, plus Iris devenait autonome, plus je sombrais.

Son mari l'écouta verbaliser ses peurs en songeant en même temps à tout ce qu'il avait appris au cours des dernières heures. Il se sentait vraiment dans un monde confus, refusant de croire que son petit « arc-en-ciel » adoré ait pu cacher autant de choses étranges pendant les derniers jours. La seule chose qui restait claire dans sa tête était qu'il voulait qu'Iris soit de retour.

虹

Iris et Nox, quant à eux, avaient récupéré leur équilibre et étaient ressortis du monde du Grand Maître pour poursuivre leur mission. Ils continuaient à vaincre assez facilement les serviteurs de la Mort, mais Iris restait hantée par le cas particulier de Yoann et espérait le revoir pour le sauver, cette fois-ci. Le corps de ce dernier était resté seul pour la nuit, car le docteur Disel avait donné congé à Mélissa. Cette dernière n'avait cependant pas pu trouver le sommeil, car les déclarations fatalistes du médecin l'avaient troublée.

Pour elle, Yoann se battait pour vivre, et elle avait bien l'intention de faire le maximum pour l'aider. Elle se releva et se rhabilla. Déterminée, elle alla chercher son lecteur de disques compacts dans le salon de son appartement et se mit à choisir quelques disques particuliers.

虹

Au cours d'une séance de sauvetage, Nox remarqua que la fatigue émotive de son amie était arrivée plus vite, et en sortant de la transe, il l'enjoignit de retourner encore une fois se ressourcer.

— Je voudrais seulement que cette terrible nuit arrive à une fin, avoua la jeune fille dans la voiture.

Les secondes suivantes, ils étaient dans le jardin du Grand Maître.

— Grand Maître, nous ne pourrons pas continuer ainsi. Iris commence à être affectée ! lança Nox, inquiet.

— En effet ! Nous ne pouvons pas nous permettre de voir l'intégrité d'Iris compromise.

— Vous êtes bien gentils tous les deux, intervint Iris, mais ce n'est pas comme si nous avions une solution de rechange. Si nous nous arrêtons, Nox ne cessera pas d'entendre les derniers souffles des Diffuseurs et Diffuseuses ; par ailleurs, nous ne pouvons nous cacher ici indéfiniment.

— Ne t'en fais pas pour moi, Iris, je préfère souffrir des épisodes répétitifs toutes les 10 minutes plutôt que te voir encaisser cette fatigue émotive nuisible sur ton équilibre chi.

— Non, Nox ! C'est hors de question…

— Nous allons tous souffrir, commença le Grand Maître en les regardant posément. Le monde physique est menacé. Et peu importe ce que nous ferons aujourd'hui, nous ne pourrons rien devant l'inévitable changement existentiel qui se produira assurément bientôt, bien trop tôt.

— Mais malgré la menace, Grand Maître, ne sommes-nous pas en train de faire pencher positivement la balance de notre côté ?

Le vieil homme soupira. Iris et Nox échangèrent un long regard d'inquiétude.

— Je n'aime pas le sentiment de notre supériorité, poursuivit-il.

— Que voulez-vous dire ?

— Je vous l'ai déjà dit : nos ennemis sont toujours à notre hauteur.

— Eh bien peut-être que notre hauteur est inégalable ! lança orgueilleusement la jeune fille.

— Il ne faut jamais se croire gagnant d'avance. Les apparences sont trompeuses, vous souvenez-vous ? La supériorité n'a pour effet que de mettre nos sens et notre orgueil en confiance pour mieux nous anesthésier, nous rendant incapables de prévoir le moindre coup bas !

– Et quel coup bas nous attend, Grand Maître ?

– Pour le savoir, il faudrait prendre le temps d'analyser tout ce que nous n'avons pu pressentir. Nous avons été trop occupés à multiplier nos interventions auprès de Diffuseurs. Je crois que nous devons rester un peu de temps, pour analyser la stratégie de l'adversaire.

– Comment devons-nous procéder ?

– Revoyons nos séances depuis le début de la soirée et trouvons les indices.

– Ce que moi je remarque, c'est que depuis qu'Iris a pris confiance en ses capacités psychiques, les ombres semblent dépourvues de contre-attaques.

– C'est ce qui m'intrigue, justement. Je sais que les serviteurs de la Mort possèdent de puissants chi pouvant augmenter la difficulté psychique, et mettre celui de mademoiselle Iris à l'épreuve.

– Alors, pourquoi se retiennent-ils ? demanda Iris, curieuse.

Le Grand Maître la regarda sans répondre. Tout à coup, ses yeux furent traversés d'un éclair inquiétant, qui prit ses deux élèves au dépourvu. Il laissa échapper, dans un soupir douloureux :

– Nox, Iris, sortez tous les deux !

Iris le regardait avec angoisse.

— Grand Maître… ? bégaya-t-elle.

— Nox, sortez-la ! Tout de suite ! hurla le vieil homme, le visage convulsé.

Nox réagit à toute vitesse, retirant instantanément les deux bracelets.

Iris et lui ouvrirent les yeux dans l'auto, complètement désorientés.

Le téléphone du jeune homme bourdonnait dans son sac à dos. Il répondit sans délai, convaincu que le Grand Maître, sorti de sa méditation, les appelait.

— Nox ?

— Oui ? répondit ce dernier ne reconnaissant pas la voix à l'autre bout du fil.

— Passez-moi immédiatement ma fille ! ordonna le père d'Iris avec autorité.

Le cœur du garçon se figea en entendant le ton de voix de l'homme. Il se tourna, hébété, vers son amie et lui tendit l'appareil. Au même instant, son souffle se glaça.

— Grand Maître ?

— Non, Iris, ce n'est pas le Grand Maître. C'est ton père et toi, jeune fille, tu reviens immédiatement à la maison.

Iris regardait d'un air désolé son ami, ensorcelé de nouveau.

– Prince Nahar, murmura-t-elle à l'intention de Nox.

– Quoi ? s'exclama son père. Iris, tu as entendu mon ordre ?

– Papa, je…, bégaya-t-elle.

– Non, pas de papa, pas de je, Iris ! Ton ami et toi, vous revenez ici.

Le prince Nahar apparut sur la banquette arrière de la voiture et salua son ami, le sortant ainsi de son hypnose. Iris fut soulagée.

– D'accord, papa ! Nous sommes à la gare, nous serons arrivés d'ici une heure.

– Je vous attends ! lança son père d'un ton sec avant de raccrocher brutalement.

Iris regarda le prince nour par le rétroviseur : sa luminosité n'était pas aveuglante, dans le monde réel. Elle se retourna vers son ami qui ne bougeait pas. Puis, quelques secondes plus tard, le prince Nahar disparut ; Iris était dépassée par les derniers renversements de situation, qui s'étaient entrecroisés si rapidement.

Nox chassa le dernier souffle de sa tête et tentait d'analyser un à un les évènements quand Iris intervint :

– Mon père exige que nous retournions tous les deux chez moi immédiatement, Nox, mais nous devons d'abord savoir pourquoi le Grand Maître nous a chassés de la sorte.

— Téléphonons-lui ! répondit son ami. Il reprit l'appareil qu'Iris tenait toujours dans sa main et composa le numéro du Grand Maître. Il était fâché, ton père ?

— Oui ! Il n'a pas dû aimer que je décide de sortir sans le prévenir. Je me demande comment il a eu ton numéro.

— Tu ne le lui avais pas donné ?

— Non.

Au bout de plusieurs sonneries, Nox dut se rendre à l'évidence.

— Il ne répond pas.

— Nox, je n'aime pas cela ! Rendons-lui visite.

— Je ne sais pas, Iris…

— S'il n'est pas en méditation, nous ressortirons immédiatement.

— Il ne faudrait pas faire attendre ton père. As-tu un permis de conduire, Iris ?

— Nox ! Je viens tout juste d'avoir 16 ans, il y a deux semaines à peine.

— Je ne sais pas si c'est raisonnable pour moi de conduire après tous ces épisodes.

— Il faut seulement que tu songes à Nahar pour ne pas être envahi, et pouvoir garder la route.

— Oui, je roulerai doucement…

Un autre épisode se pointa et Nahar apparut.

– Ça risque d'être un long voyage, déclara ce dernier.

– Ce n'est pas ce qui m'inquiète le plus, avoua Nox.

– Qu'est-ce alors ? intervint Iris.

– Je me vois mal faire apparaître Nahar devant ton père, qui voudra probablement me parler dans le blanc des yeux à notre arrivée.

– Ne t'occupe pas de mon père, lui déclara Iris.

Nahar disparut, et Iris refit pression sur son ami pour visiter le Grand Maître. Il céda finalement à sa demande. Naturellement, ils se retrouvèrent dans son jardin. Le soir tombait dans le monde du Grand Maître et le crépuscule donnait un air nébuleux au paysage du jardin.

– Allons au salon, déclara Nox.

Ils marchèrent jusqu'à l'entrée. Iris, qui regardait Nox s'essuyer machinalement les pieds, s'immobilisa, stupéfaite.

– Regarde, dit-elle en pointant le paillasson du Grand Maître.

Nox inclina le regard : le rude paillasson qu'ils avaient maintes fois piétiné avait changé complètement d'aspect. Il était maintenant tressé d'un soyeux et doux poil noir, mi-long. Iris se pencha machinalement et le toucha du bout des doigts : un long frisson la parcourut.

– Grand Maître ? cria-t-elle, la voix dévorée par l'angoisse.

Nox pénétra dans la demeure et son amie le suivit. Le Grand Maître vint les rejoindre, le visage dépourvu d'émotions. Iris le toisa de la tête aux pieds, frappée par son allure différente. Son regard s'attarda un moment sur ses pieds nus, puis remonta le long de son corps. Elle empoigna brusquement le bras de Nox : les amples manches de la tunique du vieil homme étaient retenues par des élastiques, l'empêchant d'y caler les mains, comme il en avait l'habitude.

— Sortons ! cria soudain Iris.

Nox lui obéit. Dans la voiture, elle laissa échapper un cri d'horreur. Il tentait de comprendre mais n'avait pas la perspicacité de son amie.

— Les poils… le paillasson…, se lamenta-t-elle, c'était le chien du Grand Maître !

— Quoi ?

— Ils ont le Grand Maître, Nox ! C'était cela, leur stratégie…

— Mais comment ? lança Nox, déboussolé et impuissant.

— Je ne sais pas, mais c'est horrible. Je l'ai senti, le chi du Grand Maître était manipulé…

— Que veux-tu dire ?

— Ils le détiennent dans son monde et il a seulement pu semer des indices pour que nous sortions. Je l'ai senti, comme s'il me parlait en mots.

– Mais je ne comprends pas, Iris ! cria Nox de rage, en songeant que son maître était prisonnier et qu'il n'y pouvait rien.

Il téléphona encore au Viêt-nam, mais n'obtint toujours pas de réponse. Les deux jeunes accueillaient avec désespoir le tourbillon d'incertitudes qui les aveuglait, rendant impossible toute réflexion. La respiration d'Iris semblait lui lacérer la poitrine à chaque souffle.

Nox fut saisi par un épisode et n'arriva même pas à interpeller son ami. Iris se mit à pleurer ; elle ne se sentait plus à la hauteur. Elle réalisait avec terreur que ses ennemis l'avaient dépassée et désarmée d'un vicieux coup. Nox n'entendait même pas les pleurs de son amie, complètement hébété par l'attaque contre son protecteur. Lorsque le dernier souffle du Diffuseur retentit dans sa tête, il se secoua et réalisa qu'Iris était en piètre état. Il réagit instantanément.

– Iris, je t'en prie ! Ne te laisse pas abattre. Il faut réfléchir, nous trouverons, murmura-t-il en la prenant dans ses bras.

Iris se ressaisissait lentement, et elle commença à chercher les indices que le Grand Maître leur avait laissés, juste avant qu'il ne les renvoie de son monde avec insistance.

– Yoann ! murmura-t-elle soudain. C'est ma faute, je leur ai montré l'emplacement du refuge du Grand Maître.

— Que veux-tu dire ?

— Yoann voulait savoir où il se trouvait, et moi je leur ai donné l'image pour qu'ils aillent le chercher, regretta-t-elle.

— Iris, tu ne sais pas…

— Oui, je le sais. Yoann a bégayé « maître » et nous l'avons tous les trois entendu. Pourquoi un Diffuseur en détresse prononcerait-il un tel mot ?

— Je ne vois pas.

— Ils l'ont utilisé pour nous berner ! Le Grand Maître s'est trompé. C'est lui-même qu'ils voulaient atteindre. Ils savent que nous ne sommes rien sans lui…

— Iris, ça suffit ! Nous allons trouver la solution.

— Mais le Grand Maître est entre les mains de ces affreux personnages et nous n'avons pas de piste, à part…

— Laquelle ?

— … Yoann ! Il n'est pas mort.

— Iris, nous n'irons pas dans l'entre-mondes sans le Grand Maître, tu m'entends ?

— Nox, nous n'avons pas le choix !

— Non ! cracha Nox avec volonté. Ton père nous attend. Je te ramène chez toi. Je vais continuer à téléphoner au Grand Maître. Nous ne savons pas si tu as raison, ajouta-t-il en rangeant les bracelets et son cellulaire dans son sac à dos.

— J'ai la conviction, Nox.

— Assez ! murmura-t-il.

Son cœur battait fort, déjà lourdement lesté d'avoir manqué à son devoir de défendre l'homme qu'il vénérait comme un dieu. Et il savait que maintenant il devrait sans faillir tenir la promesse faite au Grand Maître : « protéger Iris comme la prunelle de ses yeux » ; tels avaient été les mots du vieil homme. Il embraya et prit la direction de la ville. Iris se taisait, et ce voyage dans sa tête inquiétait son ami, qui la connaissait fort bien. Elle avait un regard fixe.

— Iris, je t'en prie. Fais-moi confiance, et aie confiance en le Grand Maître. Il est bien plus puissant que quiconque.

— Nos ennemis sont toujours à la hauteur de leurs adversaires.

Un épisode se pointa et Nahar apparut. Il exprima sa tristesse pour les évènements. Iris semblait ensorcelée par une de ses fameuses lueurs insistantes. Elle retira sa veste et la déposa sur le sac à dos, entre Nox et elle. Nox se concentrait sur la route, tout en entendant la pendule de l'épisode en cours. La présence de Nahar lui permettait d'être moins envahi par son don, mais il devait fournir un effort constant pour continuer à accomplir une tâche aussi accaparante que la conduite nocturne.

Ils arrivèrent finalement devant la maison de la jeune fille une heure et demie après l'appel du père d'Iris.

— Tu ferais mieux de partir, Nox, lui déclara Iris. Je m'occuperai de calmer les angoisses de mon père.

— D'accord. Je te tiens au courant pour le Grand Maître.

— Je te téléphonerai dès que je le pourrai, soupira-t-elle avec amertume, en prenant sa veste de ses deux mains.

— Ne t'en fais pas, Iris. Je suis certain qu'il est sain et sauf. Je connais ses capacités martiales, il ne faut pas se laisser duper par son âge mûr et sa petite stature. Il a déjà désarmé des hommes massifs et puissants d'un seul cri !

Iris le regarda avec tristesse.

— Bonne nuit, Nox.

— Bonne nuit, Iris. Bonne chance avec ton père.

— Merci ! Je…

Nox la regarda tendrement.

— … t'aime !

Elle ferma la portière et se dépêcha d'entrer.

Son père soupira, soulagé de son retour.

— Où est Nox ?

— Il retourne chez lui.

– Je t'ai dit que je voulais le voir, lança-t-il sèchement.

– Pas ce soir, papa.

– Iris, ça suffit !

– Non, ça ne suffit pas ! Ils ont eu le Grand Maître, papa !

– Quoi ?

– Par ma faute.

– Qui ça *ils* ?

– Les ombres, les méchants, les serviteurs de la Mort.

– Iris, à quoi vous jouez, ce vieil homme, Nox et toi ?

– Nous ne faisons que notre devoir, papa. Ces ombres s'attaquent aux pauvres gens et leur font commettre des actes. Dois-je vraiment rester impassible ?

Son père était profondément troublé. Elle ne mentait plus, il le savait, mais ce qu'elle lui rapportait lui glaçait le sang.

– Iris, tu n'es qu'une jeune fille de 16 ans…

– Le temps approche, papa, et sans le Grand Maître, le monde tel que nous le connaissons n'a aucune chance.

Son père secoua énergétiquement la tête. Était-elle en train de devenir dingue ?

– Je monte me coucher…

— Iris, Lélia m'a dit que Nox est le chien de Liu Ping.

Iris soupira amèrement.

— Nox est mort…

— Quoi ?

— Je suis certaine qu'ils l'ont tué pour atteindre le Grand Maître dans son jardin asiatique.

— Alors, qui est le jeune homme au téléphone ?

— C'est le vrai Nox. Ironiquement, le Grand Maître avait nommé son chien comme lui.

— Pourquoi refuses-tu de me le présenter ?

— Parce qu'il souffre en ce moment de terribles épisodes provoqués par ceux qui sont en détresse.

— Que racontes-tu ?

— Nox sent ceux sur le point de s'enlever la vie.

— C'est affreux… Mais que dis-je là, c'est complète-ment dépourvu de sens. Ça y est, je délire ! Et quelle est cette histoire de chien tué ? Il est hors de question que tu sois mêlée à une telle violence…

— D'accord, papa. Je vais aller dormir, insista-t-elle avec douceur.

Il la regarda longuement, soupira, puis acquiesça, ambivalent quant à l'attitude à adopter dans cette extravagante histoire. Il conclut que ni sa fille ni lui n'é-taient dans de bonnes dispositions pour une discussion posée, en cette soirée bouleversante.

CHAPITRE XII

RIS monta d'un pas lourd à sa chambre. Elle ferma doucement la porte et exhala un long et douloureux soupir. Elle baissa son regard sur la poignée et fixa le loquet. Elle n'avait jamais vraiment verrouillé sa porte, et elle hésitait à le faire, mais son cœur le lui ordonnait. Elle tourna un tour, se laissa tomber assise devant le miroir et déposa sa veste tout enroulée en boule sur la coiffeuse. Des larmes se mirent à lui sillonner les joues et le cou.

– Oh ! Grand Maître, je ne peux vous laisser ainsi. Ça fait deux heures que vous êtes prisonnier, ce qui équivaut à plusieurs jours là-bas ! Je dois écouter mon cœur, soupira-t-elle avec amertume.

Elle se regarda dans la glace, retira sa pince à cheveux et la déposa près de sa veste. Elle songea à Nox, puis se convainquit qu'elle ne serait partie que quelques secondes. Son cœur lui disait que les derniers évènements de cette interminable nuit annonçaient les changements importants que le Grand Maître avait évoqués. Elle se convainquit également que tous leurs efforts seraient vains sans ce vieil homme indispensable. Elle leva son index droit vers son miroir, pour confirmer toutes les intuitions se percutant dans sa tête, le frôla et vit sa surface se troubler.

– Le temps est effectivement très proche, Grand Maître. Votre retour presse ! Les mondes s'entre-croisent, murmura-t-elle.

Elle déroula sa veste et sortit le bracelet de cuivre qu'elle avait subtilement dérobé à son ami – pendant un des épisodes de son don – sur le chemin du retour. Il serait furieux, songea-t-elle. Elle l'inséra sur son poignet droit et s'étendit sur son lit. Elle ferma les yeux et murmura : « Quelques secondes seulement ! »

Elle entra rapidement en transe et se retrouva dans un endroit dépourvu d'objets, d'images et de bruits.

– Grand Maître ? lança-t-elle.

虹

Le maître de Yoann était revenu de sa longue absence. Il apparut brusquement devant lui.

– C'est encore à toi, jeune homme, ordonna-t-il, et il le fit apparaître dans le monde collectif.

虹

Iris attendait avec impatience que le vieil homme lui répondit. Elle vit la lumière bleutée s'installer autour d'elle, frissonna et posa sa main gauche sur le bracelet, prête à sortir rapidement de sa transe. Elle vit Yoann s'approcher d'elle.

— Yoann ?

— Oui.

— Es-tu en danger ?

— Ça dépend comment on le voit.

— Sais-tu où est le Grand Maître ?

Le jeune homme baissa les yeux, feignant l'humilité.

— Comment te nommes-tu ? demanda-t-il.

— Iris. Pourquoi es-tu ici ?

— Je suis prisonnier. Mon corps repose dans un hôpital.

— Dis-moi où est le Grand Maître…

— Je ne peux pas.

— Avec lui, je pourrai te libérer de ta prison.

— Vraiment ? Et si je ne voulais pas ? Et si ma vie était pire que ma prison ? Peut-être que j'en ai eu assez de crier ! Peut-être que les souvenirs tatoués sur ma peau par mes sombres et froides nuits ont éteint mon cœur ? Je n'en veux plus de cet enfer sur Terre. Même ta chaleureuse luminosité n'éclairerait pas mon cœur ! cria le jeune homme furieux. Peut-être que je veux vraiment que la fin arrive enfin ?

— Yoann, je t'en prie, donne-moi une chance de te prouver le contraire…

— Il te faudra le faire en mes termes, si tu y tiens vraiment !

虹

Nox déposa son sac à dos sur la table dans la salle à manger. Les épisodes avaient fini par s'arrêter complètement et, malgré toute la peine qu'il sentait en ce moment, il fut soulagé de ce répit. Il sortit son cellulaire de son sac et téléphona encore une fois au Grand Maître. En laissant sonner, son regard erra sur son sac entrouvert : il manquait le bracelet d'Iris !

— Elle ne m'a pas fait ça, balbutia-t-il, blessé.

Il était à une heure de la maison de son amie, et il se doutait bien que ce soir, en particulier, le père de son amie ne lui permettrait pas de lui parler. Il ne lui restait aucun choix et il n'hésita pas une seconde à agir. Il inséra son bracelet et referma ses doigts sur sa paume.

Il rouvrit les yeux dans un monde vide.

— Iris ! cria-t-il avec toute la force et la volonté de son cœur.

Il vit la silhouette de son amie apparaître. Une lueur bleutée brillait autour d'elle. Il se précipita vers Iris.

— Nox ?

— Comment as-tu pu ? maugréa ce dernier.

— Je…

— Comme c'est attendrissant ! s'exclama Yoann. Le petit ami à la rescousse pour sauver sa douce ! ajouta-t-il avec cynisme.

Nox le dévisagea.

— Ouhhhh ! ironisa Yoann, feignant la peur. Comme je te disais, Iris, je ne fais confiance à personne, surtout pas à ton molosse !

— Yoann, Nox est un ami.

Nox détourna son regard de Yoann.

— Iris, pourquoi avoir désobéi au Grand Maître ?

— Parce qu'il est danger, Nox ! Et Yoann est le seul à pouvoir nous dire où il est !

— Je n'ai pas plus confiance en lui que lui en moi !

— En effet, mais moi, je n'ai rien à perdre, déclara Yoann avec malice.

— Alors, où est le Grand Maître ? demanda Nox.

— Iris, je te le dirai seulement à toi, avec les termes dont j'ai fait usage plus tôt, répondit Yoann avec douceur.

Nox se crispa et chercha le regard de son amie. Il y lut une lueur de détermination qui le fit frissonner.

— Iris, il est hors de question que tu entres dans son monde.

— Nox, Yoann est seulement prisonnier, au même titre que le Grand Maître.

— Iris, as-tu perdu la tête ?

— Vous me faites perdre mon temps ! lança Yoann.

Iris soupira. Nox avança rapidement sa main droite vers le bracelet de la jeune fille. Cette dernière réagit rapidement, en recouvrant son poignet d'une armure de métal. La main de Nox s'y heurta violemment, mais la douleur n'atteignit pas sa main, mais bien son cœur. L'idée de son amie était déjà faite, justifiant la peur qu'elle lui avait avouée. « Peur d'elle », se murmura Nox. En effet, les horreurs qui avaient traversé le cœur d'Iris pendant cette nuit tragique avaient fini par alourdir les battements de son cœur fragile.

— Nox ! Toute cette horreur ne fera qu'empirer sans le Grand Maître ! Je dois réparer ma bêtise.

— En te pliant aux demandes de ce garçon, tu ne la répares pas, tu l'empires, Iris.

— Je sais ce que je sens, Nox !

— Iris, si toutes les couleurs que ton cœur a montrées au mien sont vraies et que tu sens vraiment pour moi tout ce que tu m'as dit, tu ne le feras pas…

— Ah pitié ! s'exclama Yoann, sarcastique.

— Nox, ne t'ai-je pas supplié de la même façon au royaume chi ? Et tu as pourtant persisté dans ton choix !

– Iris ! Le royaume chi était sécuritaire…

Iris fit un gracieux mouvement de kung-fu, et le bracelet de Nox bondit hors de son poignet. Il ouvrit les yeux en criant d'horreur. Il le renfila à toute vitesse, tremblant. De retour dans le monde collectif, il cria – en vain – le prénom de son amie. Il tomba à genoux, meurtri. Si la douleur humaine avait été à définir à ce moment précis, le point qui poignardait son cœur l'eut fait à la perfection. La silhouette d'Iris n'apparut tout simplement pas.

Nox retira son bracelet, prit son cellulaire et téléphona chez Iris. Il était presque minuit et il ne pourrait être chez elle avant une heure du matin. Il déclencha son chronomètre pour garder la trace du temps que son amie passait dans le monde de Yoann.

Le père d'Iris entendit la sonnerie. Il venait de s'assoupir, malgré le tourbillon d'inquiétudes que les déclarations de sa fille lui avaient causées. Il prit le combiné du téléphone de sa chambre et répondit :

– Allô ?

– M. Arco, c'est Nox !

– Jeune homme, ce n'est pas une heure pour appeler chez les gens !

虹

Iris regardait avec appréhension le monde où elle venait de pénétrer en se pliant aux demandes de Yoann pour obtenir des informations sur la capture du Grand Maître. Une luminosité bleutée régnait autour d'eux, et la jeune fille sentit un froid glacial l'envelopper.

— Yoann ?

— Tu sais, Iris, parfois il faut écouter les conseils des gens, soupira le jeune homme avec un sourire malicieux.

Le maître de Yoann apparut.

— Alors, mademoiselle, vous vous croyez apte à jouer dans la cour des grands ?

Iris le dévisagea avec mépris et, pour son manque de respect, l'homme tenta de la corriger avec son bâton, mais elle l'évita avec élégance.

— Bien ! Je ne m'attendais pas moins de la protégée du si vénérable Liu Ping.

— Où est le Grand Maître ? demanda Iris avec assurance.

— Vous croyez vraiment que vous l'apprendrez ici ?

虹

— Je suis profondément désolé, monsieur, mais c'est une urgence, répondit Nox au père d'Iris. Je sais que vous ne me connaissez pas et que vous devez avoir une impression négative à mon sujet en ce moment, mais votre fille est tout ce qui compte pour moi sur cette planète ! Or, elle est en train de faire une bêtise et elle court un énorme danger…

Le père d'Iris songea au don que sa fille avait attribué à ce garçon particulier et il sentit son cœur se fendre. Il se leva et entendit Nox poursuivre :

— Vous devez retirer le bracelet de cuivre que votre fille porte au poignet droit en ce moment. Elle ne doit pas rester en méditation.

Sur ces mots, M. Arco s'était rendu devant la porte de la chambre de sa fille et réalisait qu'elle s'était enfermée à clé dans sa chambre.

— Elle a verrouillé…

Iris tentait maintenant de convaincre Yoann.

— Yoann, que fais-tu ici ? Tu n'es pas obligé d'être son esclave. Il te suffit de reprendre contact avec ton corps à l'hôpital.

— Comme si c'était quelque chose qui pourrait vraiment m'intéresser.

— Yoann, montrez-lui vos aptitudes martiales, celles-là même que vous ne pourrez jamais imaginer atteindre dans le douloureux monde de votre corps, surtout dans le coma où il se trouve ! ordonna le maître.

« Coma ? » songea Iris, prise au dépourvu.

— Oui, Maître !

— Je n'ai aucune intention de me battre, cria la jeune fille, réalisant que Yoann allait s'en prendre à elle.

Le garçon tenta de la frapper d'un violent coup de pied dans la poitrine. Elle l'évita grâce à sa fluidité et sa vitesse, décuplées par les aptitudes transmises par Nox. Le maître de Yoann, remarquant cette supériorité de mobilité, offrit une arme à son élève : un sabre apparut dans sa main droite. Yoann poursuivit son attaque sur Iris, muni de ce nouvel avantage, y prenant un plaisir morbide. Iris sentit son cœur se durcir devant le regard malicieux du jeune Diffuseur qu'elle avait pris en pitié et suivi dans son monde. Elle sentit une rage profonde contre le maître de ce pauvre pantin, et elle transforma le sabre de Yoann en rameau de palmier. Le garçon, interloqué, se figea. Le maître était impressionné par l'exploit de la jeune fille.

— Tiens donc ! lança-t-il. Liu, vieil ami, tu as vraiment réussi ta longue quête ! Toute ton existence à chercher ce chi unique… pour qu'elle se retrouve finalement entre mes mains ! dit-il en éclatant d'un rire machiavélique.

Iris sentit un frisson la traverser, puis elle vit une ombre fluide et glaciale envahir ses pieds et monter le long de ses jambes. Avec angoisse, elle porta sa main gauche à son poignet droit pour retirer rapidement son bracelet, mais l'ombre la devança et couvrit son avant-bras droit complet de cette étrange substance qui se moulait à elle, comme les gants du tissu si particulier des Diffuseurs du royaume chi. Elle tenta de retirer le gant, mais en vain.

— Vous allez passer un bon moment parmi nous, mademoiselle Iris ! lança le maître avec malice. Yoann, amuse-toi ! ajouta-t-il en disparaissant.

虹

— Défoncez la porte, monsieur Arco, je vous en prie, implora Nox au téléphone.

Au même moment, le téléphone toujours collé à son oreille, il prit un trousseau de clés et se dirigea vers le garage, tandis que le père d'Iris forçait la porte et voyait sa fille couchée, tout habillée, au-dessus des draps ; elle semblait dormir d'un paisible sommeil. Il remarqua le bracelet à son poignet et le lui retira sans hésiter.

— Iris ?

Sa fille ne se réveilla pas. Il la secoua par les épaules, mais toujours rien.

— Nox ! Elle ne s'éveille pas, cria-t-il avec horreur.

Les mots du père d'Iris résonnèrent douloureusement dans la tête du jeune homme. Sa vision se brouilla, et le garage où il était maintenant entré se mit à tourner autour de lui. « Oh non… », pensa-t-il.

— Que dois-je faire ? demanda Lucas.

– Réveillez-là à tout prix ! Je serai là dans une demi-heure, déclara Nox en retirant la toile couvrant la moto de son père.

Il ignorait s'il saurait la conduire, mais sa détermination à se rendre rapidement chez Iris lui donna la conviction qu'il ne laisserait pas ce détail l'arrêter. Son père lui avait déjà montré les rudiments de la conduite, et lui avait fait faire des randonnées assis à l'avant, pour lui faire sentir les changements de vitesse. Nox se convainquit qu'étant lui-même un maître de la vitesse, conduire une moto devrait n'être qu'un jeu d'enfant. Il prit la redingote de cuir noir de son père, pliée sur le siège de la moto, et l'enfila. C'était celle-là même que son subconscient se plaisait à dessiner lors de ses passages dans le monde chi. Il avait toujours regardé son père avec admiration quand ce dernier la portait. Il s'assit sur la moto et démarra. S'il pouvait être entouré d'une mystérieuse luminosité en s'entraînant avec vitesse et fluidité dans n'importe lequel des deux mondes, il devrait pouvoir défier les lois de la physique sur sa moto, songea-t-il. Il ne se trompait pas ! La moto traversa l'autoroute comme un avion à réaction. Même si elle se penchait à des angles impossibles aux tournants, elle ne tomba pas une seule fois, maîtrisée par Nox avec une force, une vitesse et une agilité qu'aucun pilote de course n'aurait pu égaler, car personne ne pouvait violer les lois physiques comme lui. L'exercice l'enivra et son corps était encore illuminé de l'étrange lueur à son arrivée à la maison de son amie. Il cogna puis sonna avec détermination, espérant qu'Iris soit sortie de sa transe depuis son départ de chez lui.

Le père d'Iris accourut et resta interdit devant Nox : la luminosité qui enveloppait le garçon se volatilisa tranquillement sous les yeux de Lucas. Ce dernier secoua la tête pour chasser cette étrange image et dévisagea le jeune homme de la tête aux pieds. Il eut un soupir malgré lui, mesurant la stature – enviable – de son tout nouveau gendre. Un torse coupé au couteau, des épaules imposantes, un visage doux au regard franc. Il s'était imaginé lui flanquer une bonne correction, mais s'en abstint ; ce n'était pas le moment.

— Tu vas m'expliquer ce qui se passe, jeune homme, lança-t-il en reproche. Iris a-t-elle ingéré des médicaments ou des drogues ?

— Non, rien de la sorte ! Elle ne s'est donc pas réveillée ?

— Non ! Et je t'en tiens responsable, poursuivit Lucas, furieux, en montrant l'escalier à Nox pour l'inciter à monter jusqu'à la chambre de sa fille.

— Ah, merci. Vous croyez que je ne suis pas déjà terrassé par la culpabilité ?

— Je l'espère bien.

Nox se retourna et regarda le père d'Iris avec une douleur sincère, qui fit comprendre à Lucas que la culpabilité le rongeait vraiment. Nox monta les marches quatre à quatre, Lucas sur ses talons.

— Vous, avez-vous déjà réussi à vaincre l'opiniâtreté de votre fille ? lui demanda Nox, parvenu à l'étage.

Lucas soupira avec accablement.

— Non… murmura-t-il, adouci. Explique-moi, Nox. Que se passe-t-il ?

— Elle est en méditation, répondit le jeune homme en pénétrant dans la chambre de son amie.

La voyant en transe sur son lit, Il ferma les yeux, bouleversé.

— Pourquoi ne s'éveille-t-elle pas ? Je l'ai secouée, je l'ai même aspergée d'eau ! La méditation, ce n'est pas si profond que ça ! expliqua Lucas, exaspéré.

— Avec le niveau de transe atteint grâce à ce genre de bracelet, oui ! C'est un satori, monsieur.

— Mais le bracelet n'est plus à son poignet, bon sang !

— Je lui avais dit de ne pas le faire.

— Elle est allée chercher le… Grand Maître ?

— Oui. Elle est convaincue que c'est sa faute s'il a disparu ! Mais dans le monde de ce Diffuseur arrogant, elle risque de se retrouver dans l'obscurité totale. Si le bracelet ne fonctionne plus, c'est qu'elle est prisonnière des lois de ce monde étranger.

— Et toi, tu ne peux pas aller la chercher ?

— C'est bien ce que je compte faire, mais je dois trouver comment m'y prendre.

— Que veux-tu dire ?

— Je peux me rendre dans un vide collectif, mais pas dans le monde individuel où elle se trouve, pas sans y être invité.

— Comment peux-tu t'y faire inviter ?

— Ce sale type ne m'y invitera jamais ! Il sait fort bien que je lui briserais tous les os à la seconde même où je le reverrais, cracha Nox avec hargne.

— C'est qui ce type ? Comment l'as-tu nommé ? Un Diffuseur ?

— C'est un de ceux que nous avons tenté de sauver ce soir, mais qui, finalement, était manipulé par les serviteurs de la Mort pour atteindre le Grand Maître.

— Le Grand Maître, où est-il maintenant ?

— Ils l'ont kidnappé et le maintiennent d'une certaine façon en satori.

— Pourquoi ?

— Pour se servir de son puissant chi et probablement amorcer l'avènement sur le monde physique.

— Quoi ? Qu'est-ce que le chi ?

— C'est le souffle énergétique qui nous traverse, monsieur Arco. Celui de votre fille est le plus puissant que je connaisse et mon devoir était de…

Il ne put avouer son échec monumental.

— Quel était ton devoir ?

— Iris devait respecter l'entente de ne jamais entrer dans le monde d'un Diffuseur. Elle m'a…

— Elle t'a désobéi en ne faisant qu'à sa tête !

— Je pensais qu'elle m''…Arrgh ! grogna le Nox, le cœur complètement chaviré.

— Nox, c'est douloureux, je le vois, lui dit le père d'Iris, dépassé par les évènements, mais sentant avec force l'amour du jeune homme pour Iris. Ma fille est têtue comme personne d'autre, poursuivit-il, mais je ne crois pas qu'elle ait mesuré la portée de son geste en ne t'écoutant pas, mais je t'en prie, sors-la de là, supplia Lucas, impuissant devant ce qui tenait sa fille prisonnière.

— Je trouverai, murmura Nox en regardant Iris et en lui prenant tendrement la main.

Yoann était resté sans agir devant l'offre de son maître. Il avait toujours été victime mais, étrangement, malgré la rage accumulée dans sa vie matérielle, il n'avait jamais imaginé faire subir à quiconque sa douleur. Il ne voulait pas torturer Iris. Il voulait simplement ne pas avoir à retourner à son ancienne vie. Et mourir, le voulait-il encore ? Il n'avait pas la réponse à cette question. Iris, quant à elle, était restée paralysée en réalisant qu'elle était bel et bien prisonnière dans ce monde qui, avait-elle compris, n'était pas celui de Yoann, mais celui de son maître, qui le tenait prisonnier, comme elle et probablement comme le Grand Maître. Et même si elle ne faisait plus confiance à Yoann, elle voyait en lui sa seule issue, et elle devait, pour réussir à sortir, gagner sa confiance.

— Yoann ?

— Tu es mieux de t'y faire, Iris, tu es prise ici avec moi.

— Tu ne veux pas en finir avec toutes ces souffrances ?

— Tais-toi. Moi, contrairement à toi, je ne demande pas mieux que de rester ici pour toujours.

— Pourquoi ?

— Tu as eu un aperçu de mon existence.

— Mais tu peux la changer…

— Voyons donc ! Tu dois venir d'un nid bien douillet, avec des millions de biens pour te combler. Il suffit de regarder ton petit teint de porcelaine et tes allures de princesse pour le savoir.

— Vrai ! Je n'ai pas ton vécu.

— Et si c'était mon tour ?

À ces mots, le maître décida de conforter Yoann dans son tout nouveau sentiment de pouvoir. Il l'habilla d'habits royaux et fit apparaître un château et son trône. Des sujets apparurent autour d'eux, et tous se retrouvèrent bientôt devant un majestueux festin. Iris, quant à elle, fut vêtue de vieilles loques. Un seau rempli d'eau et une brosse apparurent devant elle, ce qui lui rappela étrangement son passage au royaume d'Umbra. Yoann jubilait.

— Frottez, servante !

Iris respira longuement, tentant de calmer la rage et l'orgueil qui la fouettaient à l'intérieur.

— Oui seigneur, dit-elle en exécutant une grotesque révérence, espérant que le jeune homme y verrait le ridicule du jeu que le maître les obligeait à jouer.

Yoann eut un petit sourire en coin. Le jeu semblait plutôt lui plaire. Iris persista à garder son calme. Elle se pencha, prit la brosse et se mit à frotter énergiquement le plancher. Yoann s'assit sur son majestueux trône et la regarda avec amusement.

— Vous devez avouer, servante, qu'il serait difficile pour moi de ne pas me plaire ici.

— En effet, seigneur ! Une éternité de frivolité ne peut que vous combler de bonheur.

Yoann la regarda longuement. Elle frottait avec détermination. Même avec ses loques, elle gardait cette prestance que confèrent beauté et élégance. Yoann soupira. Il trouvait Iris jolie et séduisante. Il savait qu'il pourrait s'amuser et passer de nombreuses heures dans ce jeu, avec toute l'opulence rêvée, mais il savait aussi que son maître ne pouvait lui procurer l'essentiel, dont il avait manqué toute sa vie : l'amour ! Et de cette belle fille devant lui, qui était le seul personnage réel de ce monde, il ne l'obtiendrait pas non plus, car même son maître ne pourrait la soumettre : son cœur appartenait déjà à quelqu'un.

— Il faut bien que le temps passe, dit-il, simplement, pour chasser ses pensées.

— En effet, reconnut Iris.

Yoann savoura son repas et feignit ne pas regarder Iris travailler avec acharnement. Elle le fit sans se lasser de la rudesse de la besogne qui lui avait été attribuée. Dans sa tête, elle songeait aux paroles du Grand Maître : « Il faut préserver votre intégrité, mademoiselle… » Elle savait qu'ici la fatigue n'existait pas, et que dès qu'elle le pourrait, elle retrouverait son équilibre avec le tai-chi-chuan. Elle savait aussi que Yoann avait de la rage accumulée, mais pas de méchanceté, contrairement à son maître. Elle trouverait la couleur pour l'apaiser, comme elle l'avait fait pour les autres.

Iris avait frotté presque la totalité de la surface de l'ample salle à manger du château de Yoann. Malgré qu'elle ait appris dans les entraînements du Grand Maître à déjouer la fatigue, elle n'excellait toujours pas à le faire pour la douleur. Elle avait donc les mains endolories et ne put maîtriser son cerveau pour que n'apparaissent pas d'ampoules sur ses doigts. Elle termina quand même son rude travail. Yoann ordonna à ses gardes de l'enfermer jusqu'à ce qu'il ait encore besoin d'elle. Iris persista à lui faire la révérence, souhaitant que sa soumission soit pour lui le miroir de toute sa souffrance à lui, dans le monde matériel. Yoann soutint un moment le regard franc de la jeune fille. Il sentait qu'elle tentait de l'atteindre, et il n'était pas certain de savoir comment l'empêcher d'y arriver. Iris, elle, était sûre d'y parvenir avant d'être à bout de ses ressources psychiques. Enfermée dans un sombre cachot, elle s'empressa d'effectuer un entraînement de tai-chi-chuan régénérateur. La nuit tomba et Yoann fit une demande particulière à son maître. Le décor changea et Iris se retrouva devant lui. Le garçon portait un jean et une chemise stylisée. Le maître changea les loques d'Iris en délicate robe cocktail.

— J'espère que tu aimes la discothèque ! lança Yoann.

Iris aurait préféré dormir, mais Yoann était plutôt du genre nocturne et n'avait aucune intention d'aller au lit. Peut-être n'aurait-il jamais l'amour d'Iris, mais il venait de décider que le personnage déplaisant qu'il avait croisé dans le monde collectif ne l'aurait pas non plus.

— J'espère que Nox n'est pas du genre jaloux, lança Yoann cyniquement, en faisant entrer Iris dans une boîte nocturne d'où retentissait une musique techno.

Iris ne répondit pas, mais son chi ne put se retenir une pensée et un joli tatouage se dessina sur son cou.

— Oh ! Très joli, lui déclara Yoann en le voyant. Qu'est-ce ?

— Une fleur de clématite bleue, répondit Iris en expirant profondément.

« Nox, dis-moi que tu viendras à ma rescousse, même si je ne t'ai pas écouté ? » songea-t-elle avec amertume.

— Viens danser, Iris !

— Yoann, je ne suis pas très forte sur la danse…

— Iris, viens danser ou l'allure de ton séjour changera amèrement ! ordonna le jeune homme.

— Est-ce vraiment ce que tu désires ? Me faire subir les abus que tes beaux-pères t'ont fait subir ? demanda-t-elle.

Yoann se retourna brusquement et la gifla avec rage. Iris se prit le visage, meurtri par ce violent coup. Elle pleura silencieusement.

— Je… je…, bégaya Yoann, surpris par son propre geste.

Il réalisa que dans son cas, frapper faisait aussi mal que d'être frappé. Non, il ne serait pas l'un d'eux, se jura-t-il.

— Pardonne-moi, Iris.

Iris ressentit chez Yoann la lutte intérieure qu'avait provoquée son geste. Ce n'était pas un processus plaisant pour aucun d'eux, mais ce serait peut-être le seul moyen d'arriver à trouver ce qui allégerait le cœur de Yoann.

— Non, c'est moi qui m'excuse. On m'a déjà maintes fois répété que je devrais apprendre à me taire, dit-elle en baissant les yeux.

Yoann la regarda avec inquiétude. Elle arriverait à le désarmer, il le savait déjà, et alors son maître lui ferait payer de sa vie.

— Maître, le château, s'il vous plaît !

Iris se retrouva à nouveau au cachot avec ses loques. Yoann tenta de trouver le sommeil en chassant toutes ses pensées.

CHAPITRE XIII

ENDANT la nuit, le maître de Yoann s'était absenté de son monde, après s'être assuré que la jeune fille dormait. Il voulait éviter qu'elle remarque la vulnérabilité d'un monde chi laissé sans son créateur. Mais comme tout le monde, le maître de Yoann ne pouvait rester éternellement en méditation. Il avait surtout des plans concrets à manigancer dans le monde physique. Il n'avait pas l'inquiétude du Grand Maître en abandonnant ainsi sa sphère car, contrairement à lui, il ne possédait pas d'ennemis aussi vicieux. Avant de partir, il avait prévenu Yoann qu'il voulait obtenir l'endroit précis où se trouvait le corps de la jeune fille prisonnière.

— Je ne comprends pas ? Pourquoi ? s'était exclamé le garçon.

— Je ne te demande pas de comprendre ou de savoir pourquoi. Obéir est tout ce qui t'est exigé ! avait répondu le maître en le dévisageant avec mépris.

— Oui, Maître.

Le lendemain matin, Iris fut sortie de son cachot pour continuer le nettoyage du château. Elle balayait les corridors lorsque le jeune Diffuseur vint la voir. Yoann avait cherché une stratégie pour obtenir l'information exigée par son maître. Il devait regagner la confiance d'Iris, mais son échange de la veille avec elle compliquait les choses. Étrangement, il avait été capable de se battre contre elle au kung-fu et chercher vicieusement à la blesser, mais la gifler quand elle se retrouvait en position délicate – toute féminine – l'avait ébranlé comme une flèche au talon d'Achille. Il n'avait de la femme que cette image désolante de la seule qu'il eut côtoyée, sa mère. Il détestait et refusait cette supériorité bestiale de l'homme ; elle le faisait rallier les rangs de ceux qu'il haïssait tant, assez pour vouloir s'enlever la vie. Il se battrait bien avec n'importe quel homme, mais la gifle de la veille l'empêcherait dès lors de le faire contre Iris. Il regarda avec compassion la jeune fille qui épousait avec humilité son rôle de cendrillon, que le maître lui avait imposée. Ses loques étaient souillées par la nuit passée au fond d'un cachot froid et humide et ses superbes cheveux couleur feu, qui tombaient sur ses épaules, étaient également sales et entremêlés. Iris savait qu'elle pouvait remédier à son sort en modifiant son entourage à sa guise, même si elle se doutait bien que contrôler le chi du maître de Yoann n'était pas comme contrôler celui du Grand Maître. Malgré cela, elle s'en abstenait, tentant de gagner par la pitié la confiance de Yoann.

— Bonjour Iris.

— Bonjour seigneur.

— Iris, appelle-moi Yoann.

— Tu es certain ?

— Tu crois vraiment que c'est ce que je veux ?

Iris le darda de ses yeux perçants. Yoann ne soutint pas ce regard.

— Je crois qu'il te suffirait simplement de vouloir, pour nous sortir d'ici…

— Tu te trompes.

— La peur paralyse, murmura la jeune fille.

— Je n'ai pas peur. J'en ai eu assez, c'est tout. Tu n'as pas d'idée comment l'accumulation de douleur peut tuer les sens.

— Tu serais surpris.

— Tu ne me feras pas croire que tu portes des blessures profondes.

— Dis-moi, Yoann. Pourquoi m'as-tu giflée ?

Yoann fit une grimace de dégoût devant la question d'Iris, qui lui rappelait un geste qu'il voulait oublier.

— Tu as tourné le fer dans la plaie, répondit-il quand même.

— Exactement. Et comment aurais-je pu savoir que tu as eu plusieurs beaux-pères et qu'ils t'avaient fait subir d'atroces tortures ?

— Par chance.

— Vraiment ?

— Oui, persista Yoann.

— Alors, Roger, ce sale type qui te brûlait de ses mégots de cigares, je serais en train de le deviner par chance ?

— Tais-toi ! cracha-t-il, furieux. Comment peux-tu savoir ?

— Toute chose a un prix, Yoann.

— Que veux-tu dire ?

— Mon don comporte des conséquences : il vient avec la douleur d'être traversée par les souffrances de ceux que je veux sauver. Les tiennes m'ont envahi l'esprit quand j'ai tenté de te sauver.

— Non. C'est impossible.

— Tu veux que je t'en nomme d'autres ?

— Non. Mais comment peux-tu tolérer une telle chose ? Et pourquoi le ferais-tu ?

— Tu vois, Yoann, lorsqu'on fait du mal, souvent, c'est parce qu'on en a subi, mais le bien, lui, se fait par conviction. On ne se pose pas la question, on le fait parce qu'on y croit, c'est tout. Je ne pourrais m'empêcher de sauver celui que je sais pouvoir…

Iris se retrouva subitement dans son cachot. Le maître de Yoann apparut devant ce dernier.

— À quoi joues-tu ?

— Moi ? À rien, Maître !

— Tu as une mission à accomplir.

— Elle ne me dira rien si je la force !

— Je ne permettrai pas qu'elle t'embrouille par ses belles paroles.

– Qu'est-ce que ça peut bien faire si, de toute façon, je gis à moitié mort dans un hôpital, à votre merci.

Le maître leva la main vers lui. Yoann se replia sur lui-même, s'attendant à ce que son souffle soit encore coupé.

– Je ne te donnerai pas la mort, Yoann. Tu souffriras encore de pires tortures bien avant que tu ne la mérites.

– C'est l'histoire de ma vie ! soupira le jeune homme.

– Trouve-moi cet endroit et cesse de faire de la façon à la prisonnière. Elle ne cherche qu'à se servir de toi pour sortir d'ici, bougre !

– Je ne lui fais pas *de la façon*. Elle peut aller au diable. Vous oubliez que mes sens étaient éteints avant même d'arriver ici. Cela inclut les plaisirs charnels que vous vous plaisez à imaginer tout seul !

Le maître serra sa main devant lui et Yoann se sentit asphyxié.

– Demande pardon, vermisseau !

Yoann leva un regard de supplication sur lui. Le maître esquissa un sourire en coin malicieux.

– Bien. Finis ta mission, maintenant.

– Oui, Maître. Mais donnez-moi au moins une marge de manœuvre.

– D'accord. Je ferai semblant de ne pas entendre, parfois. Mais ce ne sera que semblant !

Dans son cachot, Iris avait deviné la raison de son emprisonnement subit. Elle venait de réaliser que Yoann risquait d'être puni chaque fois qu'elle tenterait de le convaincre qu'elle pouvait l'aider. Elle sentit une énorme rage l'envahir, se rendant compte que le Grand Maître avait eu raison en lui disant que tous ceux qui possédaient d'aussi puissantes capacités méditatives n'avaient pas les mêmes valeurs. Elle sentit un frisson en pensant que ce personnage odieux tenait également prisonnier le vieil homme qu'elle vénérait tant. Elle se sentit envahie de désespoir, ne voyant pas la lumière du tunnel dans lequel elle s'était elle-même engagée. « Ne baisse pas les bras, Iris ! » se dit-elle pour reprendre confiance.

Lorsqu'elle fut ressortie de sa prison, elle remarqua le regard éteint du Diffuseur. Elle leva le regard au ciel et cria :

– Que voulez-vous de moi ?

– Joignez notre camp.

– Quoi ?

– Vous n'aurez pas le choix de toute façon.

– Vraiment ?

Iris enflamma une partie du château. Yoann regarda la scène avec effroi. Le maître se matérialisa devant la jeune fille et leva sa main vers elle. Yoann ferma les yeux, sachant ce qui s'en suivrait. Iris s'écroula. Elle songea aux gouttes d'oxygène que le Grand Maître avait fait apparaître lors d'une séance de sauvetage. Elle fit la même chose et reprit son souffle. Le maître la dévisagea avec mépris. Il tenta de resserrer l'étau fictif sur les poumons d'Iris, mais cette dernière se recouvrit le corps d'une armure de métal. Le maître dut augmenter son niveau de concentration pour trouver une façon de démontrer sa supériorité. Il fit apparaître la visqueuse substance qui enveloppait déjà le poignet de la jeune fille, seule chose qu'elle n'arrivait pas à manipuler de son chi. Un mur de cette même matière gluante apparut derrière elle et elle y fut attachée en croix par la substance, qu'elle n'était pas arrivée à dévier, de sa vitesse pourtant considérable. Cette chose se déplaçait vraiment rapidement et n'obéissait à aucune pensée extérieure au maître. Prise au piège contre le mur, Iris se sentit surpassée.

— Vous êtes un peu trop obstinée ! Ce n'est pas vraiment dans mes habitudes de m'attarder au sexe faible. Mais si vous tenez vraiment à me faire vous démontrer ma supériorité, je ne peux m'obstiner à vous le refuser. Mais je vous préviens, je ne vise que les points faibles et ne perds pas mon temps aux coups dépourvus d'impact.

Il se retourna vers Yoann et l'ordonna de s'avancer vers lui. Le jeune homme lui obéit et, au même instant, le maître l'attaqua violemment de coups de kung-fu douloureux. Yoann tomba à ses pieds. Le maître fit apparaître un sabre et frappa le garçon à plusieurs reprises, lui lacérant la peau du torse, des bras et des jambes. Iris fut bouleversée en réalisant que l'abject personnage se servait de son sentiment d'altruisme pour l'atteindre.

— Assez ! Je ne recommencerai plus, supplia-t-elle.

— Je n'en doute pas, rétorqua le maître en la libérant et en disparaissant, laissant le pauvre Yoann ensanglanté par terre.

Iris accourut en larmes.

— Yoann ?

Il gémit et se tourna péniblement sur le dos.

— Pardonne-moi ! regrettait amèrement la jeune fille.

Yoann gardait son regard éteint.

— C'est un monstre, murmura Iris d'une voix presque inaudible.

Yoann la dévisagea. Elle baissa les yeux, honteuse.

— Je ne peux pas plier à sa demande, Yoann.

— Tu ne feras que faire souffrir tout le monde.

Iris fit apparaître un seau d'eau, un chiffon et des pansements. Elle se mit à soigner les blessures de Yoann. Ce dernier éprouva un inconfort croissant.

— Mais je ne peux pas choisir le mal au lieu du bien ! C'est contre-nature pour moi…

— Peut-être que lorsqu'il aura considérablement alourdi ton vécu, tu le pourras.

— Alors, je sacrifierai ma vie !

— Toi ? Celle qui veut sauver tout le monde ? Celle qui voulait me prouver le contraire ?

— Je le ferai par sacrifice, pas par abandon !

Yoann la regarda longuement. Il ne comprenait pas cette dévotion.

— Tu viens d'un monde bien différent du mien, Iris. D'où viens-tu au juste ?

Iris le regarda, intriguée. La voix de Yoann avait tremblé à sa question.

— D'un nid bien douillet, tu avais vu juste.

Yoann soupira. Son maître aussi, silencieusement. Iris était alerte, et son maigrichon et faible pantin n'était pas à la hauteur de ce chi supérieur, ragea-t-il.

— Peut-être que la mesure incitative n'est pas assez élevée ! soupira le maître.

Yoann demanda à Iris de cesser de le soigner. Il se releva difficilement et s'éloigna d'elle. La jeune fille le regarda boiter. Yoann songeait qu'il ne sortirait gagnant dans aucun cas. S'il n'obtenait pas la réponse exigée, le maître le punirait. S'il l'obtenait, la jeune fille mourrait et lui ne serait pas plus avancé. Mais s'il décidait de l'aimer et tentait de la sauver, ne serait-ce pas là un but raisonnable ? Faire le bien par choix ?

« Voyons donc, Yoann ! se dit-il à lui-même. Même si tu la sauves, elle ne t'aimera jamais ! »

Il se retourna et lança sèchement :

— Continue ta corvée, servante !

Iris reprit sa besogne sans dire mot. Elle songea à l'impossible montagne qu'elle devrait gravir pour atteindre ce garçon si particulier.

« Cela n'est pas une partie d'échecs, Grand Maître ! » songea-t-elle.

Les heures et les jours s'éternisèrent dans ce sombre monde et Yoann évita Iris pour quelque temps, tentant d'empêcher l'invasion involontaire de son esprit par ses sens. Mais la solitude devenait du même coup un phénomène de plus en plus angoissant, qu'il n'appréciait plus. Il se surprenait à s'imaginer parler avec Iris de tout et de rien. Son maître, quant à lui, s'impatientait devant l'inaction de son esclave.

Puis une nuit, lors d'un des départs de l'odieux personnage, Yoann s'éveilla brusquement dans l'obscurité totale qui régnait durant ces absences du maître. Il entendit la mer. Le son apaisant d'invitantes vagues lui envahit l'esprit. Une douce mélodie régnait, comme le son d'une brise maritime. La musique s'interrompit.

— Yoann ! murmura une ensorcelante voix. Je sais que tu m'entends, je ne veux pas que tu partes…

— Iris ? murmura le jeune homme, enivré.

La jeune fille ne reparla pas, mais la musique reprit et continua une bonne partie de la nuit, pour finir par s'arrêter brusquement.

Le lendemain matin, Yoann décida de reprendre contact avec Iris, sans savoir s'il serait en mesure d'obtenir l'information pour le maître, ou même s'il désirait l'obtenir. Il alla à sa rencontre dans les recoins du château où elle s'affairait au ménage.

— Ça va ? demanda-t-il simplement à l'adolescente.

— Oui. Toi ?

Yoann ne répondit pas.

— Tu as bien dormi ? demanda-t-il plutôt.

— Oui.

— Je suis désolé, Iris, que tu te retrouves ici par ma faute…

— Et si c'était tout le contraire, Yoann ?

— Tu crois que je savoure ton emprisonnement ?

— Non ! Je veux dire que tu fais peut-être erreur. Tu te retrouves peut-être ici par ma faute !

— Pourquoi crois-tu ça ?

— Parce que j'ai voulu aider ces pauvres gens et que mon opposant s'est ingénié à m'arrêter en se servant de toi, murmura-t-elle, inquiète d'une intrusion du maître.

— De toute façon, tu ne peux pas grand-chose pour moi, Iris. Je vais mourir…

— Je suis certaine que ce n'est pas obligatoire.

— J'ai pris une substance létale qui m'a plongé dans ce profond coma, et je suis maintenu en vie par ordre de mon maître, afin d'accomplir ma mission.

En entendant le mot « coma », Iris se remémora les explications du Grand Maître au sujet de la période de temps maximale qu'un corps pouvait passer en méditation. Elle songea que le temps commencerait un jour à compter pour le Grand Maître et, inévitablement, pour elle également.

— Quelle est ta mission, Yoann ?

— Peu importe ! Ça se résume à ta vie contre la mienne, et même si tu as dit que tu te sacrifierais, je doute que ta dévotion s'accorde à mon cas personnel.

Iris baissa les yeux. L'impasse lui semblait totale.

— Où reposes-tu en ce moment, Yoann ? dévia-t-elle.

Yoann la regarda longuement. Il avait peur de réussir à la faire parler. Il ne voulait pas vraiment réussir sa mission. Iris commençait à compter dans son cœur.

— Je n'étais pas loin de l'hôpital quand j'ai pris une stupide gélule bleue, alors j'imagine qu'ils m'y ont transporté.

— Où est-ce ?

— Montréal, répondit-il en regardant autour de lui.

Il ne relança pas cette question, qui constituait un indice aux interrogations de son maître. Le jeune homme sentit soudainement sa cage thoracique se comprimer ; il tenta d'en faire abstraction, mais à la dernière seconde, il céda à la torture en levant un regard de supplication vers le ciel.

— Yoann ? demanda Iris, en remarquant son malaise.

— Toi, où es-tu ? demanda-t-il avec résignation.

Iris savait très bien qu'en cette question reposait l'essence de la mission de Yoann. De la même façon dont son maître avait exigé de connaître l'endroit du refuge du Grand Maître, il exigeait maintenant qu'elle lui divulgue le sien, pour l'atteindre dans le vrai monde. Elle savait, conséquemment, qu'elle ne pouvait dire la vérité à Yoann. Mais si elle mentait, le maître, croyant avoir obtenu sa réponse, pourrait bien décider de disposer de la vie de son esclave, laquelle gisait entre ses mains, dans un hôpital de Montréal. Quel cruel dilemme.

— Ma mémoire est floue, répondit-elle, fébrilement. J'ai peut-être passé trop de temps dans mon humide cachot…

Elle s'y retrouva instantanément.

— Ça suffit ! Vous l'aurez voulu tous les deux ! lança sèchement le maître à Yoann. Tu crois vraiment qu'elle t'aimera ? Que tu vaudras quelque chose pour elle ? Pauvre idiot !

Yoann ferma les yeux et se résigna à accepter la mort, autant pour Iris que pour lui. Mais rien ne vint. Pas de torture, pas de douleur, rien ! Le maître n'était plus devant lui, lorsqu'il rouvrit les yeux.

虹

Nox, au chevet d'Iris, avait téléphoné à nouveau au Grand Maître et, cette fois-ci, avait réussi à parler au petit-neveu du vieil homme. Xu n'était pas à la demeure de son vieil oncle au moment de sa disparition et venait tout juste d'en faire la tragique découverte quand il répondit à Nox au téléphone. La confirmation de la disparition du Grand Maître et de son chien paralysa Nox.

Le père d'Iris, quant à lui, avait été fort surpris d'entendre l'ami de sa fille parler en toute aisance en vietnamien. Nox avait expliqué la situation désespérante d'Iris à Xu, et ce dernier l'avait informé qu'il avait rencontré la jeune fille dans une transe médiatique que son vieil oncle lui avait fait faire.

— Il faudrait que de votre côté, vous tentiez de trouver des indices pour retrouver les coupables, Xu, lui avait expliqué Nox.

Le Vietnamien avait promis toute sa collaboration et sa dévotion pour sauver son oncle et aider Iris. Les deux jeunes hommes s'étaient entendus pour se tenir au courant.

Après l'appel, Nox avait expliqué à Lucas qu'il fallait sortir Iris de sa transe au plus vite.

— Comment ? avait demandé le pauvre homme, bouleversé.

— Iris doit reprendre contact avec son corps. Nous devons trouver un moyen de lui lancer un appel qu'elle percevra là-bas, avait répondu Nox.

Nox était auprès d'Iris et lui parlait, pour tenter de la rejoindre dans le monde de Yoann, lorsque sa respiration se glaça devant lui. Il se recula et fixa le vide, envahi par son don. Remarquant son étrange attitude, le père d'Iris s'inquiéta.

— Nox ?

Le jeune homme entendit cet appel, mais il semblait très lointain. Il concentra toutes ses pensées sur le prince Nahar, et son ami apparut à côté de lui.

— Ah ! lâcha Lucas. Qu'est-ce que c'est que cette histoire ?

— Bonsoir Nox ! Bonsoir monsieur, je suis Prince Nahar, expliqua le jeune Nour. Nox, il te faut y aller. C'est ta seule porte d'entrée…

Nox le regarda : il entendait le pendule d'un Diffuseur. Il se leva et regarda le père d'Iris, inséra son bracelet de cuivre à son poignet et dit :

— Je dois tenter d'aller la chercher là-bas, monsieur Arco.

— Comment ? As-tu… ton invitation ? demanda Lucas perdu.

— Je crois que oui.

— Mais ne risques-tu pas d'être prisonnier ?

— Je ne les laisserai pas.

— Iris a dû croire la même chose !

Nox posa son regard serein dans celui de l'homme devant lui.

— Le temps presse et Iris doit revenir.

— Le temps ne presse pas seulement pour Iris, Nox ! Les deux mondes s'entrecroisent et le risque s'accroît continuellement, ajouta Nahar sous le regard abasourdi du père d'Iris.

— Quels deux mondes ? demanda ce dernier, tentant de voir un peu de lumière dans toute cette absurdité.

Nox n'avait pas le temps d'expliquer. Il s'assit sur le bord du lit d'Iris et entra en transe. Le père de la jeune fille était paralysé.

— Il la sauvera ! lui déclara Nahar et il disparut.

Nox suivit la lumière intermittente qui envahissait sa vision. Il entendit les pleurs d'une Diffuseuse et s'avança vers elle en l'apercevant.

— Triste que tu doives voir le visage de celle que tu ne sauveras pas ! lui lança une ombre.

— Où est Iris ?

— Tu es officiellement invité à venir la chercher, répondit l'ombre.

— Où est le miroir pour y entrer ?

— Tu n'en auras pas besoin. Avec l'invitation, il te suffira de revenir une fois que notre belle Marie, ici, sera partie.

Nox était impuissant et torturé devant les attaques des ombres sur la pauvre Diffuseuse, et lorsque la pendule faillit à sa tâche, le jeune homme rouvrit les yeux dans la chambre de son amie.

— Déjà ! Alors ? demanda Lucas.

— J'ai mon invitation. Je dois aller dans ce monde où elle est prisonnière.

— Mais pourras-tu en sortir ?

— Tous mes entraînements et toutes mes aptitudes m'ont été donnés pour que j'y parvienne.

— Quelles aptitudes ?

— Je défie les lois de la physique, et comme mon ami le prince l'affirmait tout à l'heure, je le fais maintenant dans les deux mondes, car ils s'entrecroisent.

— Tu ne m'as pas duquel, parmi les mondes, vous parliez.

— Ceux du psychique et du physique.

— Et que veux-tu dire par *défier les lois de la physique* ?

Nox le regarda et, avec sa vitesse légendaire, il marcha sur le mur, puis sur le plafond pour retomber sur ses pieds devant le père d'Iris, pantois.

— Que puis-je faire ? bégaya Lucas.

— Si jamais je venais à échouer, il ne restera qu'une solution pour Iris et moi.

Lucas sentit un frisson lui parcourir le dos.

— Laquelle ?

— Vous devrez nous tailler l'avant-bras droit !

— Quoi ! s'exclama l'homme avec aberration.

— Ce n'est pas gracieux, mais le prix de la capture d'Iris serait trop élevé pour le monde physique.

— Non ! C'est hors de question, je ne…

À ces mots, Lucas réalisa le handicap de sa petite sœur. Il crut devenir fou en une étincelle. Nox n'attendit pas que l'homme encaisse l'impact et la gravité des évènements. Il s'assit et rentra de nouveau en transe. Il rouvrit les yeux et se retrouva dans le jardin asiatique du Grand Maître. Un serviteur vint à sa rencontre et lui pointa une sphère. Nox s'y rendit et y pénétra. De l'autre côté, Iris le vit apparaître ; sa visite était complètement inattendue.

— Nox ! cria-t-elle en larmes et elle tenta de le rejoindre.

Nox fit de même, mais les murs du cachot d'Iris s'érigèrent entre eux.

— Iris ! cria Nox de toutes ses forces et avec toute la rage de son cœur.

Yoann regardait la scène ; il sentit une douleur lancinante. Nox frappa violemment le mur de pierre, le faisant éclater en miettes, mais un nouveau mur se matérialisa instantanément. Le jeune homme, furieux, se tourna vers Yoann.

— Voilà ce qu'elle attend depuis le début, murmura avec mépris la voix du maître à Yoann. Et maintenant, vois le prix inutile que tu t'es infligé en trahissant ma confiance, ajouta-t-il, toujours sans être visible.

— Yoann, tu vas payer, lui cria Nox.

Iris, qui l'entendit, fut prise de panique.

— Non, Nox ! cria-t-elle, mais sa voix ne porta pas, maintenue volontairement entre les murs du cachot par le maître.

Iris ferma les yeux. Elle savait que Nox tenterait de la sauver en attaquant furieusement Yoann, qu'il croyait maître du monde la tenant prisonnière. Elle devait défier l'odieux plan du maître, mais agir avec parcimonie, car il l'arrêterait dans toute tentative. Elle fit donc éclater un des murs, et sous le regard de son ami, elle n'eut que le temps de secouer la tête avant que le mur se referme. Nox remarqua son geste, sans pouvoir l'analyser. Il attaqua Yoann de ses aptitudes martiales, contre lesquelles le pauvre Diffuseur n'aurait aucune chance. Iris réalisait qu'elle n'avait, elle non plus, aucune chance de défier l'attention du maître, car son pouvoir devait passer par le chi de cet homme pour se concrétiser dans le monde lui appartenant. Yoann encaissa un violent coup de pied sur son torse et se tordit de douleur. Il hurla et leva son regard vers Nox. Si les sentiments humains devaient porter des visages, la hargne aurait adopté celui de Yoann à cet instant. Iris, qui avait entendu l'horrible cri du Diffuseur, pleurait amèrement, ne pouvant s'empêcher d'imaginer la scène. Yoann fonça avec toute sa haine sur Nox pour l'attaquer, mais la vitesse du jeune homme était inégalable, et Yoann encaissa un autre coup douloureux dans le dos. Il tomba à genoux et Nox lui ordonna :

— Libère-la !

— Tu ne l'auras plus jamais ! Elle restera ici avec moi pour toujours, cracha Yoann, enragé.

— Je te briserai les os !

— Elle ne te le pardonnera jamais !

Le maître, craignant que Yoann fasse deviner son plan à Nox, décida de le torturer davantage, pour le convaincre de lui rester fidèle. Il libéra Iris qui, en tentant de parler, réalisa qu'elle était devenue aphone. Elle accourut se réfugier dans les bras de Nox. Le coup fut terrible pour Yoann. Son maître lui murmura :

— Tu veux toujours continuer à la défendre ?

Yoann ferma les yeux et secoua négativement la tête. Son maître l'arma.

Nox, quant à lui, demandait à Iris comment elle se portait. Incapable de répondre, la jeune fille lui montra l'étrange substance qui la gardait prisonnière. À ce moment, Nox sentit le sabre de Yoann s'abattre et l'évita, en protégeant simultanément Iris. Cette dernière supplia Yoann du regard d'arrêter, mais en vain. Nox évita le sabre à nouveau, désarma Yoann et lui taillada la peau du torse. Yoann fut approvisionné d'un nouveau sabre et se défendit de l'attaque suivante de Nox. De plus, le maître fit apparaître une armée d'assaillants de kung-fu qui s'attaquèrent à Nox sans pitié. Il fut cependant abasourdi par la vitesse et la fluidité du jeune homme, réalisant le puissant chi qui le caractérisait.

« Un autre de vos protégés spéciaux, Grand Maître », songea-t-il avec malice.

Iris, qui cherchait désespérément une issue, se convainquit de tenter un dernier essai qui coïncida avec la baisse de concentration du maître devant les exploits de Nox, qui venait de marcher sur les murs du château pour se protéger des assaillants. Iris manipula un des assaillants qui s'écria :

– Nox, Yoann n'est pas l'ennemi !

La substance visqueuse tenta à ce moment de s'en prendre au poignet de Nox, qui se défila grâce à sa fluidité. Il empoigna l'arme d'un des assaillants et se battit contre cette substance similaire à l'ombre d'Umbra. Nox comprit que l'ennemi tenterait de le tenir prisonnier comme Iris en lui enveloppant le poignet. Il s'approcha de son amie et tenta de la libérer de la substance qui l'épousait fermement. Iris – toujours libre mais réalisant que Nox et elle prisonniers dans le monde du maître, ils n'auraient aucune chance – d'un mouvement que personne ne prédit retira le bracelet de Nox, qui disparut sous les yeux meurtris de son amie.

Nox ouvrit les yeux dans la chambre d'Iris en hurlant un déchirant « Non ! » ; il tenta de retourner dans le monde, mais l'invitation semblait avoir pris fin. Le père d'Iris le bombarda de questions.

— Quoi ? Alors ? Que se passe-t-il ?

— Elle m'a fait sortir.

— Pourquoi ?

— Pour que je ne sois pas prisonnier également.

— Comment ?

— Son poignet est enveloppé par une étrange substance moulante. Quelle entêtée ! ragea-t-il.

— Comment est-elle ?

— Elle semble tenir le coup.

— Qu'allons-nous faire ?

— Iris doit sortir de là ! Chaque heure passée ici se traduit en quelques jours dans ce monde avec ces odieux personnages, cracha le jeune homme avec rage en se remémorant les propos de Yoann. De plus, son corps risque d'entrer en coma si elle reste trop longtemps.

— Quoi ? Alors, il faut la transporter à l'hôpital, ordonna Lucas.

— Monsieur Arco, avec tout mon respect, croyez-vous vraiment que les médecins pourraient comprendre quelque chose à des gens qui marchent sur les murs et qui sauvent des suicidaires dans un monde psychique ?

Lucas baissa les yeux avec résignation.

— Je refuse de mutiler le bras de ma fille…

Nox sentit un frisson lui parcourir le corps entier.

Depuis quelques heures, Iris croupissait dans le cachot où elle s'était retrouvée après le départ forcé de Nox. Yoann, lui, dans son coin, rageait contre sa faiblesse émotive. Pour lui, il était hors de question de sauver Iris pour qu'elle aille rejoindre les puissants bras du méprisable héros de ses rêves. Causer le malheur de Nox devint subitement un but tout aussi valorisant à ses yeux que celui qu'il avait caressé en voulant sauver Iris. Quelques jours passèrent ainsi.

Mélissa sortit silencieusement de la chambre de Yoann, son lecteur de disques compacts à la main. Il était quatre heures du matin. Elle se rendit à la station des infirmières, où la chef l'apostropha.

— Tu es encore ici, toi ? Ce n'est pas sain, cette histoire de patient ! Je ne sais pas ce qu'il manigance, le docteur, mais c'est du jamais vu. Je les avais bien avertis, au comité administratif, que du semi-privé ou du privé au Québec serait une catastrophe.

— Je ne sais pas ce qu'il manigance non plus, madame. Moi, je ne fais qu'aider à garder le patient en vie. Vous n'auriez pas des piles AAA ? demanda-t-elle gentiment en lui montrant son appareil électronique.

— C'est pour toi ou pour lui ? demanda l'infirmière en pointant la chambre du patient.

— Pour lui, avoua timidement la jeune stagiaire.

— Y a-t-il une amélioration ? demanda la femme en ouvrant un tiroir et en sortant des piles qu'elle tendit à la jeune infirmière.

— Moi, je trouve qu'il réagit ! Mais le docteur dit qu'il n'a aucune chance de s'en tirer.

— Les médecins, ça ne croit pas aux miracles, ils fonctionnent par statistiques. Ils ne savent rien de la volonté qui sauve des vies.

— Merci, madame, répondit Mélissa en prenant les piles. Elle tourna les talons pour regagner à la chambre du patient, mais s'arrêta subitement.

— Madame ?

— Oui ?

— Savez-vous ce qu'est le liquide bleuté qui lui est administré par intraveineuse ?

— Non. Quel liquide bleu ?

— Celui qui le maintient en vie…

— Je ne vois pas ce que ça pourrait être...

— Laissez tomber, alors.

— Je n'y peux rien, jeune fille. Le docteur Disel me congédierait si je franchissais cette porte. C'est bien ce que je voulais dire : cela ne se produirait pas dans le public ! Ce n'est pas sain, ce n'est pas sain ! s'entêta-t-elle à répéter.

Mélissa retourna auprès de Yoann. Elle lui installa les écouteurs aux oreilles, puis démarra l'appareil. Elle regarda le patient avec tristesse, puis s'assit sur le bord du lit.

虹

Le maître lui parlait mais Yoann était envahi par les sons de la mer.

— Yoann ? demanda l'homme en voyant l'air absent de son esclave.

— Vous n'entendez rien, Maître ?

— Non. Que devrais-je entendre ?

— La mer, répondit le jeune homme, un sourire béat aux lèvres ; les yeux clos, il voyait la mer dans toute sa splendeur et sa grandeur.

— Quoi ? Tu délires ?

Yoann rouvrit brusquement les yeux.

— Excusez-moi, je…

Le Maître soupira à son tour. La situation ne fonctionnait plus pour lui. Yoann ne pourrait jamais obtenir la réponse à sa question et la jeune fille tenait toujours le coup dans le fond de son cachot. Pourtant, sans nourriture fictive dans le monde chi, son corps devrait avoir commencé à se révolter et à ressentir la panique, comme si elle avait dépassé la limite horaire.

— J'aurai ce corps, d'une façon ou d'une autre, se jura-t-il.

Il dévisagea Yoann et lui lança :

— Tu n'es que déception, jeune homme ! Ma patience arrive à sa limite. Ce soir, c'est fini ! D'ici là, si tu me fais changer d'idée… qui sait ?

Le maître disparut et Yoann continua d'écouter le son envoûtant de la mer. Jusqu'à ce qu'elle s'interrompe. Brusquement.

虹

Mélissa ouvrit son lecteur de disques compacts, retira le disque de détente au thème de la mer et y inséra celui au thème de flûte de pan.

虹

Yoann alla voir Iris, que le maître venait de libérer de son cachot.

— Bonjour Yoann. Je suis désolée…

— Tais-toi !

Iris baissa les yeux, peinée.

— Je ne sais pas ce que tu en penseras, lui déclara-t-il, las, mais mon maître en a eu assez. Si tu ne me dis pas où tu es, c'est la fin.

— Non.

— Si ! Alors, c'est ton choix. Ma vie pour la tienne ou vice-versa.

— Yoann, quand j'essaie de sauver les gens comme toi et que je suis traversée par leur peine, je cherche la joie ou la raison qui leur donnerait la volonté de vivre. Quand je suis arrivée ici, je n'en trouvais pas en toi. Maintenant, je sais qu'elle est là et...

— Tais-toi ! Iris, tu es une vilaine fille ! cracha-t-il avec fureur. Je ne veux qu'oublier l'*avant* et ne veux rien savoir d'un *après*. Il n'importe à personne combien on souffre ou même si on est heureux. Chacun pour soi, chacun porte sa croix ! Peu importe moi, peu importe toi ! Il ne reste rien. Je ne crois pas en toi, je ne crois pas même en moi.

— Yoann, je suis désolée de ne pouvoir être celle qui te l'offre mais, maintenant, tu sais que le sentiment existe, il te suffit de trouver la personne qui…

Iris disparut devant les yeux de Yoann.

— Je n'ai rien d'autre à vous offrir, Maître, murmura-t-il en tombant à genoux.

CHAPITRE XIV

E soir tombait dans le monde du maître de Yoann. Ce dernier était resté amorphe, souhaitant que la mort vienne le cueillir une fois pour toutes. Iris, quant à elle, assise au fond de son humide cachot commençait à trembler de froid. Elle avait faim et soif, réalisait-elle avec inquiétude. Elle regarda, de sa vision particulière ses ongles, bleuir. « Oh ! Je commence à céder, je n'y arriverai pas », se dit-elle, angoissée.

Elle se mit en boule et tenta de faire abstraction du malaise physique envahissant que son chi imposait en elle. Prise de panique, elle tenta de s'alimenter en transformant une pierre en bout de pain, mais le maître déjoua son plan sans tarder.

— Enfin ! lança ce dernier. Vous ne tiendrez plus bien longtemps, mademoiselle, lança-t-il avec un cynisme méprisable.

— Vous êtes un monstre ! lança Iris en pleurs.

— Je sais !

La jeune fille se coucha en chien de fusil et trembla de plus en plus vigoureusement. Elle finit tout de même par s'assoupir, et le maître en profita pour aller achever son plan dans le monde physique. Yoann remarqua son départ. Il réalisait que son heure ne tarderait pas à venir lorsque ses sens furent à nouveau envahis par une douce mélodie. Elle ne portait pas, cette fois-ci, les sons de la mer, mais celui, tout aussi doux, d'un instrument à vent qui ressemblait une brise mystique des forêts.

— Iris, c'est toi qui tentes de me rendre dingue de ces mélodies ? lança-t-il, exaspéré.

Pas de réponse. Il étira le cou vers la droite, puis vers la gauche pour chasser l'envoûtement.

— Iris ! Ça suffit ! cria-t-il.

La jeune fille se réveilla en sursaut. L'obscurité totale régnait autour d'elle, mais ce fut l'étrange sensation de vide total qui l'envahit.

— Iris, je t'ordonne de cesser !

— Yoann, est-ce toi ?

Il n'y avait pas de corps, pas d'objet, pas d'air. Seulement leur chi, emprisonné dans la même sphère éteinte.

— Arrête cette musique.

— Quelle musique, Yoann ? Je ne faisais que dormir…

— Menteuse !

— Yoann, tu entends vraiment une musique ?

— Oui.

— Moi, pas.

Iris se concentra à tenter de manipuler le chi du maître, mais réalisa qu'il n'y avait rien à manipuler.

— Où est le maître ?

— Il est sûrement en train de mettre fin à mon esclavage. C'est fini pour moi, Iris.

— Non !

— Écoute, Iris, je voulais savoir quelque chose.

— Quoi ?

— Dis-moi : pourquoi avoir fait sortir Nox ? Ne voulais-tu pas qu'il te sauve, ou au moins qu'il reste auprès de toi ?

— L'amour de Nox est inconditionnel, Yoann. Il aurait fait n'importe quoi pour m'éviter la plus minime des souffrances…

Yoann soupira, envieux.

— Et cet amour, dans le monde de ce vicieux personnage, aurait été le pire talon d'Achille à offrir au maître, continua la jeune fille.

— Tu t'es sacrifiée pour lui ?

— Son sacrifice n'aurait sauvé personne. Or, le Grand Maître mérite plus que moi qu'on se tue pour le sauver.

— Je suis désolé, Iris. J'ignore où il est…

— Je le sais, Yoann.

— Iris ? L'amour dans le vrai monde, vaut-il vraiment le coup ?

— Je ne serais pas ici sinon, Yoann.

— Sans la présence du maître, ne peux-tu pas te sauver ?

— Il est sorti ?

— Oui. Il part seulement quand tu dors.

— Vraiment ? Je crois pouvoir faire quelque chose…

— Iris, je peux te demander une dernière chose, une dernière volonté ?

— Ne dis pas ces choses-là, Yoann.

— Je suis probablement à l'Hôpital Oakland de Montréal, poursuivit-il. J'aimerais que quelqu'un verse une minuscule larme à mon chevet, ajouta-t-il avec tristesse.

— Yoann, arrête tes horreurs ! Attends-moi ici deux secondes. Je nous sortirai tous les deux.

Iris fit apparaître sa sphère.

虹

Nox persistait à tenter de joindre Iris, du monde physique au monde psychique. Des sueurs froides avaient commencé à ruisseler le long du corps de son amie.

— Elle n'en peut plus, dit-t-il au père d'Iris.

L'inquiétude de Lucas monta d'un cran.

虹

Iris, entrée dans son monde, remarqua ses mains bleues. Elle se servit rapidement un grand verre d'eau fraîche et mangea un bout de pain. Elle ne voulait pas rester trop longtemps dans son monde, ignorant quand le maître de Yoann serait de retour dans le sien. L'infâme substance, elle, ne respectait pas les lois de son monde et envahissait de la même façon, ici, son poignet droit.

« Quelle est donc cette odieuse chose ? » se demandait-elle avec angoisse. « Je dois contacter Nox ! Mais comment ? Mon psychique pourrait-il interagir avec le monde physique ? Nox peut bien faire apparaître Nahar, alors… Nahar ? », bégaya-t-elle.

Il apparut.

— Oh ! Dieu ! s'exclama-t-elle en pleurs.

— Mademoiselle Iris, le temps presse !

— Pouvez-vous avertir Nox, Prince ?

— Je peux apparaître ici, car votre appel est une invitation et que je ne suis que chi, mais apparaître dans le vrai monde, c'est délicat et très dangereux. Il faut trouver une autre façon de prévenir Nox…

— Comment puis-je faire, alors ? Je ne peux rester ici trop de temps.

— En effet, l'invasion de votre sphère par le maître de cette odieuse chose qui vous garde prisonnière serait la pire des catastrophes !

— Je ne sais plus que faire, je suis à bout de forces.

— Vous avez déjà passé trop de temps dans des conditions misérables. Tout ce que je puis vous dire, c'est que les mondes s'entrecroisent et que le temps presse.

— Je…

Elle s'arrêta et devint songeuse.

Nox remarqua que le corps d'Iris avait cessé de trembler et de suer.

— Je n'en peux plus, avoua-t-il au père d'Iris. Le Grand Maître saurait quoi faire, mais moi, je ne suis pas très perspicace ni déductif ! Je le sens dans mes entrailles que son corps n'en peut plus d'être en transe…

— Il doit y avoir une autre solution que l'amputation ! déclara Lucas à bout de nerfs.

Nox tenait tendrement la main droite de son amie, les larmes lui imbibant le visage et la douleur lui rongeant le cœur. Soudainement, sans préavis, il se leva brusquement et recula de quelques pas.

– Quoi ? lança Lucas, inquiet.

– Regardez son biceps droit.

Le père d'Iris lui obéit. Une brûlure se matérialisait devant leurs yeux incrédules.

– Ils la brûlent ! s'écria Lucas, horrifié.

– Attendez, lança brusquement Nox.

La tache prenait forme.

– Ce sont des lettres, bégaya Lucas.

– Oui, constata Nox en s'avançant. « N » « O » « X », lut-il.

– Elle t'envoie un message !

– « V », continua le jeune homme, blessé d'imaginer la douleur que son amie devait subir pour appeler à l'aide, sachant qu'elle n'avait pas appris avec succès l'abstraction de la douleur physique lors de ses entraînements. « O », « I », « L », « E », continua-t-il à lire.

– Voile ! répéta Lucas. Que veut-elle dire ?

– Son monde ! comprit soudain Nox.

À une vitesse vertigineuse, il inséra son bracelet et entra en transe.

Iris lui sauta dans les bras, en pleurs. Nahar les laissa.

— Nox, je suis à bout !

— Iris ! Je n'en peux plus de te savoir prisonnière !

— Je dois démanteler ma sphère avant le retour du maître. Il est parti tuer Yoann à Montréal !

— Comment se fait-il que ton poignet soit prisonnier ici aussi ? demanda Nox.

— Cette chose est étrange et puissante ! Je ne vois qu'une solution, Nox. Le sang doit cesser de parcourir mes veines dans mon bras droit pour libérer l'emprisonnement de mes méridiens !

Nox la regarda avec des yeux grands comme des billes. Il l'embrassa passionnément sur la bouche, et cette dernière se teinta d'indigo. Iris se laissa envahir par cet amour et ce premier baiser, peut-être *psychique* mais curatif.

— Il faut faire vite, Nox !

— Je t'aime, Iris ! Je t'attends dans ta chambre.

— Oui ! Finissons-en !

Le jeune homme retira son bracelet. Iris défit sa sphère et se retrouva dans l'obscurité totale du monde abandonné du maître de Yoann. Elle l'interpella, et au moment où ce dernier répondait, le maître revint dans le monde.

— Que se passe-t-il ? demanda l'odieux personnage en illuminant son monde.

Il vit qu'Iris ne dormait plus, puis il aperçut la bouche indigo de la jeune fille. Il regarda Yoann et cracha avec rage :

— Qu'as-tu fait, nigaud ?

— Tuez-moi, maintenant !

— C'est déjà fait ! grogna-t-il avec malice.

— Non ! cria Iris.

Elle vit à ce moment son bras droit s'effacer petit à petit devant ses yeux, du bout des doigts jusqu'au biceps.

Puis, elle disparut.

Iris rouvrit les yeux dans sa chambre. Nox la prit dans ses bras en tremblant.

— Nox, le garrot, lui dit Lucas.

Le jeune homme réagit vivement et retira le morceau de caoutchouc serré sur le biceps droit de son amie : il lui massa énergiquement le bras, pour minimiser la douleur du retour du sang dans ses veines.

Les lettres brûlées sur le biceps paraissaient encore, sans être douloureuses.

— Oh ! Nox !

— Tu as dit que le sang devait cesser de circuler dans ton avant-bras…

— Tu es un génie, mon amour !

— Toi, ne me fais plus jamais un coup de la sorte ! lança Nox à son amie en la foudroyant de ses superbes yeux noirs imbibés d'eau.

Il esquissa un petit sourire de soulagement, puis l'embrassa avec une passion dévorante. Le père d'Iris resta bouche bée devant ce tourbillon d'émotions. Il ne savait que penser. Tout ce qui importait fut que sa chère fille soit saine, sauve et en un morceau, grâce au dévoué garçon qui maintenant l'étreignait devant ses yeux. Il attendit un moment, puis foudroya du regard sa fille, qui avait rougi en réalisant qu'il avait été témoin de son baiser.

— Iris ! Que pensais-tu donc ?

— Papa…

Iris restait immobile, les yeux glacés et sans expression. Elle se tourna vers Nox.

— Nox, il faut tenter de sauver Yoann !

— Quoi ?

— Eh oh ! lança Lucas. Personne ne retourne là-bas.

— Non, pas là-bas. À Montréal, dans un hôpital !

— Iris ! lança Nox, avec brusquerie.

— Il m'a sauvé la vie, Nox ! Et il est le seul à cons-
tituer un lien avec l'ennemi du Grand Maître.

Nox baissa les yeux et soupira longuement.

— Je doute que nous arrivions à temps, Iris, mais
nous allons faire notre possible, répondit-il finalement.

— Si nous n'y parvenons pas, sa dernière volonté
est qu'on se recueille à son chevet, expliqua la jeune
fille.

— Tu n'es pas sérieuse, Iris. Après la nuit que tu
nous as fait passer ? interrompit Lucas.

— Papa, je suis désolée des inquiétudes que j'ai pu
te causer cette nuit, mais je ne peux pas abandonner
comme ça. Sans le Grand Maître, l'ici que tu connais
sera un enfer pire que celui d'où je reviens !

— Monsieur Arco, avec ce que vous avez vu ici, je
crois que vous comprenez l'importance que nous
libérions le Grand Maître, expliqua Nox.

— Nous irons seulement tenter de sortir Yoann du
coma avant que son cœur ne s'arrête, papa.

— Donnez-moi ces bracelets.

Nox les lui tendit.

— Je dois être dingue, dit Lucas.

À cette affirmation, il consulta sa montre, se rappelant qu'il avait promis à sa sœur qu'il irait la chercher
pour sa sortie de l'hôpital. Ils sortirent tous les trois de

la chambre d'Iris, sans qu'aucun d'eux remarque leur reflet noir et blanc dans le miroir de la jeune fille.

虹

Le docteur Disel, qui avait été tiré de son sommeil par un appel de M. Duong, arrivait maintenant à l'Hôpital Oakland. Au même moment, Mélissa sortait de la chambre de Yoann pour se rendre à la cafétéria, qui ouvrait ses portes. Le docteur entra dans la chambre de Yoann avec sa petite trousse. Il prit le sac de liquide bleuté et le rangea. Il sortit une seringue remplie de liquide rouge et l'inséra au travers de l'orifice, dans le tube de soluté. Ce liquide devait neutraliser, même après le décès du patient, toute trace du liquide bleu qui avait permis de tenir Yoann dans le coma. À ce moment, il remarqua les écouteurs sur les oreilles du jeune patient. Il les lui retira, écouta la musique qui jouait, puis arrêta l'appareil en soupirant avec cynisme devant l'initiative inutile de la stagiaire. Il sortit silencieusement de la chambre avec sa trousse et le lecteur de disques compacts de Mélissa. Il se dirigeait vers son bureau lorsqu'il croisa la jeune fille.

– Je vous avais pourtant donné congé, Mélissa, lâcha-t-il sèchement en lui tendant son appareil.

Elle rougit en le prenant.

– Je ne vous demande pas de me payer pour les heures que….

— J'espère bien que non ! l'interrompit-il. Maintenant, vous pouvez partir, votre stage est fini.

La jeune fille sursauta, surprise. Disel la dévisagea avec mépris.

— D'accord, docteur, répondit-elle avec résignation et elle fit demi-tour pour reprendre l'ascenseur.

Le médecin entra dans son bureau et sortit le dossier de Yoann. Il rédigea brièvement le rapport de décès du jeune homme. Il regarda sa montre et inscrivit l'heure de l'arrêt cardiaque, qu'il fixa environ une heure plus tard. Son téléavertisseur retentit.

Mélissa sortit de l'ascenseur et se dirigea vers le hall d'entrée, son appareil électronique à la main. Elle revit le méprisable homme le lui tendre d'une main et tenir sa mystérieuse petite trousse de l'autre. Elle sentit son cœur battre lourdement dans sa poitrine. « Non ! Mélissa, tu ne peux pas l'abandonner entre ces vilaines mains. C'est trop louche », se murmura-t-elle en cessant de marcher.

Elle se rendit aux toilettes près de l'entrée principale de l'hôpital. Elle se sentait étourdie. Pourquoi son cœur lui imposait-il cette étrange sensation ? songea-t-elle, bouleversée. Elle s'aspergea le visage d'eau fraîche et se regarda dans le miroir.

— Mélissa, même si tu te trompes, au moins ainsi tu ne te tordras pas de remords…

Elle ressortit et retourna vers l'ascenseur. Elle s'arrêta à mi-chemin : elle venait d'apercevoir le docteur Disel se diriger prestement vers la sortie, sa fameuse trousse en main. Elle se retourna pour éviter que lui la voie. Après qu'elle l'eut suivi des yeux jusqu'à la sortie, elle se précipita vers l'ascenseur. Elle arriva à la chambre de Yoann et y pénétra. Son intuition ne l'avait pas trahie. Elle resta pétrifiée devant le crochet de soluté, qui ne portait plus la seconde poche, celle du fameux liquide bleu qui, prétendument, gardait le jeune homme en vie.

– Oh non ! bégaya-t-elle. Maintenant quoi ?

Son cœur s'accélérait frénétiquement dans sa poitrine. Elle sortit de la chambre. Dans le corridor, le changement d'infirmière s'effectuait. La jeune stagiaire se dirigea directement au bureau du médecin. La poignée était verrouillée. Mélissa soupira avec angoisse en posant sa main sur la porte, qui s'ouvrit légèrement. Le docteur, pressé, ne l'avait pas bien fermée. La jeune fille regarda autour d'elle. Était-ce bien raisonnable de se laisser manipuler par toutes ces choses que sa tête imaginait ? songea-t-elle, inquiète. Elle entra malgré tout dans le bureau privé de Disel.

Elle chercha partout une poche bleue pour Yoann – c'est tout ce qu'elle voulait trouver dans ce lieu –, mais ses yeux s'arrêtèrent sur le dossier du garçon, ouvert sur le bureau. Elle lut l'acte de décès et regarda machinalement sa montre. Il manquait une demi-heure pour arriver à l'heure indiquée sur le rapport.

— Mais cet homme est un monstre, bégaya-t-elle.

Elle reprit la fouille du bureau, tentant désespérément de trouver le liquide qui sauverait le jeune patient. Exaspérée par l'échec de sa recherche, elle sortit et alla retrouver l'infirmière en chef. Ce n'était pas la même que celle à qui elle avait demandé les piles, plus tôt dans la nuit. Elle hésita, puis osa lui demander où elle pourrait se procurer une poche du liquide bleu pour le patient.

— Je ne vois pas vraiment de quel liquide vous voulez parler. Ici, nous n'avons aucune directive à ce sujet, lui répondit sèchement l'infirmière, qui ne semblait guère l'apprécier.

Mélissa retourna auprès de Yoann, bredouille. Elle s'assit à son chevet et lui murmura à l'oreille :

— Je ne t'abandonnerai pas, Yoann.

Yoann sentit un frisson lui parcourir le cou près du lobe de son oreille. Il entendit son prénom que seule cette envoûtante voix pouvait prononcer ainsi. Il était dans l'obscurité totale depuis longtemps et attendait sa dernière heure.

— Si tu n'es pas Iris, qui es-tu ? lança-t-il.

La luminosité bleutée s'installa autour de lui et, avec elle, l'inconfort, le froid et cette sensation de vide qu'il avait sentie toute sa vie.

— Ah ! cria Yoann. Mort, viens donc me chercher, grogna-t-il. Je n'en veux plus de cette existence de misère.

*Il cria à plusieurs reprises toute sa rage, puis la lumi-
nosité changea et son inconfort se dissipa pour laisser place à
un bien-être merveilleux. La silhouette lumineuse qu'il avait
entrevue à quelques reprises au début de son périple dans ces
étranges mondes lui apparut. De sa voix mystérieuse, elle
l'invita finalement à la rejoindre.*

— Viens maintenant, Yoann…

— Vraiment ?

*— Oui ! Laisse la douleur derrière toi et sens ma chaleur.
Le temps cessera pour toi et la souffrance aussi !*

— C'est mon heure ?

*— N'est-ce pas ce que tu désires ? La fin ? Je suis finale-
ment prête à te prendre.*

*Yoann resta immobile. Cette voix, il ne l'entendait pas
par ses sens. Elle était mystérieusement silencieuse et se
faisait entendre par la simple pensée. Il sentait cependant
que la Mort était vraiment en train de l'inviter dans ses bras,
mais son cœur, lui, résonnait tel un gong dans un
majestueux palais. Pour Yoann, c'était ses cellules qui
vibraient à l'appel de son cœur.*

*— Attendez. Et s'il me restait quelque chose à
accomplir ?*

*— Alors, ton heure ne viendrait pas ! Mais tu as tant
insisté pour qu'elle vienne que…*

*— Oui ! Je sais, je croyais que rien ne m'était dû dans ce
monde de misère, mais je réalise que je n'ai jamais regardé*

autour de moi avec les bons yeux, et que si seulement je pouvais poser un bon geste, fût-il unique, je pourrais alors sentir – une seule fois dans ma vie – autre chose que des horreurs et comprendre qu'on est finalement seul dans ce monde que lorsqu'on s'y croit seul !

— Serais-tu prêt à rebrousser chemin dans le douloureux, sombre et angoissant tunnel qui te ramènerait à tes sens ?

— Je ne sais pas, je...

— Quand notre tour arrive, on sent mes bras autour de soi et on sent le bien-être de l'accomplissement.

Yoann regarda cette luminosité si apaisante. Il regarda le tunnel sombre derrière lui.

— Et l'autre voix ?

— Quelle voix ?

— Celle qui murmure mon prénom ?

— Peut-être est-elle celle qui te rappelle que ton heure n'est pas arrivée si tôt ?

Le moniteur cardiaque de Yoann venait d'afficher sa ligne plate, devant les yeux horrifiés de la pauvre Mélissa, qui sentait son cœur se serrer dans sa poitrine.

— Yoann ? pleura-t-elle.

Elle se pencha au-dessus du corps du garçon. Un sourire illuminait le visage si triste de l'étrange patient. Mélissa n'arrivait pas à accepter qu'elle ait failli à ce que son cœur lui dictait de faire. Elle avait vraiment cru qu'elle sauverait cette pauvre âme en peine. Elle secoua la tête de gauche à droite, puis refusa de baisser les bras. Elle prit le revers de sa main droite dans la paume de sa gauche ; entrecroisant les doigts, elle posa ses deux mains sur la poitrine de Yoann et poussa avec fermeté.

— Yoann, reviens ! dit-elle en répétant son geste.

Yoann sentit la gravité revisiter son corps, il vit la luminosité apaisante s'évaporer et malgré le bien-être total qu'il avait frôlé, cette fois-ci il ne s'en frustra pas. Il était prêt à réessayer, différemment. Il parcourut le sombre tunnel de retour avec conviction...

Le moniteur cardiaque retentit et Mélissa cessa sa réanimation. Elle se laissa tomber sur le bord du lit en pleurant. Les yeux de Yoann s'ouvrirent doucement. Il respira à pleins poumons. Mélissa sursauta et se leva. Yoann remarqua sa présence, bien que sa vision ne lui permit que d'entrevoir sa silhouette. À travers ce prisme particulier, la jeune fille semblait briller d'une luminosité différente – encore plus apaisante – de celle que Yoann avait aperçu au seuil de la mort.

— Qui êtes-vous ? demanda-t-il.

Mélissa, tremblante, répondit :

— Je m'appelle Mélissa, je suis infirmière.

Yoann reconnut la voix ensorcelante. Son moniteur cardiaque décela l'allégresse profonde qui parcourait son cœur. Croyant que la stabilité du patient basculait à nouveau, Mélissa sortit à la course dans le corridor et cria :

— Aidez-moi ! Il s'est réveillé, mais il est instable !

Deux infirmières répondirent à son appel et entrèrent dans la chambre pour prendre les signes vitaux du patient. Mélissa resta dans le corridor, ébranlée par les derniers évènements. Elle songea au rapport du docteur dans son bureau et se dit qu'elle devait s'en emparer avant qu'il ne le détruise, pour cacher sa faute. Elle se dirigea directement vers le bureau mais, lorsqu'elle en était ressortie plus tôt, elle avait bien refermé la porte, qui était maintenant verrouillée.

Mélissa tenta de trouver une façon d'y retourner pour y cueillir le rapport du docteur fautif.

虹

Dans le hall d'entrée de l'hôpital, Iris et Nox interrogèrent un commis au comptoir d'information au sujet de Yoann. Le travailleur les dirigea vers la section privée, où ils s'informèrent de nouveau.

— Vous êtes des amis ? demanda l'infirmière au poste.

— Oui.

Elle pointa la chambre de Yoann, d'où sortait une des deux infirmières que Mélissa venait d'interpeller quelques minutes plus tôt.

— Il paraît qu'il vient de sortir du coma, expliqua-t-elle.

— Appelez le docteur Disel, lança l'infirmière qui sortait de la chambre, avant de s'y engouffrer de nouveau.

— Pouvons-nous le voir ? demanda Iris.

— Je ne crois pas que ça soit une bonne idée avant l'arrivée du docteur…

— Je vous en prie, madame. Yoann souffre d'angoisse, il doit être tout perdu et je suis certaine que des visages familiers lui feraient grand bien, mentit Iris.

— Bon d'accord, mais ne dérangez pas les infirmières.

Iris et Nox entrèrent dans la chambre. Les infirmières en ressortaient, ayant terminé leurs manœuvres.

— Iris, murmura Yoann, ému.

— Yoann ! Comment est-ce possible ?

— Il paraît que la volonté sauve des vies et je crois que le Grand Maître a besoin de moi, ajouta-t-il.

Nox manifesta son soulagement.

— Merci Yoann ! dit-il avec sincérité et reconnaissance.

— De rien, Nox ! Maintenant, sortez-moi d'ici avant que le docteur ne vienne s'occuper à nouveau de moi, ironisa-t-il en retirant tous les tubes attachés à son corps.

Ils l'aidèrent à se lever. Iris sortit de la chambre, afin de détourner l'attention des infirmières pendant que Nox aiderait Yoann à s'enfuir de la chambre et à s'éloigner.

Une fois hors du champ de vision du poste d'infirmières, Yoann s'assit sur une chaise pour reprendre ses forces ; c'est ici qu'ils étaient convenus d'attendre Iris.

— Yoann, pardonne-moi de t'avoir attaqué, commença Nox.

— Écoute, Nox ! Tu pensais que je tenais Iris prisonnière, je peux très bien comprendre…

Iris arriva.

— Alors ? demanda-t-elle.

— Il vaut mieux que je ne traîne pas ici, répondit Yoann. Mais ça serait bien que je sois convenablement habillé !

Nox grommela et Iris se fendit d'un large sourire en le regardant.

— D'accord, je lui prête ma redingote, mais seulement jusqu'à la voiture de ton père.

— Merci, Nox. Il vaut mieux ne pas faire attendre mon père, il a déjà eu une rude nuit, ajouta Iris.

— Bien, je vous dirai ce que je crois être une *source*, une fois sorti d'ici, déclara Yoann.

Nox ôta la redingote de cuir et la tendit à Yoann.

— Elle appartenait à mon père, crut bon de lui préciser Nox.

Iris mit sa main dans la sienne et lui sourit amoureusement. Yoann, enfilant le manteau, les regardait silencieusement.

— Iris... J'ai retrouvé la voix qui m'ensorcelait.

— Vraiment ?

— Oui ! C'était celle de l'infirmière qui m'a sauvé. Elle s'appelle Mélissa. J'aimerais bien revenir la remercier quand nous aurons réglé le cas de mon vilain maître.

Iris eut un sourire détendu.

— Alors, avais-je tort, Yoann ? N'y a-t-il pas toujours une raison à tenir à la vie ?

— Non, tu n'avais pas tort. Je ne me suis jamais senti aussi en vie qu'en ce moment.

Ils se dirigèrent vers les ascenseurs. Yoann avait drôle allure, pieds nus et avec un manteau trop grand pour lui.

CHAPITRE XV

UCAS fut un peu surpris devant l'apparition du nouvel ami d'Iris et Nox, surtout lorsqu'il retira la redingote de Nox pour la lui rendre, ne gardant pour tout vêtement que sa jaquette d'hôpital détachée, qui laissait voir un maigre torse couvert de tatouages. Il scruta le regard de sa fille pour y trouver une explication, mais la seule réponse qu'il obtint fut un sourire, et la question que sa fille posa au nouveau venu.

— Alors Yoann, quelle est cette *source* ?

— Ma mémoire !

— Pardon ? demanda Nox, assis aux côtés de l'adolescent sur la banquette arrière de la voiture du père d'Iris.

— Si j'ai bien compris, chacun de vous a sa spécialité, non ?

— Oui, répondit Iris, tournée vers les deux garçons. Continue, Yoann.

— Je crois que ma mémoire pourra nous aider à retrouver le Grand Maître, poursuivit-il. Depuis que je suis tout petit, elle se compare à un énorme magnétoscope, que je peux refaire jouer et rejouer à ma guise.

— Tu crois avoir gravé dans ta mémoire l'image qui nous mènera vers l'ennemi du Grand Maître ?

— Je l'espère : c'est tout ce que j'aurais à offrir…

— Ça ne coûte rien d'essayer, déclara Iris. Où dans ta mémoire comptes-tu chercher ?

— Je vais remonter jusqu'au soir où j'ai rencontré le malfrat qui m'a refilé la maudite gélule bleue.

— D'accord.

— Des fois, je dois m'interrompre parce que le vertige est trop intense, prévint-il.

Il ferma les yeux. Lucas le regarda au travers de son rétroviseur. Il vit les yeux clos de l'adolescent bouger à toute vitesse derrière ses paupières. Tout cela semblait irréel, et Lucas baissa les yeux : il sentait en lui un étrange vertige, comme s'il participait à ce que vivait Yoann à cet instant précis.

Le voyage à rebours de Yoann s'était entamé et il était présentement sur le toit d'un édifice d'une ruelle, caché derrière un muret. Il rangeait la gélule dans sa poche, touchait la bosse qu'elle formait sur la poche de son jean, ouvrait les yeux, respirait, hors d'haleine, se relevait et reculait en courant sur le toit. Comme si quelqu'un rembobinait le film de sa vie. Il recula ainsi, avec un vertige croissant, jusqu'à une intersection, où ses yeux se posèrent sur une affiche, alors qu'il attendait le feu vert. Il dut prendre un moment de repos, le vertige était intense. Comme la première fois qu'il avait lu cette annonce, il fut intrigué. Il rouvrit les yeux.

— Alors ? demanda Nox impatient.

— Je suis étourdi…

— Prends ton temps, Yoann, dit gentiment Iris pour l'inciter à continuer.

Yoann songeait aux lettres de l'annonce : EMI. Il savait ce qu'était une expérience de mort imminente, il connaissait quelqu'un qui en avait vécu une et qui en était resté marqué pour le reste de sa vie. Il réalisa avec effroi que ce qu'il venait de vivre était exactement la même chose : l'apesanteur, le tunnel, la silhouette lumineuse, l'apaisant sentiment de bien-être…

Il soupira profondément, regarda à l'extérieur de la voiture et s'écria :

— Arrêtez à l'intersection, s'il vous plaît !

Lucas lui obéit. Nox et Iris regardèrent Yoann ouvrir la portière, sortir en jaquette, pieds nus, et se diriger vers un poteau. Le placard publicitaire était le même que Yoann venait de voir en songe. Il l'arracha et retourna dans la voiture.

— Qu'est-ce ? demanda Iris avec curiosité.

— Je n'en sais rien, mais ça m'intrigue trop. Avez-vous un cellulaire ?

Nox lui tendit le sien. Yoann composa le numéro.

— Clinique SOS EMI du docteur Disel, bonjour. Que puis-je faire pour vous ? répondit une voix de femme.

– Bonjour, je voudrais avoir de l'information sur votre clinique.

– Avez-vous déjà vécu une expérience de mort imminente ? demanda la femme.

– Oui.

– Pouvez-vous me la décrire en détail, car la clinique est très stricte, nous n'acceptons que ceux qui ont vécu des expériences particulières…

Yoann expliqua son expérience personnelle, celle qu'il avait vécue quand la lumière bleutée disparaissait et que la lumière apaisante s'installait. Les trois autres occupants de la voiture l'écoutaient avec curiosité.

– Bien ! Le but de notre clinique est de soulager ceux qui ont vécu une EMI comme vous, car après leur expérience, bien souvent leur vie bascule et ils en viennent – avec le temps – à vouloir revivre l'expérience, expliqua la femme. Quand avez-vous eu la vôtre ? demanda-t-elle.

– Cette semaine.

– Il est probablement trop tôt, mais peut-être que vous sentirez rapidement la nécessité de nos services…

– D'accord, je garderai le numéro et vous contacterai en temps et lieu, conclut Yoann avant de raccrocher.

– Alors ? Qu'est-ce ?

– C'est la clinique d'un certain docteur Disel, qui aide ceux qui ont été au seuil de la mort, répondit Yoann en redonnant le téléphone à Nox.

– Disel ? s'écrièrent Nox et Iris à l'unisson.

– Oui.

– C'est le nom du médecin que l'infirmière, en sortant de ta chambre, a fait appeler, expliqua Iris.

– Alors, mon intuition ne me trompait pas, murmura Yoann.

– Nous avons une brèche, déclara Iris.

– C'est très vague, mais c'est un début, soupira Nox.

Son téléphone sonna et le jeune homme, surpris, le regarda. Peu de gens avaient son numéro. Il répondit, intrigué.

– Allô ?

– Nox, c'est Xu !

– Bonjour Xu, répondit Nox en vietnamien, à la grande surprise d'Iris qui ignorait que le Grand Maître avait enseigné sa langue maternelle à son ami.

– J'ai du nouveau.

– Nous aussi. Iris est libérée et nous croyons pouvoir retrouver une personne liée à l'ennemi du Grand Maître.

– Je suis soulagé pour mademoiselle Iris. Le temps presse, maintenant, pour mon vieil oncle. J'ai questionné mon père au sujet des ennemis potentiels du Grand Maître et je me rends de ce pas au monastère où mon grand-oncle a été moine pendant de nombreuses années.

– Bien.

– Je vous tiens au courant dès que j'avance un peu.

– D'accord, Xu.

Le jeune Vietnamien raccrocha, sortit du jardin asiatique du Grand Maître, enfourcha son vélo et se dirigea vers le monastère, un imposant château longeant le flanc de la montagne – le même qu'Iris et Nox avaient connu au royaume chi. Le soir était déjà tombé quand l'adolescent y arriva, exténué. Il cogna fermement à l'énorme porte massive. Il n'y avait ni pont-levis ni fosse autour du château, c'était juste une imposante bâtisse de pierre. Dans le royaume chi, le Grand Maître en avait modifié les apparences. Un vieux moine, la tête couverte de son capuchon, vint ouvrir à Xu.

– Oui ?

– Je suis le petit-neveu du Grand Maître Liu Ping et je voudrais…

– Nous ne connaissons personne de ce nom, déclara fébrilement le moine. Partez ! ajouta-t-il en baissant les yeux.

Xu fut pris au dépourvu par cette abrupte réponse.

— Mais…

— Partez, malheureux ! répéta le moine nerveux en refermant la porte.

Xu rebroussa chemin, bouleversé. En redescendant la colline, le pneu de son vélo éclata. Il en descendit et maugréa. Il dut continuer sa route à pied, transportant son vélo à côté de lui. Au bas de la colline, un vieil homme lui adressa la parole.

— Les malheurs n'arrivent jamais pour rien ! lui dit-il.

Xu le regarda en silence. Il n'était pas vraiment d'humeur pour les paraboles, mais on lui avait enseigné le respect des personnes âgées. Il lui sourit en haussant les épaules. Le vieil homme répondit à ce sourire, et Xu le reconnut enfin.

— Mais ?

— Au monastère, il n'est pas sécuritaire de s'avouer petit-neveu de Liu Ping, même si la plupart des moines le vénèrent avec respect. Néanmoins, personne n'est à l'abri de la grande menace, et la peur est grandement incapacitante, expliqua le même homme qui venait tout juste de chasser Xu aux portes du monastère.

— Que se passe-t-il ?

— Liu est venu me voir.

— Quand ?

— En méditation. Il est prisonnier. Il m'a dit que vous ne tarderiez pas à venir et que vous aviez toute sa confiance.

Xu se sentit gonflé d'orgueil.

— Où est-il ?

— Pas loin d'ici. Ils le maintiennent en méditation, mais il est drogué par une puissante substance qui manipule son chi. Comment sont vos aptitudes en kung-fu ?

— Bonnes, je crois…

— Il est surveillé par une bonne armée de combattants exemplaires !

Xu ravala le nœud qui venait de se former dans sa gorge. Le vieil homme sourit. Il sortit une petite bourse et la tendit à Xu.

— Vous ne serez pas seul, jeune homme ! déclara-t-il en posant une main sur son épaule et en lui remettant la bourse de l'autre.

Xu sentit un étrange courant le traverser à ce contact.

— Si vous le libérez, il faudra lui donner rapidement le contenu de cette bourse pour purifier son corps de la drogue qu'ils lui administrent par intraveineuse. Ce ne sera pas facile, il a passé beaucoup de temps inconscient.

— Je mourrais pour le sauver !

— Je préfère que vous le sauviez tout court, brave garçon !

Le vieil homme lui indiqua l'endroit où se rendre et lui souhaita bon courage. Xu le remercia, abandonna son vélo et partit résolument.

Il avait un vieil oncle à libérer.

Les trois amis étaient rentrés chez Iris. Lucas avait annoncé à sa fille qu'il devait aller chercher sa tante Lélia, qui sortait ce matin même. Nox avait prévenu son superviseur qu'il ne pourrait pas retourner au travail ce vendredi matin, et l'homme l'avait enjoint de prendre le repos nécessaire ; il l'attendrait lundi matin. Iris, Nox et Yoann faisaient maintenant des recherches à l'ordinateur pour tenter d'avoir plus d'information sur la fameuse clinique ainsi que sur le docteur l'opérant. Leurs recherches ne furent pas très concluantes, car la clinique semblait opérer très discrètement. Ils dénichèrent malgré tout un document vantant les mérites d'un nouveau médicament qui avait permis une avancée significative dans les recherches sur les EMI. L'actionnaire majoritaire du miraculeux médicament était un dénommé Duong, ce qui piqua la curiosité de Nox.

— Ce nom me dit quelque chose.

– Qui est-ce ?

– Un moine, ami du Grand Maître. Un jour, on a perdu sa trace.

– Que veux-tu dire ?

– Le Grand Maître m'avait raconté que lorsque la politique du Viêt-nam se corsa, le gouvernement envoya des représentants à leur monastère, car les moines de cet endroit avaient la réputation de maîtriser l'art guerrier le plus redoutable du pays. Duong accepta les alléchantes propositions du gouvernement, bien qu'il brisât ainsi le vœu du secret de l'ordre auquel il appartenait. Il avait insisté auprès du Grand Maître pour qu'il se rallie à lui mais le Grand Maître avait refusé et l'avait sévèrement blâmé pour pareille traîtrise. Duong avait craché des menaces de mort devant l'insulte qu'il avait vue dans la réponse de son ami. Par la suite, le Grand Maître avait quitté le Viêt-nam pour s'installer ici et ils ne s'étaient jamais revus.

– Alors, le maître de Yoann serait M. Duong ?

– Je crois bien…

Le père d'Iris entra dans la maison, accompagné de sa sœur. Ils avaient fait un détour pour acheter des vêtements et des souliers pour Yoann. Lucas les lui offrit et le jeune homme, ému, le remercia sincèrement. Il n'avait jamais porté des vêtements tout neufs.

– Tante Lélia ! s'exclama Iris en lui sautant dans les bras.

— Bonjour Iris ! Tu as traumatisé ton père cette nuit ?

Iris rougit.

— Si j'ai bien compris, les choses se corsent ?

— Oui, tante ! Je te présente Nox et lui, c'est Yoann, ajouta Iris en pointant le jeune homme qui ressortait de la salle des toilettes, vêtu d'un jean et d'un t-shirt blanc neuf.

— Nox, l'homme-chien ?

— Non, moi je suis celui à qui le chien a volé le nom ! maugréa-t-il.

À cet instant, le souffle de Nox se glaça et Nahar apparut quelques secondes plus tard.

— Ils recommencent ! lança ce dernier.

Pour Yoann et Lélia, l'apparition de Nahar était une première.

— Et lui ? demanda finalement Lélia.

— Bonjour, madame, je suis le prince Nahar, dit-il en présentant sa main.

Lélia lui tendit la sienne – la seule qu'elle eut –, et le jeune prince y déposa un baiser qui la fit sourire.

— Désolé de voir que notre ennemi ait osé toucher une aussi belle femme, dit-il en constatant son handicap au bras droit.

— Il ne s'arrêtera probablement pas à ça non plus, rétorqua-t-elle.

— Nox, ça va ? demanda Iris, qui pendant cet échange n'avait cessé d'observer son ami.

— Effectivement, ils recommencent.

Lucas intervint :

— Iris, je ne vous permettrai pas d'en…

— Les serviteurs de la Mort s'en prennent à nouveau aux Diffuseurs et Diffuseuses, le coupa Iris, les yeux dans le vague.

— Je ne vous permettrai pas d'entrer en contact avec eux !

— Lucas… commença sa sœur.

— Non, Lélia, ce ne sont que des gosses !

La pendule se tut dans la tête de Nox, Nahar disparut ; deux secondes plus tard, il réapparut.

— Ils y vont de plein fouet, rapporta-t-il.

— Ils veulent vraiment nous faire retourner là-bas, expliqua Nox.

— C'est affreux ! déclara Iris.

— Je n'ai pas l'intention de leur donner la chance de te refaire prisonnière, Iris, continua Nox, résolu.

— Mais Nox, tu vas…

— C'est une souffrance que je suis prêt à endurer.

Le stratagème se répéta maintes fois et Nox commença à sentir un haut-le-cœur devant toutes ces pendules qui se taisaient tour à tour dans sa tête.

Son fidèle ami l'avait accompagné à chaque épisode pour rompre l'ensorcellement. Iris sentit des larmes sillonner ses joues, comme des glaçons lui brûlant la peau du visage.

Yoann regardait la scène, impuissant.

Lucas et Lélia restaient silencieux.

Xu, tapi dans un buisson, épiait les allées et venues des ennemis qui gardaient son vieil oncle prisonnier. Il trouva l'endroit par lequel il se faufilerait à l'intérieur du hangar, que l'ami de Liu Ping lui avait désigné comme la prison du vieil homme. Ils étaient plusieurs à surveiller ce hangar et Xu commençait à croire à l'impossibilité de sa mission.

— Un contre une quarantaine de combattants, vous avez beau avoir toute la confiance du monde en moi, Grand Maître, c'est de la folie !

— Vous n'êtes pas seul, jeune homme, entendit Xu qui resta figé par ce murmure qui ne venait pas de l'extérieur, mais de l'intérieur de sa tête.

Il se secoua vigoureusement pour chasser l'étrange sensation de sentir quelqu'un dans sa tête, quelqu'un de bien particulier. Il se rappela toutes les histoires qu'il avait entendues, enfant, au sujet de son grand-oncle et de l'ordre des moines dont il avait fait partie.

Des histoires défiant toutes les lois de la nature, de la logique, et de la réalité.

Au monastère, un groupe de moines, isolés dans un recoin du château, entamaient une méditation.

Xu prit son courage à deux mains et s'abattit avec acharnement sur l'ennemi, faisant tomber, en silence, un à un ses adversaires. Lorsqu'ils furent plusieurs à s'attaquer à lui, il parvint à une vitesse, une légèreté et une force surhumaines. Il n'encaissa pas même un seul coup et, quelques minutes après le début des confrontations, il se retrouva à être le seul homme debout. Abasourdi mais fier, il força la porte du hangar. Il entra et alluma pour y trouver aussitôt son vieil oncle ligoté sur une civière, un tube de soluté au bras ; deux liquides lui étaient administrés par intraveineuse, l'un bleu, l'autre translucide. Xu prit la bourse que le vieux moine lui avait donnée et l'ouvrit. Il trouva à l'intérieur une ampoule remplie d'un liquide vert. Il retira le tube de soluté, ainsi que l'aiguille insérée au poignet du vieil homme inanimé. Après avoir détaché son oncle, il brisa l'embout de l'ampoule, releva légèrement la tête du vieil homme, inséra le bout de l'ampoule dans sa bouche et y versa le liquide. Il aida son oncle à avaler en passant son doigt sur sa pomme d'Adam. Il redéposa doucement la tête et attendit avec anxiété que le miraculeux antidote fonctionne.

Les multiples attaques sur les Diffuseurs avaient finalement cessé. Iris consolait Nox, tous deux assis sur le sofa du salon. Yoann, Lucas et Lélia étaient passés à la cuisine. Lucas préparait un repas matinal pour ceux qui n'avaient pas mangé.

虹

Maître Duong ragea devant l'échec de son appel insistant sur les protégés du Grand Maître. De plus, il avait réalisé que Yoann avait échappé à la mort, et quand son complice le rappela pour l'avertir qu'il s'était également enfui de l'hôpital, il l'avait couvert d'insulte.

— Vous m'aviez pourtant juré qu'il n'y avait rien en lui qui tienne à la vie !

— En effet, mais quelqu'un s'est ingénié à lui redonner quelques raisons de vivre. Ne vous en faites pas. Je m'occupe de cette personne.

Maintenant, l'odieux maître Duong, frustré, pressentait une autre défaite. Le chi du Grand Maître combattait en ce moment même pour obtenir sa liberté.

« Ils m'auront tous échappé ! » se dit-il avec rage. Puis, il songea à Yoann. « Serais-tu avec eux ? Pourrai-je finalement trouver l'endroit privilégié de ces chi si puissants, malgré tout ? » lança-t-il d'un rire sardonique.

Il se leva de son fauteuil, contourna son bureau et se rendit sur un petit tapis réservé à sa méditation. Il s'assit en tailleur et entra en satori quelques minutes plus tard.

虹

Xu remarqua que la respiration de son vieil oncle s'accélérait. Le corps du vieil homme tressaillit. Le Grand Maître lâcha un caverneux râle qui retentit dans le hangar vide. Il fut pris de violentes convulsions. Xu sentit l'angoisse comprimer sa poitrine, il prit les deux poignets du Grand Maître pour minimiser les contorsions provoquées par la crise de type épileptique de son oncle. Il le supplia de ne pas succomber. Le corps du vieil homme était glacé.

— Il a passé trop de temps là-bas, bégaya le jeune homme, découragé.

— Xu, les méridiens de son poignet droit... lui murmura la voix du moine dans sa tête.

L'adolescent n'hésita pas une seconde et scruta le poignet de son oncle pour y trouver l'endroit exact des méridiens en question.

Le Grand Maître regarda l'infâme substance enveloppant son poignet droit.

— Duong, comment avez-vous pu éveiller une telle plaie ! Après que nos ancêtres eurent passé des siècles à la confiner loin du monde matériel pour contenir sa vile avidité de fin et de chaos, lança-t-il dans le vide.

Il attendit que son petit-neveu fasse ce que ses amis lui dicteraient de faire mais, à l'instant même où son poignet droit se mit à disparaître à partir du bout des doigts, il vit une fenêtre flotter dans le vide.

— Iris…

Ce fut le premier mot que son petit-neveu entendit.

虹

En profond satori, M. Duong procédait à une séance bien particulière, mais bien exigeante. Les chi puissants comme le sien avaient la particularité de pouvoir conserver des étincelles d'autres chi croisés dans leur existence. Ceux qui n'étaient pas assez puissants n'avaient pas l'aptitude de rompre cette invasion. La possession de ces particules permettait au puissant chi d'être indirectement en contact avec ceux des autres et, lors d'un satori profond, il pouvait les localiser dans l'espace spatio-temporel qui caractérisait leur existence matérielle. Le Grand Maître avait cette force qui avait toujours empêché Duong de garder un lien indirect avec son chi. Mais dans le cas de Yoann, le maître ne s'était pas gêné. Il avait échoué pour Iris et

Nox mais, s'il avait deviné à raison qu'ils étaient maintenant ensemble, son épuisant satori lui permettrait de savoir où ils étaient. La carte des chi du monde se présentait maintenant à lui comme une splendide toile céleste nocturne. Les innombrables étoiles la parsemant rassemblaient tous les chi du monde. La concentration pour retrouver celui de Yoann serait un effort monumental et épuisant que Duong s'obstinerait à effectuer afin de reprendre une fois pour toutes la situation en main. Lorsque son chi le localisa, l'image du ciel fit un zoom sur son objectif, tel un satellite programmé sur une coordonnée cartographique précise. Duong tentait d'agir avec rapidité, car la fatigue psychique qu'une telle séance pouvait occasionner pouvait le sortir brusquement de son satori et une autre séance serait impossible avant plusieurs jours. En s'approchant du but, il fut surpris d'y découvrir plus d'une chose qui l'intéressât vivement.

— Tiens donc… soupira-t-il.

Dans la maison d'Iris, nos amis avaient terminé le bon repas que Lucas avait préparé et avaient regagné le salon. Lélia prenait sa douche à l'étage. Quand elle eut fini, elle se rhabilla et sortit dans le corridor. Passant devant la chambre entrouverte de sa nièce, une force mystérieuse – mais connue – l'invita à y pénétrer. Une fois dans la chambre, elle fut attirée par le reflet du miroir d'Iris.

— Non…, balbutia-t-elle.

— Lélia ? murmura Duong dans son satori.

Xu remerciait le ciel du retour à la conscience de son grand-oncle. Ce dernier, toujours faible, murmura des paroles presque inaudibles. Xu rapprocha son oreille de la bouche du vieil homme pour tenter de déchiffrer ses mots.

— Dites-moi que vous… que vous avez … un… un téléphone…

— Oui, Grand Maître.

— Appelez Nox...

Xu obéit sans délai.

Nox sursauta en entendant son cellulaire.

— Ça doit être Xu, déclara-t-il avant de répondre.

Son cœur joua quelques coups de tambour muet et des larmes sillonnèrent ses joues.

— Oui, Grand Maître, dit Nox.

Iris sentit son cœur imiter celui de son ami quelques secondes plus tôt.

— Il est libre ? s'écria-t-elle.

La salle sembla s'alléger simultanément de toute angoisse.

— Iris, tu aurais laissé une fenêtre ouverte dans ta chambre ? demanda Nox, la voix inquiète.

Iris réfléchissait.

— Tu dois la refermer tout de suite !

— Oui, d'accord. Mais le Grand Maître est-il vraiment sain et sauf ?

Pour seule réponse, Nox pointa la chambre de son amie. Comprenant l'urgence, la jeune fille y courut, suivie de son ami. Yoann et Lucas les regardèrent, complètement perdus. Iris entra dans sa chambre et toucha de sa main gauche la surface de son miroir, qui refléta à nouveau les couleurs du monde matériel. La jeune fille soupira.

— Ça va, maintenant ?

— Oui. Le Grand Maître est hors de danger et dès qu'il reprend des forces, Xu et lui prennent un avion pour Montréal !

Iris sauta dans les bras de son ami qui les referma tendrement sur elle.

— Oh Nox, quelle joie ! Nous avons réussi !

— Oui, Iris !

Elle leva ses yeux vers les siens. Il lui sourit et l'embrassa amoureusement, sentant finalement s'insinuer en lui le soulagement de savoir le Grand Maître libéré de son odieux ennemi.

TABLE DES MATIÈRES

Achevé d'imprimer
au mois de mai
de l'an 2009
sur les presses
des Imprimeries Transcontinental (Gagné)
à Louiseville (Québec)